Ralf Kramp

Ein Grab für zwei

Die »Herbie Feldmann«-Krimis:
Spinner
Rabenschwarz
Der neunte Tod
Malerische Morde
Hart an der Grenze
Totentänzer
Abendlied
Aus finsterem Himmel
Mord mit Eifelblick
Ein Grab für zwei

Außerdem gehören Herbie und Julius zu den Hauptdarstellern des Gemeinschafts-Romans *Acht Leichen zum Dessert,* der von den acht Autoren des Krimi-Camps verfasst wurde.

Darüber hinaus vom Autor bei KBV erschienen:
Tief unterm Laub
Still und starr
… denn sterben muss David!
Kurz vor Schluss (Kriminalgeschichten)
Ein Viertelpfund Mord (Kriminalgeschichten)
Ein kaltes Haus
Nacht zusammen (Kriminalgeschichten)
Stimmen im Wald
Voll ins Schwarze (Kriminalgeschichten)
Starker Abgang (Kriminalgeschichten)
Mord und Totlach (Kriminalgeschichten)
Totholz
Schuss mit lustig (Kriminalgeschichten)
Ihr Mord, Mylord (Kriminalgeschichten)
So tot wie nie (Kriminalgeschichten)
Kurz und kopflos (Kriminalgeschichten)

Ralf Kramp, geb. 1963 in Euskirchen, lebt in einem alten Bauernhaus in der Eifel. Für sein Debüt *Tief unterm Laub* erhielt er 1996 den Förderpreis des Eifel-Literatur-Festivals. Seither erschienen mehrere Kriminalromane und zahlreiche Kurzgeschichten. In Hillesheim in der Eifel unterhält er zusammen mit seiner Frau Monika das »Kriminalhaus« mit dem »Deutschen Krimi-Archiv« (30.000 Bände), dem »Café Sherlock«, einem Krimi-Antiquariat und der »Buchhandlung Lesezeichen«. www.ralfkramp.de · www.kriminalhaus.de

Ralf Kramp

Ein Grab für zwei

Ein Herbie-Feldmann-Krimi

KBV

MIX
Papier aus verantwortungsvollen Quellen
FSC® C083411

Originalausgabe

www.kbv-verlag.de
E-Mail: info@kbv-verlag.de
Telefon: 0 65 93 - 998 96-0
Umschlaggestaltung: Ralf Kramp unter Verwendung von
© creativenature.nl und © Georgy Dzyura - stock.adobe.com
Lektorat: Volker Maria Neumann, Köln
Druck: CPI books, Ebner & Spiegel GmbH, Ulm
Printed in Germany
ISBN 978-3-95441-524-3

Für Simone und Patrick und ihre Familien.
Willkommen, Frederik

»Die Katastrophe fängt damit an,
dass man aus dem Bett steigt.«

Thomas Bernhard

»Man sagt von Toten
nichts als Gutes,
ja, man tut's
aus Pietät, das ist klar.
Wir woll'n trotzdem
bei alledem
nicht überseh'n,
was für ein Dussel er war.«

aus: *Den Seinen unvergessen* von Ulrich Roski

Prolog

Nehmen wir mal an, Sie wollen eine Leiche vergraben …

Es gibt für alle möglichen Dinge ideale Plätze. Wundervolle, einzigartige, prädestinierte Plätze, die über ausgezeichnete Voraussetzungen verfügen. Belebte Stellen beispielsweise, an denen man gute Geschäfte machen kann, mit hübsch viel Laufkundschaft. Man braucht dafür bevölkerte Orte, die häufiger frequentiert werden als andere, bei denen die Menschen aber dennoch nicht so in Eile sind, dass sie gleich weiterströmen. Plätze, an denen alles stimmt – je nachdem, was man vorhat.

Es gibt Plätze, von denen aus man einen perfekten Überblick hat, eine durch nichts verstellte Weitsicht, die einem viele Geheimnisse offenbart, wenn man aufmerksam das Auge schweifen lässt.

Es gibt aber auch das Gegenteil davon. Plätze, an denen man verborgene Dinge tun kann. Will man eine Unternehmung im Geheimen durchführen, benötigt man einen Platz, an dem niemand etwas von den Heimlichkeiten mitbekommt, denen man dort nachgeht. Solche Orte, so scheint es, werden zunehmend seltener in unserer Zeit.

Nehmen wir also an, Sie wollen eine Leiche vergraben. Wirklich nur mal angenommen. Auf den ersten Blick kann man das natürlich überall tun. Im Stadtpark, im Gebüsch hinter der Autobahnraststätte, im Grünstreifen neben dem Finanzamt, in der Weitsprunggrube der Sportanlage … All das ist selbstverständlich nicht angeraten, das ahnen Sie schon selbst. Man braucht dazu einen idealen Platz. Einen Platz, an dem man sehen kann, ohne gesehen zu werden. Einen Platz, den man unbeobachtet erreichen und wieder verlassen kann. Man braucht Mut, Kraft und ein bisschen Geschick. Und selbstverständlich eine Leiche.

Nehmen wir mal an, bei Ihrer Leiche handelt es sich um einen mittelgroßen Körper. Nicht zu schwer. Einen leblosen Körper zu bewegen, ist eine Heidenarbeit, wenn man dabei nicht mehr als seine eigene Muskelkraft zur Verfügung hat. Wahrscheinlich haben Sie eine Vermutung, was das bedeutet, aber Sie können sicher sein, dass Sie keine Ahnung haben, wie schwer so etwas in Wirklichkeit ist. Fatalerweise kann man es ja vorher noch nicht einmal üben. Folglich braucht man bei der Planung eine gehörige Portion Vorstellungskraft.

Setzen wir also mal voraus, Sie haben die Leiche, die Vorstellungskraft, das Geschick und … ja, natürlich auch den Spaten. Selbstredend brauchen Sie einen Spaten! Einen guten Spaten, ein solides Gerät. Nun ja, es geht auch mit einem Baumarkt-Sonderangebot. Aber das müssen Sie selbst wissen.

Nehmen wir vor allen Dingen aber mal an, Sie haben den idealen Platz! Einen perfekten Platz, ja, den haben Sie. Einen besseren als den können Sie gar nicht finden, da sind Sie sich sicher. Sie sollten sich sehr sicher sein, was den Platz angeht!

Sie können sich nicht in diese Situation hineinversetzen? Hm. Ist das denn wirklich so schwierig?

Na gut, versuchen wir, uns jemand anderen vorzustellen. Eine Projektion auf ein anderes menschliches Wesen, das mit allem bestens ausgestattet ist, was für diese Tat benötigt wird. Ja, auch mit dem Spaten.

Es ist schwer, sehr, sehr schwer, den in Folie gewickelten Körper aus dem Kofferraum zu zerren. Diese kleine, metallene Hürde, vielleicht zwei Handbreit hoch, stellt schon ein gigantisches Hindernis dar. So ein toter Körper ist unglaublich träge. Wenn er erst einmal irgendwo liegt, will er da auch liegen bleiben. Aber das geht nicht. Er muss verschwinden. Er wird also gepackt. Die Person hat vielleicht schon wieder verdrängt, wie schwer es war, ihn überhaupt in den Kofferraum hineinzukriegen, hat inzwischen Kräfte gesammelt. Also jetzt ein herzhaftes Zupacken. Aber auch das klingt wieder leichter, als es sich in der Realität darstellt. Die Sommernacht ist ungewöhnlich schwül, die Folie rutscht unter den verschwitzten Händen weg, die Kabelbinder, die straff um den Hals und die Füße der Leiche gespannt sind, bieten zwar etwas Halt, schneiden aber schmerzhaft in die Finger.

Dann kommt schließlich der Moment, in dem der Körper mit dem oberen Ende so weit über die Kante des Kofferraums hinausragt, dass ein letzter, kleiner Ruck genügt, um ihn darüber hinweg in die Tiefe stürzen zu lassen.

Kaltes, lebloses Fleisch, verhüllt von ein wenig Kleidung, eingewickelt in eine Kunststoffplane – das macht fürchterliche Geräusche, wenn es auf dem staubigen Boden einer sommerlich dürren Wiese aufschlägt. Vielleicht bricht einer der Knochen dabei, womöglich springt ein Gelenk auseinander – die Leiche spürt von alldem nichts mehr. Ja, gut, das ist überhaupt kein Trost, das muss man zugeben.

Als das Geräusch verklungen ist, das sich in der Stille der warmen Sommernacht wie eine gewaltige Explosion vernommen hat, werden wieder die flüsternden Grillen hörbar. Der Atem ist noch angehalten, in weiter Ferne ruft leise ein Nachtvogel. Ein Käuzchen womöglich. Ein Fuchs bellt heiser. Man kennt solche Situationen aus dem Fernsehen, aber man hat sich nie vorstellen können, sie einmal selbst zu durchleben. Schaurig ist das, richtig schaurig. Man ist allein in der Nacht – und doch nicht allein. Die Begleitung ist allerdings tot wie ein Zentner Kartoffeln.

Jetzt darf wieder geatmet werden. Niemand hat etwas gehört. Außer den Tieren natürlich. Aber die nehmen keine Notiz davon, und weitererzählen werden sie es erst recht nicht.

Nun wird es erneut laut. Die Folie schleift zischend und schmirgelnd über den Boden. Zum Glück ist das Gelände ein wenig abschüssig. Schön, dass irgendetwas mal leichter geht als erwartet.

Der Schweiß läuft in die Augenwinkel. Er rinnt zwischen den Schulterblättern hinab. Überhaupt ist er überall, am ganzen Körper. Ob es Angstschweiß ist oder ob die ungeheure Anstrengung ihn aus den Poren treibt – wer weiß das schon.

Nach wenigen Metern ist schließlich der ideale Platz erreicht. Der Blick geht, wenn man aufrecht steht, fast endlos über die tiefer liegende Ebene. Weiter hinten sind ein paar Lichter. Das nächste Dorf ist schön weit weg. Wenn man sich nicht kerzengerade aufrichtet, sieht einen niemand. Hier ist ja auch zu dieser Stunde kein Mensch unterwegs. Ein Jäger vielleicht. Aber der nächste Hochsitz steht hinter der nächsten Hügelkuppe, das hat sich bei der Vorbesichtigung herausgestellt. Hauptsache ist, dass man kein Licht macht. Für das, was man tut, braucht man kein Licht. Die Begutachtung des Geländes bei Tag hat alles offenbart, was man wissen muss. Jetzt deutet das Mondlicht die wenigen Fixpunkte an, die man kennen muss: den verwitterten Zaunpfosten, den rostigen Blechkanister, die parallel verlaufenden Fahrspuren, die früher einmal von gewaltigen Traktorrädern in die Wiese gewalzt wurden und sich im mageren Gras verlieren. Man ahnt all das mehr, als dass man es sieht. Es handelt sich um ungepflegtes Brachland. Früher mag hier ein Feld gewesen sein. Nicht zu erkennen, was hier einmal angebaut worden ist.

Ein undeutliches Geräusch drängt sich in das Bewusstsein. Eine Art sonores Knurren, das anschwillt und wieder abebbt. Was sich zuerst anhört wie die Drohung eines wilden Tiers, stellt sich als die Ankündigung eines heraufziehenden Gewitters dar. Ein Blick in die Ferne zeigt es. Am Horizont leuchtet es zitternd auf. Das ist nicht unbedingt ein ermutigendes Signal.

Dieser Mensch setzt jetzt also den Spaten an, den er an der ausgewählten Stelle in den Boden gerammt hat, bevor er sich der enormen Mühe mit der Leiche unterzogen hat. Der Boden ist trocken. Das hat Vor- und Nachteile, wie Sie sich denken können. Zwar klebt nicht der feuchte Lehm faustdick unter den Sohlen der Gummistiefel, aber dafür ist das Erdreich fest, kompakt, und es staubt gewaltig. Wenn das Gewitter tatsächlich näher kommt, kann sich die Situation rasch ändern.

Jetzt kommt die Fleißarbeit. Der Schweiß kommt von hier an ganz zweifellos von der ungewohnt anstrengenden Betätigung. Machen Sie es nicht wie die Person, die wir hier bei ihrem Tun beobachten. Nehmen Sie zusätzlich auch noch eine Spitzhacke und eine Schaufel mit. Eine Grabschaufel mit rund geformter Vorderkante. Drei bis vier Kubikmeter schafft ein geübter Arbeiter damit in einer Stunde. Bei festem Boden natürlich weit weniger. Und nur mit einem Spaten ist es ein verdammt hartes Stück Arbeit, das merkt jetzt übrigens auch die Person.

Sie stößt das Metall immer wieder in die Erde und wirft das Erdreich ziellos hinter sich. Das ist nicht klug, denn hinterher soll ja auch wieder alles ordentlich zugeschaufelt werden, und wenn man sich dann erst auf die Suche nach dem verschleuderten Material machen muss …

Wer auch immer hier gräbt, hat wenig Übung. Das merken Sie jetzt auch, oder?

Aber die Verzweiflung treibt die Person an. Sie hat den Kopf gereckt und sich davon überzeugt, dass sich die Blitze langsam, aber stetig nähern. Sie schaufelt jetzt schneller, verbissener. Man könnte das Zähneknirschen hören, wenn es nicht vom rauen, schabenden Geräusch des Spatens übertönt würde. Die vagen Gedanken an die Blasen, die unweigerlich an den Fingern entstehen werden, die Überlegungen, ob es überhaupt das Richtige ist, was hier getan wird, ob man nicht alles hätte ganz anders lösen können, treten jetzt völlig in den Hintergrund. Kurz will sich der Zweifel zu Wort melden, ob es nicht doch besser gewesen wäre, die Leiche so lange im Kofferraum zu belassen, bis das Loch in all seiner famosen Geräumigkeit zur Verfügung steht, wird aber beiseitegeschoben. Jetzt muss gegraben werden!

Mittlerweile ist der Donner lauter geworden. Vielleicht ist es nur ein kurzes Sommergewitter, das rasch weiterziehen wird. Ist es gefährlich, währenddessen hier auf der Anhöhe zu sein? Lädt man den Blitz womöglich ein, genau an dieser Stelle einzuschlagen? Weiter hinten stehen Bäume. Sind das Eichen? Das wäre gut, oder?

Egal. Weitergraben! Die Ausrichtung des Lochs spielt keine Rolle. Erwarten Sie bitte keine akkurat rechteckige Grube, die hier entsteht, mit kerzengeraden, stabilen Wänden. Nein, das hier wird ein flacher Trichter, in den von den Seiten immer wieder das lose Geröll nachrutscht. Die Ästhetik spielt eine stark untergeordnete Rolle. Hier soll eine Leiche verschwinden, sonst nichts.

Wollen Sie etwas Erfreuliches hören? Unter der festen Oberschicht ist das Erdreich jetzt doch deutlich lockerer, als zunächst zu befürchten gewesen war. Trotzdem ist es trocken und staubig. Nach einer gefühlten Ewigkeit ist es Zeit für eine kurze Verschnaufpause und eine Begutachtung des bis jetzt Geschafften. Das sieht schon sehr nach einer Grube aus. Wie tief mag sie sein? Im kränklichen Licht des abnehmenden Mondes ist es nicht so leicht, das zu schätzen. Ist sie schon einen halben Meter tief? Würde die Person jetzt einen Zollstock hervorholen und nachmessen, wäre sie sicherlich enttäuscht. Gerade einmal dreißig Zentimeter an der tiefsten Stelle. Das verspricht eine lange Nacht zu werden.

Die Leiche liegt daneben, als hätte sie mit alldem nichts zu tun.

Jetzt schieben sich unvermittelt Wolken vor den Mond. Das geht ungeheuer rasch vonstatten. Mit einem Mal ist es stockfinster. Und im nächsten Moment zerreißt ein Blitz die Schwärze und verwandelt einen Wimpernschlag lang alles in eine brutal kontrastierende Schwarz-Weiß-Szene. Der Donner folgt in beängstigend kurzem Abstand. Das Gewitter kommt mit hoher Geschwindigkeit näher.

Es wird für Sie von Nutzen sein, zu hören, dass zu all den nötigen Vorkehrungen, die zu treffen sind, auch eine Kenntnis der Großwetterlage zu empfehlen ist. Für den Menschen aber, der hier gerade im Begriff ist, eine Leiche zu vergraben, kommt dieser Hinweis eindeutig zu spät.

Er flucht leise in sich hinein und klammert die Finger grimmig um den Spatenstiel. Untermalt vom sich nähernden Rumoren des Sommergewitters geht es weiter. Jetzt soll nicht mehr so sehr in der Breite gearbeitet werden, sondern es ist ermutigender, wenn man an einem Ende der Grube in die Tiefe geht, um ein schnelles Erfolgserlebnis zu haben. Dann kann man die erreichte Sohle der Länge nach durch die Grube fortführen. Diese Technik scheint sich zu bewähren. Das Blatt des Spatens versinkt zu mehr als der Hälfte in der Erde, die jetzt auch nicht mehr so elend trocken zu sein scheint wie vorhin noch so dicht unter der Oberfläche. Der Aushub, der jetzt zur Seite geworfen wird, staubt nicht mehr so stark, und er hört sich auch anders an. Satter, dumpfer.

Mehrere Blitze tanzen am Himmel miteinander und illuminieren die Kulisse wie eine Unzahl flackernde Neonröhren. Mit dem nächsten ohrenbetäubenden Donner kommt auf einmal Wind auf. Es sind kraftvolle Böen, die aus dem Nicht zu entstehen scheinen und Staub aufwirbeln, die die Schwüle wegpusten und an den Kleidern unserer Person zerren. Im ersten Moment ist es erfrischend, doch in Verbindung mit dem unabwendbar heranrollenden Gewitter verheißt der Wind nichts Gutes.

Das Graben wird schneller, hektischer. Gleichzeitig lässt die Kraft nach, die Stöße verlieren an Wucht, immer weniger Erde wird mit jedem Spatenschwung beiseite geschleudert. Der verschwitzte Körper krampft sich bei jedem Donnergrollen zusammen und bückt sich instinktiv unter jedem kreischend grellen Blitz.

Und dann fallen die ersten Regentropfen nass und schwer und gefühlt so groß wie Kinderfäuste. Im Licht des nächsten Blitzes sehen die Flecken ihres Aufpralls auf dem Boden kreisrund und schwarz aus, als regnete die Nachtfinsternis wie zähe Tinte vom Himmel.

Die Person keucht vor Angst und Anstrengung. Die Bewegungen mit dem Spaten werden immer fahriger und ungenauer.

Die Tropfen folgen schneller aufeinander, dichter, nasser, fester. In der entstandenen Grube wird es rasch sumpfig. Wie zu erwarten war, saugt sich das klebrige Erdreich auch schon an den Stiefelsohlen fest und erschwert jeden Schritt.

Dann ist da ein Stein, der weißlich leuchtend im dunklen Morast auftaucht. Gerade da, wo es sich bis jetzt noch fast mühelos graben ließ. Die Person stößt einen lauten Fluch aus. Egal, im sich ausbreitenden Tosen am Nachthimmel wird das niemand hören.

Der Spaten kratzt mehr und mehr von der Oberfläche des Steins frei. Die Regentropfen tanzen darum und peitschen die nasse Erde auf. Der Versuch, die Kante des Spatenblatts unter den Rand des Hindernisses zu schieben, um es aus der Tiefe heraufzuhebeln, misslingt, das Metall rutscht immer wieder ab. Der Stein ist groß, viel größer als alle anderen, die hier in der Erde geschlummert haben. Groß und rund, mit vom Lehm verklebten Vertiefungen. Unsere Person stürzt mit lautstarken Verwünschungen auf die Knie, das schlammige Wasser, das sich bereits in der Grube gesammelt hat, spritzt auf. Das ist egal. Alles ist egal! Es muss hier und jetzt zu Ende gebracht werden! Hier ist der ideale Platz, und dies ist die letzte Gelegenheit!

Die Finger wühlen sich durch den Morast, versuchen, die Form des Steins zu umfassen, eine Stelle zu finden, an der man ihn packen und aus der Erde reißen kann.

Und dann offenbart der nächste Blitz in gnadenloser Deutlichkeit am Rand des Steins eine Reihe von Zähnen, die ein obszönes, halbes Grinsen aus der Tiefe zu unserer Person heraufschicken.

Dem nun folgenden schrillen Aufschrei folgt eine Schockstarre, in der im Bruchteil einer Sekunde die ganze Situation in ihre deutlich erkennbaren Einzelteile zersprengt wird. Dort die verpackte Leiche in der Folie, hier das halb ausgehobene Grab und da der menschliche Schädel, um den munter gluckernd das braune Regenwasser herumspringt.

In diesem Augenblick geben sich Blitz und Donner endgültig die Hand und brüllen gemeinsam durch die Nacht. Und tief unter ihnen kauert eine erbarmungswürdig zitternde Menschengestalt in einer finsteren, schlammigen Vertiefung, und das, was ihr jetzt über die Wangen rinnt, ist nicht mehr nur der Schweiß, und es ist auch nicht nur der Regen. Es sind heiße Tränen der Enttäuschung und der abgrundtiefen Mutlosigkeit.

1. Kapitel

Schon das Hinweisschild an der Straße zwischen Tondorf und Engelgau erzählte eine Geschichte. Eine sehr alte Geschichte. *Freie Tankstelle* – mehr stand nicht darauf. Nichts Ungewöhnliches auf den ersten Blick. Aber sowohl die verblichene Farbe – ein mulmiges, mattes Graublau – und die Schrift – schnörkellose, weiße Blockbuchstaben mit dunkelgrauem Schlagschatten – als auch der rötlich schillernde Rost, der sich seit einer halben Ewigkeit von den Kanten der Metallplatte her beständig ins Zentrum hineinfraß, all das ließ jeden Autofahrer keinen Gedanken daran verschwenden, hier rechts abzubiegen. Die große, moderne Tankstelle in Blankenheim hatte man gerade erst passiert, die nächste in Engelgau war bereits in erreichbarer Nähe. Kein Mensch würde auf den Gedanken kommen, hier den Blinker zu setzen und das Steuer herumzudrehen, um auf dem buckligen Wirtschaftsweg nach einer Tankstelle zu suchen, die es doch eigentlich nicht mehr geben konnte. Das Schild war ein Überbleibsel aus einer längst vergangenen Zeit, aus den Tagen, als hier noch nicht die A1 das Land zerschnitt. Hier konnte heute einfach keine Tankstelle mehr stehen. Auch das Sackgassenschild gleich daneben bestätigte das. Diese schmale Straße mit dem zerrütteten Asphalt hatte ehedem einmal nach Nettersheim geführt, vorbei an ein paar verstreut stehenden Häusern, einem Aussiedlerhof und einer Tankstelle. Ein paar der Gebäude waren in den Siebzigern dem Autobahnbau geopfert worden. Daher konnte eigentlich auch diese Tankstelle heute unmöglich noch regulär betrieben werden. Wahrscheinlich war sie längst dem Erdboden gleichgemacht worden. Das hatte Herbie jedenfalls immer geglaubt.

Er dachte daran, dass dieser Tag einige Stunden zuvor durchaus vielversprechend angefangen hatte. Ein echter Sommertag, nicht zu heiß und nicht zu kühl. Über ihm ein freundlicher, blauer Himmel mit ein paar gemächlich dahinziehenden Wolken. Herbie war unschlüssig gewesen, ob er zum Baden an die Maare oder an den Freilinger See fahren sollte. Julius hatte dazu nur sehr verächtlich etwas von *Luxusproblem* gemurmelt.

Doch dann hatte sich dieser Tag mit einem Schlag verfinstert. Seit Herbie denken konnte, hatte ein Anruf seiner Tante Hettie noch nie irgendeinen Anlass zur Freude gegeben.

Warum gehst du dann trotzdem immer wieder ran? Julius saß wie immer auf dem Rücksitz und betrachtete gelangweilt seine Fingernägel.

»Weil ich die Hoffnung einfach noch nicht aufgegeben habe. Die Hoffnung darauf, dass ich irgendwann ihre

Nummer im Display sehe, mit einem Klick die Verbindung herstelle und am anderen Ende statt des schrillen Gekeifes meiner Tante eine dunkle, sehr gefasst klingende Männerstimme höre. Jemanden, der etwas Ähnliches sagt wie: Bitte verzeihen Sie die Störung, aber Ihre Nummer wurde zuletzt von diesem Gerät aus angerufen. Sind Sie Verwandtschaft von Frau Hellbrecht? Oh, der Neffe? Hm, wir müssen Sie leider davon in Kenntnis setzen, dass Ihre Tante ganz plötzlich von uns gegangen ist.«

Julius schnaubte amüsiert. *Optimist.*

»Was bleibt mir denn sonst übrig?«

Der schmale Weg wand sich um eine kleine Anhöhe. Links war die riesige Brachfläche am Autobahnende zu erkennen, auf der vor einigen Jahrzehnten die Stürme Vivian, Wiebke und welche zarten Frauennamen sie noch alle gehabt haben mochten, alles brachial abgeholzt hatten. Inzwischen war dort zwar wieder aufgeforstet worden, aber die Bäume waren noch mickrig, die Spuren der Verwüstung immer noch deutlich zu erkennen.

Herbie vermutete, dass sie sich auf ihrem Weg ungefähr in die Richtung der großen Wildbrücke bewegten, die ein paar Jahre zuvor mit enormem Aufwand über die A1 geschlagen worden war.

Wo hatte seine Tante ihn jetzt nur wieder hinzitiert? Was tat sie nur hier in diesem abgelegenen Winkel?

»Irgendwann werde ich mit Inbrunst die Disteln und Brennnesseln auf ihrem Grab gießen. Aber bis dahin beiße ich die Zähne zusammen und tanze nach ihrer Pfeife.«

Du könntest doch so lange ins Ausland gehen. Die Identität ändern, Pigmente spritzen und die Nase operieren lassen.

»Die findet mich überall, egal in wen ich mich verwandle. Und vor allem verwaltet sie mein gesamtes Geld. Ich bin von diesem alten Drachen abhängig, Julius. So wie die Tulpe von der hässlichen Zwiebel.«

Julius schnaubte. *Absurder Vergleich.*

Herbies Zwiebel kam mit einem Mal in Sichtweite. Die kleine, alte Frau im fliederfarbenen Sommermantel saß im Schatten der großen, flachen Überdachung auf einem Klappstuhl vor dem Tankstellengebäude und hatte die Hände über dem Knauf ihrer orientalischen Krücke gefaltet. Wohin ihr Blick gerichtet war, verbarg eine Sonnenbrille mit grotesk großen Gläsern. Zu ihren Füßen schnüffelte ein extravagant zurechtfrisierter Pudel auf dem ölfleckigen Pflaster bei den Zapfsäulen herum.

»Da sitzt mein Verderben«, knurrte Herbie und lenkte den Wagen rechts vom Weg hinunter auf den etwas tiefer liegenden Schotterplatz, der anscheinend übergangslos in die gepflasterte Fläche bei den Zapfsäulen mündete.

Ich dachte immer, ich sei dein Verderben. Julius schmunzelte amüsiert.

»Sagen wir mal, ihr beide schenkt euch nichts.« Herbie löste den Gurt. »Nur dich sieht wenigstens keiner außer mir.«

Ein Verlust für die Menschheit. Herbies Begleiter zog die Augenbrauen mit der ihm angeborenen Arroganz in die Höhe und spitzte die Lippen.

Bei Julius handelte es sich um einen graubärtigen, groß gewachsenen Mann mittleren Alters von enormen körperlichen Ausmaßen. Er war eine überaus gepflegte Erscheinung im edlen Kammgarn-Dreiteiler. Somit war er stets das genaue Gegenteil von Herbie mit den ungekämmten Haaren und der nachlässigen Kleidung, die sich in Schnitt und Farbe nie so recht irgendeinem Modejahrzehnt zuordnen ließ.

Mit seiner hemdsärmeligen Art war Herbie bei den Leuten in seiner Heimat durchaus beliebt. Er war freundlich und harmlos. In der Eifel kannte man ihn. Allerdings in erster Linie, weil jeder wusste, dass er einen unsichtbaren Begleiter hatte. Dass er *einen neben sich gehen* hatte.

Herbie stieg aus und schloss vorsichtig die Tür. Nicht, dass wieder etwas abfiel, so wie kürzlich erst der rechte Seitenspiegel. Der feuerrote Kastenwagen hatte weitere Klebebuchstaben der ursprünglichen Firmenbeschriftung verloren. Von dem Firmennamen *Bodo Schönleber* fehlten jetzt die Os und das Sch, und bei dem Wort Fliesenleger hatte irgendein Scherzbold die beiden Ls mit Edding durch ein R und ein N ersetzt.

Die TÜV-Prüfung war seit acht Monaten überfällig und würde, wenn sie demnächst stattfand, zu keinem guten Ergebnis führen. Herbie genoss den Hauch von Abenteuer, wenn er mit der alten Gurke unterwegs war.

Er sah sich kurz um, bevor er seine Tante ansteuerte.

Diese Tankstelle ist wie gemacht für dein Auto, sagte Julius grinsend und deutete auf die Anzeigetafel, an der nur ein paar vereinzelt herumhängende Ziffern zu einem munteren Ratespielchen um die Tagespreise von Benzin, Super und Diesel einluden.

Das Gebäude selbst war in einem desolaten Zustand. Die Schaufensterscheiben fast blind, die Zapfsäulen verbeult. An allem nagte der Rost. Rechter Hand war die finstere Öffnung einer Waschanlage zu erahnen, links vom Hauptgebäude stand ein großer Überseecontainer, von dessen ursprünglicher Lackierung gar nichts mehr übrig geblieben war. Dahinter erkannte Herbie ein paar Fahrzeugwracks mit platten Reifen und zersprungenen Scheiben, zwischen denen ein Urwald von Brennnesseln und Brombeeren waberte. An der rechten Seite des Gebäudes luden eine morsche Holzbank und ein verrostetes Klettergerüst jeweils zum Verschnaufen oder zur Körperertüchtigung ein. Oder eher aus.

Auf der Regenrinne des großen Flachdachs saßen ein paar Vögel, die sich mit quietschenden Lauten unterhielten. Ein paar andere kreisten über dem Gebäude. Waren das Geier? Nein, die hier waren grün. Ungewöhnlich grün.

»Das ist keine Tankstelle, Julius, das ist ein Tankstellen-Museum!«, knurrte Herbie aus dem Mundwinkel.

»Mit wem sprichst du da?«, fragte seine Tante schnarrend. Ihr Tonfall klang überaus alarmiert.

»Mit mir selbst!«, beeilte sich Herbie zu sagen. Seinen Begleiter durfte er ihr gegenüber mit keiner Silbe erwähnen. Sie würde nicht zögern, ihn wieder der Psychiatrie zuzuführen, wenn sie erst herausfand, dass er immer noch diese Macke namens Julius hatte. Und dann würde er endgültig entmündigt werden, und das Geld, das ihm seine Mutter vor geraumer Zeit hinterlassen hatte, könnte er ein für alle Mal in den Wind schießen.

Der Pudel kläffte ihn giftig an, als er sich seiner Tante näherte.

»Schon gut, Bärbelchen, ich werde deinem Frauchen schon nichts tun.« Er lächelte säuerlich. »Was sie nur immer mit mir hat?«

»Mein kleiner Liebling besitzt eine vorzügliche Menschenkenntnis. Sie erkennt einen Trottel auf hundert Meter Entfernung. Warum kommst du jetzt erst?«

»Ich habe diese Tankstelle gesucht. Irgendwie habe ich …«

»Habe ich dir nicht haargenau beschrieben, wo sie zu finden ist?«

»Das schon, aber ich konnte einfach nicht glauben, dass du hier …«

»Fasel kein dummes Zeug!« Sie erhob sich und strich die Falten ihres Lodenkostüms glatt. »Ich habe lange genug gewartet.«

Julius kicherte. *Noch ein paar Stündchen länger, und der allgegenwärtige Rost hätte angefangen, an ihr zu knabbern. Der ekelt sich vor nichts.*

»Wo ist denn dein Auto?«, fragte Herbie und schickte den Blick suchend hin und her. Hinter dem Areal stieg das Gelände sanft an. In der Ferne war der Waldrand jenseits der Autobahn erkennbar. Mit großer Deutlichkeit drang das Geräusch des Verkehrs zu ihnen herüber. Der Mercedes aber war nirgends zu sehen.

»Da drin«, sagte Henriette Hellbrecht düster und wies mit der Spitze ihrer Krücke auf die Waschhalle. »Und wenn du wissen willst, wo Schlösser ist, dann sage ich ebenfalls da drin. Und wenn es dich interessiert, was er da drin macht, dann sage ich, er wartet auf dich.«

»In der Waschanlage?«

»Im Auto. Erspar mir deine blöde Fragerei und sieh nach! Ich hoffe, er atmet noch. Vorhin dachte ich, er kriegt einen Infarkt.«

Der alte Fritz Schlösser war in seiner aktiven Zeit Postbeamter in Bad Münstereifel gewesen. Was ihn nach einem langen, bequemen Berufsleben und nach dreizehn Jahren müßigen Rentnerdaseins dazu getrieben hatte, ausgerechnet einen Job als Chauffeur bei Tante Hettie anzunehmen, war eins der großen Geheimnisse des einundzwanzigsten Jahrhunderts.

Herbie bewegte sich langsam in die Richtung, in die seine Tante gezeigt hatte. Der garstig kläffende Köter, dem vor lauter Hass die Augen schier aus den Höhlen traten, folgte ihm genau so weit, wie Tante Hettie es ihm mit der Ausziehleine erlaubte. Herbie spürte den heißen Atem des Hundes ganz nah an seinen Knöcheln.

Als er um die Ecke ins Innere der Halle spähte, begriff er nicht auf Anhieb, was geschehen war. Ein Teil des Kühlergrills von Tante Hetties schwarzem Mercedes war zwischen den großen, tropfnassen, senkrechten Bürsten zu sehen. Etwas weiter zurückliegend sah er die Frontscheibe des Wagens, die halb mit Schaum bedeckt war. Schlössers Gesicht mit der klobigen Brille konnte Herbie dahinter nur erahnen. Das, was er aber erkennen konnte, war schiere Verzweiflung. Der alte Mann fuchtelte mit den Händen im Wageninneren herum.

Undeutlich waren seine Rufe zu hören, und das auch nur, weil es ansonsten fast still war, weil die Maschinerie der Waschanlage offenbar mitten in ihrer Bewegung erstarrt war. Nur ein vielstimmiges Tropfen untermalte die Szenerie und die schrillen Laute der seltsamen, grünen Vögel. Die Bürsten der Anlage drehten sich nicht mehr, aus den Düsen floss kein Wasser mehr, es troff und tröpfelte nur von überallher auf den nassen Boden.

Alle Räder stehen still, wenn dein starker Arm das will. Julius deklamierte Arbeiterlyrik. Das war ja mal ganz was Neues.

»Aber warum läuft denn hier nichts mehr?«, raunte Herbie ihm so zu, dass Tante Hettie nichts davon mitbekam.

Dachte er jedenfalls.

»Der alte Trottel ist in diesem Schrotthaufen von einer Waschanlage gefangen wie eine Maus in der Falle.« Sie stand mitten in der Toröffnung.

»Aber wieso … was … wann …?«

»Du faselst schon wieder! Überleg dir lieber schleunigst, wie du ihn da wieder rausholst!«

Herbie betrachtete konzentriert das vor ihm liegende Bild. Irrte er sich, oder stand eine der Bürsten schief?

Irre ich mich, oder steht eine der Bürsten schief? Julius schien großes Vergnügen an der Situation zu entwickeln.

Herbie bedachte ihn nur mit einem kurzen, schnellen Seitenblick. »Eine der Bürsten steht schief«, konstatierte er. »Wie ist das passiert?«

»Weiß der Himmel. Schlösser ist um das Gebäude herumgefahren und von hinten in die Waschhalle rein, so wie immer.«

»So wie immer? Heißt das, ihr wart schon öfter hier?«

»Das tut nichts zur Sache. Jedenfalls hat das Ding angefangen zu schrubben und zu schäumen, und mit einem Mal gab es einen schrecklichen Krach. Es hat gescheppert und gerumst, und dann roch es irgendwie verschmort.«

Bärbelchen hatte jetzt einen Zipfel von Herbies Hosenbeinen zu packen gekriegt und zerrte daran.

»Hör auf, mit dem Hund zu spielen und tu was!«, herrschte ihn seine Tante an. »Ich will nach Hause, es wird Zeit für meine Tabletten, und wenn Schlösser da drin kollabiert, kann ich mich schon wieder nach einem neuen Fahrer umsehen.«

Sie ist ein gütiger Engel.

»Wo ist der Tankwart?«

»Im Krankenhaus.«

»Aber wer … wenn er … was …?«

»Sprich deine Sätze zu Ende!«, keifte seine Tante. »Der Tankwart nützt uns jetzt nichts! Da drinnen hinter der Kasse sitzt ein pickliger Praktikant, der zu nichts nütze ist und dem ich verboten habe, irgendetwas zu tun. Nachher macht er noch Kratzer oder Beulen in mein Auto!«

»Aber ich bin doch kein Mechaniker, Tantchen. Wie soll ich denn den Wagen da rauskriegen? Was ist denn, wenn Schlösser einfach wieder zurücksetzt?«

»Ja, glaubst du vielleicht, wir sind völlig meschugge? Natürlich haben wir alles probiert!« Sie stieß wütend den Stock auf den Boden. »Ich habe Schlösser die Kommandos gegeben, und er hat alles versucht! Hinten hängt eine weitere Bürste quer, die da eigentlich nicht sein sollte. Der Wagen ist verkeilt! Eingeklemmt! Verbarrikadiert! Tu jetzt was!« Verärgert kratzte sie mit der Stockspitze in den Rillen des Pflasterplatzes herum.

Die Ungeduld der alten Nebelkrähe wächst. Wird Zeit, dass du langsam ein bisschen Engagement zeigst.

Herbie kratzte sich am Kopf und zwang sich, etwas zu tun, ganz gleich, wie nutzlos es sein würde. Er ruckelte an den senkrechten Metallstreben und versuchte, an den nassen Fransen der Reinigungselemente zu zerren.

In der Höhe waren die Bürsten in einer querlaufenden Führungsschiene verankert. Eigentlich sollten sie beide symmetrisch auf die Mitte zugerollt sein, doch die eine, so war aus der Nähe jetzt deutlich erkennbar, stand etwa eine Handbreit zur Seite versetzt. Herbie kriegte die glitschigen Lappen einfach nicht zu fassen, und schon bald war er selbst klatschnass.

Möchtest du vielleicht auch noch ein bisschen Aktivschaum, eine Unterbodenreinigung und eine feine Glanzwachsbehandlung?

»Es nützt nichts, Tante Hettie«, rief Herbie nach draußen. »Alles total verklemmt. Ich versuche es mal hinten!«

Doch auch da wurden seine Bemühungen nicht von Erfolg gekrönt. Die quer in der Luft hängende Bürste ließ sich keinen Millimeter nach oben oder unten bewegen. Wieso war die überhaupt da, wenn die senkrechten Bürsten in Aktion gewesen waren? Hier schien einiges in Unordnung geraten zu sein. Auch im Inneren der Anlage drehten die grünen Vögel unter der fleckigen Betondecke ihre Runden.

»So, ich steige jetzt ins Auto!«, gab er durch.

Klingt wie »Alles klar zum Entern«.

»Versau mir bloß nicht die Sitze, hörst du!«

Immerhin konnte man die hinteren Türen öffnen. Ein junger, wendiger Mensch hätte sich auch mehr oder weniger mühelos auf diesem Weg befreien können, aber der greise Schlösser hätte es niemals in einem Stück nach hinten geschafft.

»Die Zeiten sind vorbei, dass ich auf dem Rücksitz rumturne. Egal, aus welchem Grund«, röchelte der Alte. »Ich muss hier raus, Jungchen, und zwar dringend.« Sein Keuchen klang alarmierend.

»Das Schiebedach!«

»Das Schiebedach?«

»Ja, nach oben kommen Sie vielleicht raus.«

Der kahle Kopf wurde in den Nacken gelegt. »Hm, ja, könnte klappen.«

Wenige Augenblicke später schob sich fast geräuschlos ein Teil des Wagendachs nach hinten.

Huch, höre ich da was? Geht die Waschanlage etwa wieder an?

Herbie schrak zusammen, aber es handelte sich nur um die grellen Rufe der Vögel. »Blödsinn«, zischte Herbie. »Da bewegt sich nichts mehr.«

»Aber ich tue doch, was ich kann!« Fritz Schlösser schaffte es jetzt tatsächlich, sich aus dem Sitz hochzustemmen, sodass sein Oberkörper schon bald aus der Öffnung ragte. Herbie griff ihm dabei nach Kräften unter die Achseln, um die Oberschenkel und überall sonst noch hin, wo es helfen konnte, dass er ins Freie gelangte. Bald schwang der Alte das erste Bein hinaus auf die Windschutzscheibe.

»Die Schuhe!«, keifte Tante Hettie. »Die Schuhe aus, bevor ihr auch nur einen Fuß auf die Kühlerhaube setzt!«

Sie taten, wie ihnen geheißen, und in den folgenden, endlos erscheinenden Minuten schafften sie es, in einem ganz und gar unwürdigen Balanceakt über die Front des Mercedes, zwischen den Bürsten hindurch auf den zwar nassen, aber immerhin festen Betonboden zu gelangen.

Julius klatschte begeistert Beifall. *Der chinesische Nationalzirkus nimmt euch mit Kusshand, Jungs!*

Henriette Hellbrecht hatte jedoch kein Lob für ihre Darbietung übrig. »Wurde aber auch Zeit. Los, deinen Schlüssel.«

»Meinen?«, fragte Herbie ungläubig. »Wieso meinen Schlüssel?«

»Wir werden das Risiko auf uns nehmen und mit deinem Schrottgefährt nach Hause fahren. Und sobald du den Mercedes wieder flott hast, bringst du ihn nach Bad Münstereifel, haben wir uns verstanden? Also her mit dem Schlüssel!«

»Aber Tante Hettie, das geht doch nicht.«

Sie zielte mit der Stockspitze auf seine Nase. »Und wie das geht. Lass dir was einfallen! Und wenn ich einen einzigen Kratzer an meinem Auto finde, dann …«

Dann was?

Herbie ließ die Schultern sinken. Ja, womit konnte sie ihm überhaupt drohen? Sie hatte ihn ohnehin in der Hand und brauchte nur zuzudrücken, um ihn endgültig zu zerquetschen.

Der alte Schlösser zog sich derweil jammernd die Schuhe über seine nassen Socken. Herbie suchte die seinen und stellte entsetzt fest, dass Bärbelchen bereits mit Hingabe an dem linken herumkaute.

Wenig später sah er seinem roten Auto hinterher, das mit einem ungesunden Geräusch davonrollte, eine große, bläuliche Abgaswolke hinter sich herziehend.

Kraftlos trottete er mit den Schuhen in der Hand zurück zur Waschhalle. Einer der Vögel saß auf dem Autodach und interessierte sich für das Wageninnere. Herbie machte eine schwache Bewegung mit dem angekauten Schuh, um ihn zu verscheuchen.

»Sie hat einen Praktikanten erwähnt«, sagte er.

Das ist diese Spezies, die nichts kann und immer nur im Weg herumsteht, nicht wahr?

»Irgendwo muss der ja sein.« Herbie steuerte den Shop an.

Als er den klebrigen Metallgriff packte und die Glastür aufschob, quietschte es entsetzlich, und bevor Herbie eintreten konnte, kam ihm jemand mit hängender Hose und schlurfenden Schritten entgegen. Der Knabe mochte dreizehn oder vierzehn Jahre alt sein und würdigte Herbie keines Blickes. Dazu war er viel zu sehr mit der Betrachtung seines Handy-Displays beschäftigt. Er hatte strähniges, braunes Haar und unreine Haut. Auf der Oberlippe spross ein kaum wahrnehmbarer Flaum.

»Guten Tag, sind Sie der … also, bist du der Praktikant, ich meine …?«

Der Junge nuschelte unglaublich müde etwas unglaublich Unverständliches, das in einem fast erkennbaren Wort endete, das sich wie »Halsband-Sittiche« anhörte.

»Wie? Ach so, die grünen Vögel. Toll. Aber ich wollte eigentlich etwas wegen der Waschanlage fragen.«

Wieder wuchs ein gerade noch verstehbares Satzende aus einem Mundvoll undeutlichen Gemurmels heraus: »Mblmbldochgesagt, Halsband-Sittiche sin das.«

»Und was hat das mit der Waschanlage zu tun?«

»Mblmblundiescheißnester blockierendiemaschine. Mblmbläuft nix mehr. Verkeilt. Isso.«

Herbie seufzte mutlos. »Okay, hast du irgendwo denn einen Schraubenzieher?«

»Mblmblüberhauptgarnichtwohierwasis.«

Julius lehnte sich mit beiden Ellenbogen auf die Motorhaube des Mercedes und legte den Kopf auf die Hände. *Früher gab es doch diese Reparaturanleitungen: Jetzt helfe ich mir selbst.*

»Ich schreibe eine eigene«, murmelte Herbie grimmig und guckte dem davonschlappenden Praktikanten hinterher. »Mir ist nicht mehr zu helfen.«

2. Kapitel

Jenny Viebahn schob den Buggy über den unbefestigten Boden des Bauernhofs. Es rappelte und klapperte, und es würde ein ewiges Mysterium bleiben, warum Kinder am besten einschliefen, wenn sie ordentlich durchgerüttelt wurden. Warum verlernte man das bloß als Erwachsener? Ihr käme das in manchen Situationen sehr gelegen.

Die kleine, gebückte Gestalt von Kätchen Kaltwasser erschien auf der Treppe des Wohnhauses. Mit ihrer Kittelschürze und den zerschlissenen Pantoffeln war sie das perfekte Abbild der rustikalen Landfrau. Und doch wirkte sie dort, vor dem Hintergrund der protzigen, schmiedeeisernen Haustür mit den modernen, geschwungenen Formen und auf den edlen Marmorstufen irgendwie unpassend.

Das Haus war vor vielen Jahren nach allen Regeln der Kunst renoviert und mit allem ausgestattet worden, was nach Geld aussah. Was nicht automatisch bedeutete, dass guter Geschmack dabei eine große Rolle gespielt hatte. Zwei toskanische Säulen trugen einen terracottafarbenen Portikus, die Regenrinnen und Fallrohre waren aus Kupfer, die Fassade mit hellen, schmalen Riemchen verklinkert, die Dachziegel schimmerten türkis, und eine Reihe von exakt gruppierten Zypressen fasste das Grundstück ein.

In ihren Händen trug die alte Frau eine schwarze Plastiktonne, was ihr beim Heruntersteigen der drei Stufen sichtlich Mühe bereitete.

»Warte, Ketchen, ich helfe dir!«, rief Jenny und wedelte mit der Hand. Hoffentlich war Jonte jetzt nicht wachgeworden. Aber aus dem Buggy kam kein Mucks, während sie ihn auf die Treppe zuschob.

Ketchen strahlte, als sie sie erreicht hatte. »Das ist aber lieb, Jenny-Kind.«

Jenny nahm ihr den Eimer ab, der keinen Deckel hatte. Er war randvoll mit Kartoffelschalen, verwelkten Blüten und anderem Küchenabfall. »Das muss auf den Kompost. Ich hätte das schon geschafft, aber …« Sie rieb sich die Hände an der schmucklosen Kittelschürze ab und beugte sich über das schlafende Kind. »So ein süßer, kleiner Bengel«, flüsterte sie. »Jetzt wird er schon zweieinhalb Jahre alt, stimmt's?«

»Übernächsten Monat schon drei.«

»Guck dir nur die speckigen Beinchen an«, sagte die alte Frau verzückt. Sie musste sich sichtlich beherrschen, nicht ihre schrumpeligen Finger auszustrecken, um dem schlafenden Kind über die Wangen zu streicheln.

Jenny griff in das Transportnetz des Buggys und holte das Papiertütchen der Apotheke hervor. »Guck mal, hier sind deine Sachen. Als ich heute Morgen in Tondorf die Zinksalbe geholt habe, sagten die mir, dass du was bestellt hattest.«

»Och, wie lieb von dir. Ganz furchtbar lieb. Warte, ich hole schnell mein Portemonnaie.« Sie wandte sich um und griff schon nach dem klobigen Metallgeländer, um die Stufen wieder hinaufzusteigen.

Jenny winkte ab. »Guck du für einen Moment nach Jonte, und ich bringe schnell den Kompost weg. Das mit dem Geld können wir später machen.«

Als sie hinter der Hausecke verschwand, blieb Ketchen neben dem Buggy stehen und betrachtete das im Schlaf zusammengesackte Kind. Es atmete lautlos. Der kleine Brustkorb hob und senkte sich. Sie würde es nicht berühren. Es würde sich am Ende nur erschrecken.

Als Jenny mit dem leeren Eimer zurückkehrte, löste sich Ketchen aus ihrer Starre und lächelte sie liebevoll an. »Ach Jenny-Kind, du weißt ja gar nicht, wie froh ich bin, dass ihr hierhin zu uns gezogen seid. Weißt du, seit die Kinder aus dem Haus sind und das ganze Vieh weg ist, da ist es doch sehr einsam hier auf dem Hof geworden.«

»Aber dein Bruder …«

Ketchen winkte mit einem leisen Lachen ab. »Ach, der Hepp. Du weißt doch, dass der nur seine Spinnereien im Kopf hat.«

»Er ist mir vorhin begegnet, mit dem Trecker.«

»Warum der noch damit fährt, weiß der liebe Himmel.« Jenny löste die Bremse des Buggys. »Wir sind auch froh, hier zu sein. Jogi und ich können uns keinen schöneren Platz denken. Und Jonte wird in der Natur aufwachsen. Etwas Besseres gibt es nicht.«

»Jonte …«, murmelte Ketchen, legte den Kopf schief und guckte den schlafenden Jungen an. »Schon ein … eigenartiger Name.«

»Ein schwedischer. Es sollte auf jeden Fall was mit J sein. Jogi, Jenny und Jonte …«

Verlegen lächelte Ketchen. »Ach, das muss ja auch jeder selber wissen.«

»Kommst du nachher auf einen Kaffee rüber?«

»Gerne, Kindchen. Und ich bringe dir auch noch was mit.« Sie zwinkerte Jenny verschwörerisch zu.

»Oh, wirklich? Hast du etwa für mich …«

»Ja, hab ich. Ich bin mir zwar nicht ganz sicher … Ist ja eine verkürzte Handelswoche, wegen dem Feiertag.«

»Verkürzte Handelswoche …« Jenny lächelte unsicher. »Das klingt alles immer so … ich weiß auch nicht wie.«

»Musst du dir ja auch nicht merken. Wichtig ist, was rauskommt. Der Dow Jones ist immerhin wieder über die 25.000er-Marke geklettert. Zwar sehr knapp, aber immerhin.«

»Hm, ja.« Jenny nickte. »Ich nehme an, das ist was Gutes.«

»Oh, ja. Das Wochentief lag jedenfalls schon mal leicht oberhalb vom Tief von letzter Woche, aber vor dem Feiertag traut der sich noch nicht so richtig raus. Ich habe da aber was Kleines, was wirklich Feines. Dabei habe ich gleich an dich gedacht.«

»Weißt du, ich habe aber nicht viel zur Verfügung. Es sind gerade mal hundert Euro, die ich … vielleicht hundertfünfzig.«

Ketchen lachte. Das waren eigentlich nicht die Zahlen, mit denen sie sonst operierte. »Keine Sorge, da machen wir schon was, Kindchen.«

»Vielleicht auch hundertachtzig.«

Ketchen legte ihre knochige Hand auf Jennys Arm und kicherte. »Wir gucken mal. Mit ETFs bist du zwar auf der sicheren Seite, aber ich hätte da unter Umständen was, das viel lukrativer ist und vor allen Dingen viel schneller geht.«

Jenny biss sich nervös auf die Unterlippe. »Mann, das wäre toll. Ich bin so fasziniert davon, dass du dich da auskennst. Für mich sind das alles böhmische Dörfer.«

Ketchen lächelte sanft. »Waren es für mich auch, als ich noch so jung war wie du.«

Jontes kleine Fingerchen begannen, sich zu bewegen. Das Kind gab ein leises, grunzendes Geräusch von sich, und Jenny fasste nach den Griffen des Buggys. »Also dann, bis nachher.«

»Ja, bis heute Nachmittag. Ich bringe frische Appeltaat mit.« Dann stieg Ketchen Kaltwasser die Stufen zum Wohnhaus hinauf, und ihr gebrechlicher, kleiner Körper verschwand in der bombastischen Neureichen-Kulisse.

Als Jenny den Buggy auf die Eingangstür ihrer Wohnung in der umgebauten Scheune zurollte, biss sie sich auf die Lippen. Gleich kam Ketchen also zum Kaffee, und hinterher würden sie ganz sicher ein Likörchen trinken. Ketchen brachte immer ihren Schlehenaufgesetzten mit. Ein köstliches, klebrig-süßes Zeug. Sie konnte es schon jetzt schmecken. Sie hatte es gut hier.

Vorhin beim Einkaufen in Blankenheim hatte sie einen großen Bogen um das Alkoholregal gemacht. Sie hatte seit einiger Zeit das Gefühl, von den Verkäuferinnen misstrauisch beobachtet zu werden. Was dachten die sich denn? Redeten die etwa über die zugezogene, junge Mutter vom Kaltwasserhof, die ein Kleinkind vorn im Einkaufswagen sitzen hatte und sich bei jedem Einkauf zwei, drei, manchmal vier Flaschen Wein in den Wagen legte? Was redeten die wohl? Ging das die eigentlich was an? Und überhaupt, was war das denn schon, zwei, drei Flaschen? Immerhin lebte sie ja nicht allein. Jogi trank zwar keinen Wein, nur sein Bitburger, aber das konnten die doch nicht wissen. Was ahnten die denn schon von ihrem Leben? Die sollten sich um ihren eigenen Kram scheren.

Jetzt hatte sie unglaublichen Durst. Nein, eher Appetit auf etwas, das nicht nur Sprudelwasser oder Apfelsaft war. Sie hätte jetzt gerne ein Glas Wein getrunken. Einen leichten Weißwein, der schadete auch tagsüber nicht. Ein, zwei Gläschen nur.

Sie schloss die Tür auf und schob den Wagen hinein. Die Schwelle war ebenerdig. Das führte zwar bei starkem Regen schon mal dazu, dass ein bisschen Wasser in den Flur sickerte, aber ansonsten war es bequem.

Sie wollte gerade die Haustür hinter sich schließen, als sie in ihrer Bewegung innehielt. Im großen Spiegel am Ende des Flurs sah sie gegen das hinter ihr einfallende Licht ihren eigenen Schattenriss. Meine Güte, es wurde nicht weniger. Weder an der Hüfte noch an den Oberschenkeln. Nach dem Ende der Schwangerschaft hatte sie gehofft, sie würde wieder abnehmen, aber seit fast drei Jahren änderte sich überhaupt nichts. Zwei Kilo runter, drei rauf, drei runter, zwei rauf … Sie zwang sich, nicht mehr hinzusehen, sondern betrachtete das kleine Kind vor sich im Wagen. Im Schatten des Flurs konnte sie das Gesicht nur erahnen.

Jonte schlief so schön. Es wäre nicht schlimm, wenn sie rasch die paar Meter zurück zur Tankstelle lief und sich ein Fläschchen Wein holte. Dafür musste sie nicht mal das Auto nehmen. Zu Fuß war es schneller, sie konnte den Pfad hinter dem Haus nehmen. An der Tankstelle gab es immer was zu trinken. Der Horst kannte das. Er machte ihr immer einen Sonderpreis und war froh, ihr damit eine kleine Freude bereiten zu können.

Zögernd hielt sie den Türgriff in der Hand.

Ja, nur mal schnell rüber zur Tankstelle, und in fünf Minuten würde sie wieder zurück sein.

Wenn Jogi dann später die Quittung vom REWE sah, würde er darauf keinen Wein finden. Nicht, dass er etwas dagegen hatte, dass sie ab und zu ein Schlückchen trank, das nicht, aber sie wollte ihn nicht unnötig nervös machen. Es war nur Wein, kein Drama. Nur ein Sommerwein. Ja, darauf hatte sie jetzt Lust.

* * *

Ketchen bückte sich zum Backofen hinunter und begutachtete den Hefekuchen, der das ganze Backblech füllte und langsam der Vollendung entgegenbuk. Die gewellte Oberfläche wurde schon goldgelb. Ein Blick zur Küchenuhr – noch etwa vier, fünf Minuten, dann ein bisschen verquirltes Eigelb draufpinseln, noch ein paar Minuten tüchtig Oberhitze geben, und die Appeltaat wäre fertig.

Die elektronische Uhr am Backofen war völlig falsch eingestellt. Sie konnte mit den modernen Geräten nicht gut umgehen. Außer mit ihrem Computer, mit dem kannte sie sich aus.

Aber hier am Ofen, da wusste sie nicht mal, wie sich die grünen Leuchtziffern richtig einstellen ließen. Überhaupt war ihr früher mit dem alten Küchenofen immer alles besser gelungen.

Elvira, die Frau ihres Bruders, hatte alles modernisiert. Beleuchtung, Fernseher, Waschmaschine … überhaupt alle elektrischen Geräte im ganzen Haus. Das Alte war ihr alles nicht mehr gut genug gewesen. Und Geld genug war ja da. Also hatten sie alle altgedienten Sachen zügig rausgeschmissen. Da war es egal gewesen, dass sie doch eigentlich noch gut in Schuss waren und immer noch tadellos ihre Dienste versahen. Nein, für Elvira musste alles neu sein, koste es, was es wolle. Ketchen hatte das nie verstanden.

Aber Elvira hatte nicht sehr lange etwas davon gehabt. Sie war nicht alt geworden. Viel zu früh gegangen war sie. So wie die Waschmaschine, der Backofen und das Bügeleisen …

Ketchen erschrak über ihre eigenen Gedanken. Das hatte Elvira nicht verdient! Sie war ihrem Bruder keine schlechte Frau gewesen, das nun wirklich nicht.

In der gläsernen Backofenklappe erkannte Ketchen schemenhaft ihr eigenes Spiegelbild. Sie war alt. Viel älter als alle hier. Und das wiederum hatte sie nicht verdient, das war so sicher wie das Amen in der Kirche.

Oh ja, es hatte Zeiten gegeben, da hätte sie ohne nachzudenken ihr Leben gegen eines getauscht, das viel zu früh zu Ende gegangen war. Eins, das man kaum noch Leben nennen konnte.

Das war lange her, sehr lange. Eine Begebenheit aus einer anderen Zeit. Meistens lag die Erinnerung daran unter einem schwarzen Schleier, einem staubigen, verfilzten Tuch, das die Zeit irgendwann gnädig darüber ausgebreitet hatte.

Aber seit die junge Familie hier auf dem Hof wohnte, musste sie wieder öfter daran denken: jedes Mal, wenn sie das kleine Kind mit seinen roten Bäckchen und den glitzernden kleinen Augen sah, mit den weißen Zähnchen wie winzige Perlen und den Fingerchen, die so klein und fein waren und doch schon so beherzt zupacken konnten. Nach ihren runzligen, alten Händen.

Ketchen schluckte schwer. Es war alles so unglaublich lange her, und doch tat es so weh, als wäre es gestern erst passiert. Sie seufzte tief, griff nach dem Schüsselchen mit dem Ei und tunkte beherzt den Backpinsel hinein. Der Kuchen würde wieder allen schmecken. Noch ein bisschen warm, mit einem guten Schlag frisch geschlagener Sahne. Jenny liebte ihn, und auch ihrem Jogi schmeckte er besonders gut.

Und auch dem lieben, kleinen Mäuschen mit dem seltsamen schwedischen Namen. Aber da würden sie ihn noch ein bisschen kaltpusten müssen, den Kuchen, dass es keine Bauchschmerzen kriegte. Sie durfte nichts machen, was ihm schadete, dem kleinen Würmchen. Sie musste immer gut aufpassen.

3. Kapitel

Herbie wischte sich den Schweiß von der Stirn und guckte zu der Quertraverse hinauf. Da saß alles bombenfest. Er hatte jetzt eine geschlagene Stunde lang erfolglos versucht, die Metallachse der Bürste mithilfe einer großen Rohrzange und eines Hammers in eine senkrechte Position zu bringen. Immer wieder rieselten kleine Federn und trockenes Gras irgendwo aus der Höhe auf ihn und den Mercedes herunter. Alle paar Minuten kamen einige der grünen Vögel hereingeflogen, flatterten zeternd herum und ließen ihrer Verdauung freien Lauf.

Der Praktikant hieß Cedric-Maurice, und das Mobiltelefon schien mit seinen Händen verwachsen zu sein. Was auch immer auf dem Display des Geräts zu sehen sein mochte, es erforderte offenbar gleichbleibend fünfundneunzig Prozent seiner Aufmerksamkeit.

Verlier doch nicht gleich die Geduld. Jungen Menschen muss man mit Langmut und Verständnis begegnen.

Cedric-Maurice lehnte an der Waschhallenwand und fixierte das Handydisplay. Herbies Bemühungen nahm er gar nicht zur Kenntnis.

Plötzlich tauchte eine junge Frau neben ihm auf. Sie trug eine Brille mit zierlichem Metallgestell, hatte dunkelbraunes Haar, das zu einem Pferdeschwanz zurückgebunden war, und ihre Augen waren von einem außergewöhnlich klaren Blau. Sie trat von einem Fuß auf den anderen, spielte nervös mit einer leeren Stofftasche und zupfte sich immer wieder die weite, geblümte Bluse auf dem molligen Körper zurecht.

»Hallihallo«, sagte sie, eine Winzigkeit zu fröhlich, als dass es echt geklungen hätte. »Ist der Horst da?«

»Mblmblkrankenhaus«, nuschelte Cedric-Maurice.

»Oh, echt? Was Schlimmes?«

Der Praktikant deutete kaum wahrnehmbar eine Art Schulterzucken an. »Mblmblweißnich.«

»Ich will nur ganz schnell was holen. Muss mich beeilen. Der Kleine schläft.« Mit dem rechten Zeigefinger wies sie ins Ungenaue.

»Sind Sie die Vertretung?«, fragte sie an Herbie gewandt.

»Ich, nein, nein.« Er wog den Hammer in der Hand. »Notfalleinsatz.«

Ein Teufelskerl! Er ist von der Initiative Autowohl, die nicht artgerecht gehaltene Autos befreit.

»Na, okay, sagt Horst jedenfalls liebe Grüße und gute Besserung. Ich lege das Geld auf die Theke. Weißt Bescheid, ja?«

Cedric-Maurice murmelte eine Art Zustimmung.

Dann lief sie hinaus, und Herbie guckte ihrem wippenden Pferdeschwanz nach.

»Ist der denn lange weg, oder kommt der heute wieder?«, fragte er den Praktikanten.

Wieder diese unmerkliche Bewegung und ein Murmeln: »Mblmbldochnich. Keineahnung.«

»Ja, aber du kannst doch hier nicht ganz allein den Laden schmeißen.«

»Mblmbltanktsowiesokeiner.«

So langsam fange ich an, mich an seine Art zu gewöhnen. Er läuft anscheinend nur auf drei Pötten, um mal im Bild zu bleiben. Vielleicht muss er mal ein oder zwei Stündchen an eine Autobatterie angeschlossen werden. Julius stolzierte um den Mercedes herum und summte leise vor sich hin.

»Ach, hat doch alles keinen Zweck.« Herbie zückte sein Handy. »Köbes kann uns vielleicht helfen.«

Ah, Köbes, der Zottel aus Zingsheim! Dein verrückter Autoschrauber-Freund wird dem Ding den Rest geben!

»Die Waschanlage ist mir piepegal. Ich will das Auto da raushaben.«

Das schafft er. Nur nicht in der alten Form.

»Von Zingsheim aus ist er in ein paar Minuten hier.« Herbie wählte. »Er kann gleich seinen Schweißbrenner mitbringen.«

Cedric-Maurice blickte irritiert auf und schaute suchend um sich, um zu sehen, mit wem Herbie sprach. Dann erschien ihm aber doch sein Handy wichtiger, und er versank wieder in der Abenddämmerung seiner Gedankenwelt.

»Hallo Herbie!«, quakte Köbes fröhlich aus dem Gerät.

»Tach Köbes, du musst mir helfen.«

»Klar, wie immer, aber hör mal, ich …«

»Oh, die Verbindung ist mies. Es geht um das Auto meiner Tante, Köbes.«

»Mblmblscheißnetz hier«, murmelte der Praktikant.

»Nee, sorry, Herbie, ich …«

»Keine Sorge, du musst es nicht reparieren. Es ist nur … eingeklemmt.«

Die Verbindung war wirklich ausgesprochen schlecht, sogar für Eifeler Verhältnisse. Zuerst war am anderen Ende nur noch einen Knacken zu hören, dann wieder die verzerrte Stimme von Köbes: »Die Leitung ist echt dürftig. Ich habe ›eingeklemmt‹ verstanden.«

»Ja, stimmt, eingeklemmt. Hat keinen Zweck, dass ich versuche, es dir am Telefon zu erklären. Komm doch mal schnell rüber.«

»Geht nicht.«

»Wieso?«

»Bin in Island.«

»Oh. Island, echt? Also *das* Island?«

»Nein, Island.«

»Sag ich ja.«

Jetzt kam nur noch ein Knastern.

»Köbes?«

Das Gespräch löste sich irgendwo zwischen Island und der Eifel in nichts auf, und Herbie starrte ratlos auf das Display.

Du siehst gerade ein bisschen so aus wie Cedric-Maurice.

»Verdammt, und jetzt? Hast du ein Branchenbuch da drinnen?«, fragte Herbie in Richtung des Praktikanten und deutete in Richtung des Verkaufsraums. Cedric-Maurice begriff nur sehr langsam, dass er gemeint war, und der Blick, mit dem er diese Frage beantwortete, glich der allumfassenden Leere eines schwarzen Lochs im Weltall.

»Gelbe Seiten?«, fragte Herbie eindringlich.

Du könntest ihn genauso gut um einen Brockhaus oder die Tora bitten.

»Okay, dann eben Internet. Habt ihr einen Computer? Mit dem Handy komme ich bei dem miesen Empfang hier nicht weiter.«

Als Cedric-Maurice immer noch nicht reagierte, steuerte Herbie entschlossen den Verkaufsraum an. Als er die Glastür öffnete, kam ihm die junge Frau mit dem Pferdeschwanz entgegen. Was war nur an ihrem Lachen, das es so unglaubwürdig machte? Die Augen waren es. Die Augen lächelten nicht mit. Der Einkaufsbeutel war jetzt gefüllt. Etwas klirrte leise darin.

»Geld liegt da. Hab's abgezählt!«

Herbie blickte sich nach dem Praktikanten um, der es offenbar noch nicht aus der Waschhalle herausgeschafft hatte. »Okay«, sagte er. »Ich sage Bescheid.«

Sie hob jetzt den Beutel hoch, presste ihn gegen die Brust und ging mit zielstrebigen Schritten los.

Ein nervöses, kleines Pummelchen.

»Da waren Flaschen drin. Scheint sie öfter hier zu kaufen.«

Die junge Frau verließ den Vorplatz über einen kleinen Schotterweg, der hinter dem großen Überseecontainer zwischen dem hüfthohen Gestrüpp verschwand.

Herbie öffnete jetzt die Tür am rechten Rand der schmutzigen Glasfront des Gebäudes. Als er eintrat, reiste er im selben Augenblick zurück in die Vergangenheit.

Rechts stand ein Zeitschriftenregal. Zumindest war es einmal eins gewesen. Ein paar aktuelle Exemplare der Bild-Zeitung und des Kicker waren dort einsortiert, aber auch einige alte Illustrierte, auf deren Titelseiten noch Lady Diana lächelte und Dieter Bohlen und Thomas Anders zusammen posierten. Im unteren Regal wurden ein paar in Folie eingeschweißte Pornomagazine neben Bussi Bär, Fix und Foxi und anderen alten Kinderheften angeboten.

Über die gesamte Länge der hinteren Wand verlief ein Metallregal mit fünf Etagen, in dem ein paar einsame ölverschmierte Autoersatzteile, Dosen mit Bremsflüssigkeit und Motoröl, Reservekanister, Frostschutzmittel, Schachteln mit Luftfiltern, Wischblättern, Bremsbelägen und Zündkerzen und eine beachtliche Menge von Duftbäumchen in verschiedenen Aromarichtungen verteilt lagen. Eine Ecke war ein paar alten Konserven, Keksschachteln und Weinflaschen vorbehalten.

Links thronte die große Kassentheke, verkleidet mit einer weißlichen Kunststoffplatte, die an den äußeren Rändern honigfarben angelaufen war. Sie wurde rechter Hand flankiert von einer offen stehenden, leeren Eistruhe, einem hochmodernen, leuchtenden Kühlschrank, randvoll mit Bierdosen, und zur Linken von einem kleinen, fast leeren Regal mit ebenso fast leeren Pappkartons mit ein paar Schokoriegeln.

Julius beugte sich naserümpfend über die Süßigkeiten. *Ach, guck mal. Heißt das nicht inzwischen Twix?*

Hinter der Kasse standen ein abgewetzter Lederdrehsessel, ein Radio mit einem zur Antenne gebogenen Drahtkleiderbügel und ein klobiger Computerbildschirm samt Tastatur voller Zigarettenasche. An der

Wand dahinter platzte ein großes Tabakwarenregal regelrecht aus allen Nähten.

An den Wänden hingen zwischen den Regalen Werbeplakate und Kalender längst vergangener Zeiten. Fast ausnahmslos textilarme, junge Frauen schmiegten sich an Allwetterreifen oder räkelten sich auf Mofatanks und Autokühlerhauben. Ein fleckiges, großes Pappdisplay über der leeren Eistruhe zeigte *Flutschfinger, Brauner Bär* und *Düsenjäger.* Die bunten Farben der abgebildeten Eissorten waren verblasst, aber Herbie hatte den künstlichen Geschmack von damals sofort wieder auf der Zunge.

Dies war eine Tankstelle aus seiner Jugendzeit. Es sah aus wie damals, es roch wie damals, und selbst die kleinen, metallenen Schellen, die von der Tür in Schwingung versetzt worden waren, verbreiteten den scheppernden Klang von damals.

Was war geschehen? Wo war die Zeitmaschine?

Mach den Mund zu.

»Julius, das ist … ich bin … All diese Dinge kenne ich. Es ist so … Wie kann es sein, dass diese Tankstelle überlebt hat?«

Julius sah sich seufzend um. *Nun, du weißt doch: Schönes bleibt.*

»Guck mal hier, Julius! Das Yps-Heft mit der Fliegenschreck-Pistole!«

Du siehst mich schlichtweg überwältigt.

»Ich hatte damals die Urzeit-Krebse. Die sind mir eingegangen.«

Ja, wem nicht. Julius räusperte sich vernehmlich. *Sosehr dich auch die Nostalgie gefangen genommen zu haben scheint, darf ich daran erinnern, dass deine Tante ungedul-*

dig auf ihren Benz wartet? Sicherlich findest du hier irgendwo ein Branchen-Telefonbuch, aber ich fürchte, dass die Fachleute, die du darin zu finden hoffst, inzwischen alle längst das Zeitliche gesegnet haben.

»*Dolomiti*«, hauchte Herbie und strich mit der Hand ehrfürchtig über die Eis-Papptafel.

Du brauchst einen Plan, Herbert Feldmann!

Die Türglocke schepperte, und Herbie drehte sich um. Er zeigte immer noch das sehnsuchtsvolle Lächeln, das ihm die Erinnerung auf die Lippen gezaubert hatte.

Die Frau, die eintrat, lächelte zurück. Als sich um Herbie der Nebel seiner Kindheitserinnerungen lichtete, glaubte er zuerst, die junge Frau mit dem Pferdeschwanz sei zurückgekommen. Aber zwischen ihr und der Gestalt, die sich dort lächelnd im Türrahmen materialisierte, konnte es keine Verwechslung geben. Sie hatte schulterlanges, glattes Haar, das beinahe zu blond schien, um echt zu sein. Ihr Lächeln war eines, das diesem Gesichtsausdruck den Namen gegeben haben musste. Über der sinnlich aufgeworfenen Oberlippe hatte sich dabei ein niedliches, kleines Grübchen gebildet. Ihre Augen verengten sich in strahlender Heiterkeit.

»Hallo«, sagte sie und sah sich suchend um. »Wo ist denn der Horst?«

Alle Frauen fragen nach Horst. Der scheint ganz schön beliebt zu sein, der Bursche.

* * *

Jenny hielt das Glas gegen die Sonne. Der Wein hatte eine schöne Farbe. Jetzt hatte sie doch mehr ins Glas geschüttet, als sie sich das vorgenommen hatte. Aber ein Glas war ein Glas – egal, wie voll es war. Nur ein Glas!

Sie trank. Es tat unglaublich gut.

Ihr Blick wanderte durch die Gardine des Küchenfensters zum Haupthaus hinüber. Hinter dem Erkerfenster erkannte sie Ketchens Umrisse. Dort saß sie oft stundenlang. Wenn sie nicht im Haushalt herumwerkelte, arbeitete die alte Frau am Computer. Da war sie in ihrem Element. Sie beobachtete das Börsengeschehen und passte mit großem Geschick die Momente ab, in denen es zu handeln galt.

Börse … Jenny trank noch einen Schluck. Warum konnte sie nicht so was? Das war doch kein Hexenwerk. Man konnte das doch lernen.

Wenn sie Ketchen dort oben sitzen sah, wurde ihr so oft ihre eigene Unzulänglichkeit bewusst. Was konnte sie überhaupt? Was hätte aus ihr werden können, wenn sie das Abi gemacht, irgendwas studiert, irgendeinen gut bezahlten Job angenommen hätte

Sie trank das Glas leer.

Nur eins.

Obwohl … es war ja nicht ganz voll gewesen.

Sie schüttete zwei Finger breit Wein hinein und trank ihn rasch aus, sodass es sich anfühlte, als wäre er gar nicht drin gewesen.

Dann nahm sie ihr Handy und schrieb eine SMS an Jogi.

Hast du an die Bank gedacht?, schrieb sie.

Augenblicklich kam die Antwort: *Klar!*

Jenny lächelte. Was würde sie ohne Jogi machen?

Aus dem Nebenraum drangen leise, grunzende Geräusche zu ihr herüber. Da wurde jemand wach.

Und ohne Jonte. Was würde sie ohne Jogi und ohne Jonte machen? Sie tippte ins Handy: *Bis gleich.* Und sie hängte drei Sonnen-Icons dahinter.

Sie war eine glückliche Frau.

Ihr fehlte nichts!

4. Kapitel

Die junge Frau zeigte nach draußen. »Säule zwei.« Julius runzelte die Stirn. *Nun sieh mal einer an. Es hieß doch, hier tanke niemand.*

Erst jetzt sah Herbie den weißen Hyundai an der Zapfsäule. Er hatte ein Frankfurter Kennzeichen.

»Der Rost-Horst?«, fragte sie noch einmal. »Ist er nicht da?«

Mein lieber Freund, so kommen wir nicht weiter. Julius schüttelte ernst den Kopf. *Zuerst haut dich der Anblick von antikem Eis am Stiel aus den Pantinen, und jetzt kriegst du eine Maulsperre wegen dieses blonden Mäuschens.*

»Der Rost-Horst?«

»Horst. Der Tankwart. Rost-Horst. Wo ist er?«

»Der Horst ist im ...«, sagte Herbie mit rauer Stimme. »... im ... im ...«

Im Krankenhaus.

»... im Krankenhaus.«

»Ach du Schande, hoffentlich nichts Schlimmes.« Es klang fast beiläufig. Sie schien nur wenig Anteil zu nehmen, sondern widmete sich ihrem Portemonnaie und zog eine Kreditkarte hervor. Im nächsten Moment lachte sie auf. »Ach Quatsch, ihr habt ja kein Karten-Terminal!« Dann zog sie einen Hunderter heraus. »Sorry, ich hab's nicht kleiner.«

Herbie betrachtete ihre zierliche Figur. Sie trug eine enge Jeans und ein türkisfarbenes T-Shirt mit einer Aufschrift, die so verschnörkelt war, dass er sie nicht entziffern konnte. Irgendwas Englisches, das mit *You are …* anfing. Sie strich sich eine Strähne hinters Ohr. Ihre spitze Nase war einfach bezaubernd. *You are a …* Man konnte es nicht lesen, ohne ihr auf die Brust zu starren.

You are a Volldödel. Steh da nicht so rum! Sag was!

Sie wedelte mit dem Geldschein. »Na, was ist?«

In diesem Moment kam der Praktikant hereingedackelt. »Mblmbltagfraukaltwasser.« Er schlurfte hinter die Kasse und tippte darauf herum.

Die Frau strahlte Herbie wieder an, und über ihren Mundwinkeln bildeten sich zwei niedliche, runde Bäckchen. »Sorry, ich habe gedacht, Sie gehören hier dazu.«

You are völlig weggetreten!

»Mblmblachtundsechzigsiebzig.« Cedric-Maurice nahm den Hunderter mit einem sorgenvollen Blick entgegen und begann damit, verschiedene Münzen geräuschvoll zwischen den Fächern der Kassenschublade hin und her zu sortieren. Unentschlossen nahm er mehrere unterschiedliche Scheine heraus, ließ sie von einer Hand in die andere und wieder zurück wandern und murmelte während der ganzen Prozedur unverständliches Zeug vor sich hin.

Die junge Frau wandte sich zu Herbie um und schenkte ihm erneut ein Lächeln. Sie deutete mit dem Kopf in Richtung Cedric-Maurice und verdrehte die Augen.

»Tanken Sie hier öfter?«, versuchte sich Herbie zaghaft im Smalltalk.

Julius seufzte gepeinigt auf. *Aber natürlich. Das ist die Kult-Tanke, und die Leute kommen aus Frankfurt, Peking und Sao Paolo, um hier zu tanken, egal, wie hoch der Spritpreis ist.*

»Meine Familie wohnt hier«, sagte sie. »Weiter die Straße runter, zum Kaltwasserhof muss ich. Ich komme aus Frankfurt zu Besuch. Bin auf Abruf und muss unter Umständen schon morgen oder übermorgen um fünf Uhr früh wieder los. Aber egal. Für ein paar Tage zuhause nehme ich das in Kauf. Da dachte ich, ich tanke schon mal vorsichtshalber, dann hab ich's hinter mir.«

Der Praktikant probierte offenbar verschiedene Rechenarten durch. Julius schaute ihm dabei über die Schulter und schüttelte den Kopf.

»Ja, und ich muss hier ein Auto aus der Waschanlage befreien«, sagte Herbie. »Festgeklemmt.«

Sie zog fragend die Augenbrauen in die Höhe. »Wie macht man das?«

»Es sind die Sittiche.«

Ihr Gesichtsausdruck wurde immer überraschter.

»Wenn ich ehrlich bin, weiß ich nicht so richtig weiter. Das Auto gehört meiner Tante, und ich kann nicht gerade sagen, dass ich handwerklich besonders begabt bin.«

Schau mal, der Knabe scheint beim Satz des Pythagoras angelangt zu sein.

Der jungen Frau schien es jetzt lange genug gedauert zu haben. Sie ging mit resoluten Schritten zu dem Praktikanten hinter die Theke und machte sich mit geübten Handgriffen an der Kasse zu schaffen. »Ich darf das«, sagte sie beiläufig. »Meinem Vater gehört die Tankstelle. Herbert Kaltwasser.«

»Ach so, ich dachte dieser Rost-Horst …«

»Ist der Pächter. Schon ewig.« Sie entnahm der Schublade Scheine und Münzen, schloss sie wieder, rupfte die Quittung ab und klopfte dem Praktikanten auf die Schulter. »Lernst du noch.« Dann kam sie wieder hinter der Kasse hervor. »Ich bin Fee«, sagte sie und streckte Herbie die Hand entgegen.

Er zögerte einen Moment, sah keinen Ring und drückte sie schließlich. »Fee?«

»So heiße ich.«

»Fee.«

»Bisschen ungewöhnlich, ich weiß.«

»Fee. Schön.«

Sag mal, hörst du dir eigentlich manchmal selber zu?

»Vielleicht kann Ihnen mein Vater irgendwie helfen. Der hat sowieso immer Langeweile. Der ist ja vielleicht sogar froh, wenn er …« Sie unterbrach sich, als draußen Motorenlärm laut wurde. »Ach, sieh mal an, da kommt er ja.«

Ein gewaltiges Ungetüm von einem Trecker rollte auf den Platz. Die Fensterscheiben klirrten in ihren Einfassungen.

»Sie können wieder loslassen«, sagte sie lächelnd.

»Ich bin Herbie.«

Langsam entwand sie ihm ihre Hand. »Fein, Herbie. Das da ist mein Vater. Er kann Ihnen unter Umständen helfen, Ihren Wagen zu befreien.«

Julius war an die Glasfront getreten, hatte die Lippen gespitzt und die Hände auf dem Rücken zusammengelegt. *Donnerknispel, hast du schon mal so ein Ungetüm gesehen? Dagegen ist ein deutscher Jagdpanzer ja ein Bollerwägelchen.*

Der Trecker war wirklich gigantisch. Die sparsame Karosserie war grellgrün lackiert, der restliche Aufbau bestand aus überdimensioniert aussehenden, kraftstrotzenden Funktionsteilen. Die mattschwarze, wie angriffslustig nach unten geneigte Motorhaube sah aus wie der Helm eines Science-Fiction-Kämpfers, mit senkrecht verlaufenden Rillen, die an gefletschte Zähne denken ließen, und mit Scheinwerfern, die an Augenschlitze erinnerten. Die riesigen Räder hatten glänzende, feuerrote Felgen und ein Reifenprofil, in dessen Vertiefungen mühelos der muskulöse Arm eines kräftigen Mannes Platz fand. Zuvorderst ragte eine metallene Kupplung hervor wie eine Hand mit lockend gekrümmtem Zeigefinger.

»Du meine Güte«, hauchte Herbie. »Das Monstrum saugt ja alle Zapfsäulen leer.«

An seiner Seite lachte Fee leise auf. »Papas Lieblingsspielzeug. Ein Fendt 1050 Vario. Hat er sich vorletztes Jahr zum Siebzigsten geschenkt. 517 PS, 14 Tonnen Leergewicht.«

Aber ihr Vater schien nicht zum Tanken angehalten zu haben.

Als sich die Tür des Führerhauses öffnete, schwang sich ein nicht besonders groß gewachsener, rundlicher Mann mit überraschender Behändigkeit heraus, sprang vom Trittrost in die Tiefe und eilte auf die Eingangstür zu. Seine Kleidung war dreckig und zerschlissen, die geflickte Cordhose und das karierte Hemd waren übersät von Farb- und Ölflecken.

Diesem Mann gehörte also diese Nostalgie-Tankstelle mitten im Nirgendwo. Warum besaß man so etwas?

Fee öffnete ihm die Tür und fiel ihm um den Hals. »Dicker, dreckiger Papa«, rief sie munter und drückte ihm einen Kuss auf die rot durchäderte Wange.

Das Gesicht war braun gebrannt, das Kinn stoppelig und die Augenbrauen und der Haarkranz, der seine Halbglatze umwucherte, so zerzaust wie ein Vogelnest. »Liebchen, du bist schon da?«, fragte er überrascht.

»Ja, ich wollte dem Verkehr aus dem Weg gehen. Schlimm?«

Er lachte. »Von wegen. Toll ist das. Toll!« Er packte sie um die Hüfte und küsste sie auf die Wange.

»Der Horst!«, rief er laut. »Wo ist der Horst?«

»Im Krankenhaus«, sagten Fee, Herbie und Julius gleichzeitig.

»Mblmblrankenhaus«, kam es verzögert von Cedric-Maurice.

»Was Ernstes?«, fragte jetzt auch Fees Vater, genauso beiläufig wie seine Tochter wenige Momente zuvor. Keiner schien echtes Mitgefühl mit dem Tankstellen-Pächter zu haben. Er wartete keine Antwort ab. »Kommt mal her, kommt mal her! Das müsst ihr euch ansehen!« Er steuerte die Theke an und legte ein rundliches Bündel auf die abgeschabte Resopalplatte, das er bis jetzt unter den Arm geklemmt hatte. Es war ein lehmverschmierter Lappen, dessen Zipfel er jetzt langsam auseinanderfaltete.

Julius sah, wie Fee ihr T-Shirt abklopfte und auf Flecken untersuchte, und rümpfte die Nase. *Alles, was mit diesem Mann in Berührung kommt, scheint unweigerlich eine Dreckkruste zu kriegen.*

»Guck mal hier, mein Kind. Ich freue mich so, dass du die Erste bist, die das zu sehen kriegt.« Er fasste das Tuch mit großer Vorsicht an. Seine dicken, schrundigen Finger mit den dreckigen Nägeln hielten die Zipfel, als gelte es, ein zerbrechliches Kunstwerk oder eine Kostbarkeit aus Porzellan zu enthüllen. »Weißt du, dein Vater spinnt überhaupt nicht, mein Kind. Dein Vater spinnt ganz und gar nicht. Der hat jahrelang immer den richtigen Riecher gehabt. Die Römer waren hier.«

Fee seufzte auf. »Och Papa, es sagt doch keiner, dass die Römer nicht in der Eifel waren, aber …« Sie legte ihm die Hand auf die Schulter.

»Hier!«, sagte er mit einem Mal sehr laut. »Hier, genau bei uns waren sie!« Weitere mögliche Einwände wischte er mit einer ruppigen Handbewegung beiseite. Dann schlug er den Stoff vollends zurück. Der Gegenstand, der jetzt zutage trat, war gelblich, rund und erdverkrustet.

König Midas, nur mit Dreck statt Gold. Alles, was er anfasst, wird zu Lehm.

»Die Römer waren hier«, sagte der Mann jetzt ganz leise, fast flüsternd. »Ich habe es immer gewusst. Sie haben hier auf unserem Land gelebt, sie haben hier geliebt, wurden hier geboren, haben hier gearbeitet …« Er hob den runden Gegenstand fast zärtlich aus dem Stoffbündel. »Und sie sind hier gestorben und sind hier begraben worden.«

Fee stieß einen leisen Schreckenslaut aus, der Praktikant ließ sein Handy fallen, und auch Herbie starrte verblüfft auf das Ding, das Fees Vater jetzt mit großer

Geste, wie ein alter, aus der Form geratener Hamlet in der ausgestreckten Hand präsentierte.

Das Kerlchen sieht aber nicht gesund aus. Andererseits, wenn ich zweitausend Jahre in der Eifelerde liegen würde, hätte ich vermutlich einen ähnlich freudlosen Gesichtsausdruck. Julius rieb sich nachdenklich seine Nase.

Das, was der Bauer da ehrfurchtsvoll in seinen Händen hielt, war ein menschlicher Schädel.

5. Kapitel

Herbie und Julius trotteten die schmale Straße entlang, die sich zwischen den Feldern und Ansammlungen von allerlei Buschwerk hindurchwand. Der Mais stand schulterhoch, das andere Getreide war bereits abgeerntet. Als sie eine kleine Anhöhe hinter sich gelassen hatten, war die Tankstelle aus ihrem Blickfeld verschwunden. Dafür sahen sie jetzt, wie der vor ihnen liegende schmale Asphaltstreifen in der Ferne geradewegs auf eine Ansammlung von größeren Gebäuden zulief. Einige davon waren langgestreckte Stallungen mit großflächigen, hellgrauen Dächern. Dazugehöriges Vieh sahen sie nirgends. Ein alter Siloturm war halb vom Efeu überwuchert. Das musste Kaltwassers Aussiedlerhof sein. Von dort aus konnte die Autobahn nur noch einen Steinwurf entfernt sein. Man konnte den Verkehr bis hierher hören.

Etwa auf halber Strecke zwischen ihnen und dem Hof standen das Treckermonster und der weiße Hyundai mitten auf der Straße. Hier gab es offenbar keinen Verkehr, den sie behindern würden. Der Bauer hatte seine Tochter dazu gedrängt, ihm zu der Fundstelle zu folgen, und sie waren kurz nacheinander losgefahren.

Und warum dackelst du jetzt hinterher? Julius stolzierte neben Herbie durch das kniehohe Gras des Wegesrands und hatte die Hände auf dem Rücken verschränkt. Die Gräser tanzten um seine graue Tuchhose. Er sah aus wie ein Großgrundbesitzer beim Abschreiten seiner Ländereien.

»Wegen der verdammten Waschanlage. Fee hat gesagt, ihr Vater könne mir vielleicht helfen. Jetzt hat er aber erst mal seinen Römerschädel. Vielleicht kann ich ihn ansprechen, wenn er sich zu Ende gefreut hat.«

Hm, na klar. Es hat natürlich gar nichts mit der jungen Dame zu tun.

»Quatsch.«

Natürlich, Quatsch. Es klang unverhohlen spöttisch.

»Ich habe jetzt andere Sorgen, Julius.«

Selbstverständlich.

»Wirklich.«

Klar.

Sie erreichten die geparkten Fahrzeuge und blickten sich um. Weder von Fee noch von ihrem Vater war etwas zu sehen.

»Wo sind sie hin, Julius? Rechts oder links von der Straße?«

Ruf doch mal was Römisches.

In diesem Moment war undeutlich eine Stimme zu hören, und Herbie folgte ihr, indem er sich zur Rechten durch das niedrige Gestrüpp schlug.

Donnerwetter, das nenne ich mal eine Aussicht.

Herbie hielt einen Moment inne und ließ den Blick in die Ferne schweifen. Dies war ein wirklich außergewöhnlicher Platz. Von einem Moment auf den nächsten standen sie an einer Stelle, an der Herbie von niemandem mehr gesehen werden konnte, aber dafür hatte man über die etwas weiter unten verlaufenden Weißdornhecken hinweg einen beeindruckenden Weitblick.

»Aber ja, glaub mir. Siehst du, Kind, genau deswegen haben sie hier ihre Toten begraben«, wurde jetzt die Stimme des Bauern deutlicher. Als sie einen Busch umrundeten, sahen sie, wie er eine weitschweifige Bewegung mit dem rechten Arm machte. »Der ideale Platz. Ich verwette mein letztes Hemd darauf, dass hier noch weitere Gräber sind. Man muss nur suchen. Man muss hier endlich graben!« Er wies in Richtung Norden. »Da hinten ging die Römerstraße lang. Das sind nur ein paar Kilometer. Hier haben sie gelebt. Wo die Grabstätten sind, war auch die Siedlung, ich bin mir sicher.«

Seine Tochter beschattete den Blick mit der flachen Hand. »Ich glaube dir ja, Papa.«

»Wenigstens du.«

Als Herbie sich näherte, fuhren ihre Köpfe herum.

Fee lächelte erfreut. »Na, neugierig geworden?«

Julius grunzte vergnügt. *Ich bitte Sie, Frolleinchen, Neugier ist sein zweiter Vorname. Herbert Neugier Feldmann von Naseweis, geborener Vorwitz.*

»Ach nein«, sagte Herbie abwehrend. »Ich habe da nur dieses Problem, Sie wissen schon. Und Sie sagten, Ihr Vater …«

»Ach ja, stimmt, Papa. Da ist irgendwas mit der Waschanlage, und …«

»Jaja, soll der Horst sich drum kümmern. Ach nein, der ist ja …«

Fee, Herbie und Julius sagten im Chor: »Im Krankenhaus.«

»Kann der Cedric-Dingenskirchen nicht helfen?«

Fee schüttelte den Kopf. »Das Auto ist eingeklemmt. Ich fürchte, das übersteigt seine Fähigkeiten.«

»Oh, Mist. Ja gut, ich sage dem Jogi Bescheid«, brummte der Bauer und guckte auf die Armbanduhr. »Der müsste gleich von der Schicht kommen.« Es war deutlich erkennbar, dass ihn im Moment nichts auch nur annähernd so sehr interessierte wie sein jüngster historischer Fund. Er machte zwei Schritte auf Herbie zu und fasste ihn beim Oberarm. »Guck dir das mal an, Junge.« Mit sanfter Gewalt zog er ihn an den Rand einer kleinen Bodenwelle und deutete auf die aufgewühlte Erde dahinter. »Es muss beim Gewitter vorletzte Nacht passiert sein. Da ist ordentlich was runtergekommen. Siehst du, da vorne sieht man, wo das Rinnsal von der Straße runtergelaufen ist. Und auch da und da hinten auch noch. Und das muss hier alles freigespült haben.«

Zu ihren Füßen waren offenbar erst kürzlich einige Vertiefungen entstanden, die ganz frisch aussahen. Es war die einzige Stelle ringsum, an der kein Gras mehr stand. Das Erdreich war lehmig und feinkörnig. In den Kuhlen stand der getrocknete Schlamm in handtellergroßen, erstarrten Pfützen. Gelblich-bleich ragten an einer Stelle einige Knochen daraus empor. Sie waren schlank und länglich und lagen parallel zueinander. Es gab keinen Zweifel daran, dass es sich hier um einen Brustkorb handelte.

Julius reckte den Kopf vor und blickte nach unten. *Sieht aus wie Kasseler Rippchen mit Püree und Sauerkraut, nur ohne Sauerkraut und ohne Püree. Und abgenagt sind sie auch noch.*

Wenn das, was Herbie hier in der Kuhle erkennen konnte, alles gewesen wäre, hätte Herbie nicht sagen können, ob es sich um die Knochen eines Tieres oder eines Menschen handelte. Aber der Schädel, den der Bauer in dem schmutzigen Stoffbündel in seiner Linken hielt, sprach für sich.

Herbie ging in die Hocke, reckte den Arm hinunter und strich mit den Fingern über eine der Rippen. »Römer? Sind Sie sicher?«

»Ja klar«, blaffte der Bauer. Er schien kein Freund gegenteiliger Meinungen zu sein.

»Aber müsste man nicht eigentlich die Polizei …«

»Blödsinn!« Er fuhr mit der Rechten in die Tasche seiner ausgebeulten Cordhose und förderte ein paar kleine Gegenstände zutage. Einen davon schüttelte er sich zwischen Daumen und Zeigefinger und drückte ihn Herbie in die Hand. Es war ein kleines, annähernd rundes Stück Metall mit schartigem Rand und grob geprägten Linien und Zeichen auf beiden Seiten. Eine römische Münze.

»Guck hier, Constantin der Zweite«, sagte der Bauer. »Vermute ich. Ist stark zerkratzt.«

»Stimmt, kann man kaum erkennen«, murmelte Herbie und hielt sich die Münze ganz dicht vor die Augen.

»Kannst du behalten, ist nicht viel wert. Hier, lauter Zeug aus meinem Boden.« Auf der flachen Hand des Mannes lagen kleine Tonscherben, rostige Metallhaken und weitere Münzen. »Finde ich hier jeden Tag. Da brauch ich nicht mal so ein Suchgerät für wie die Tünnesse aus der Stadt, die hier am Wochenende immer rumdödeln.« Der Bauer ließ die Gegenstände wieder in seine Hosentasche gleiten und zog stattdessen ein Handy aus seiner Weste. An seine Tochter gewandt sagte er ernst: »So, und jetzt werde ich diesen Dr. Schircher in Trier anrufen. Dieses verdammte Großmaul wird auf den Knien angerutscht kommen und mich um Entschuldigung bitten.« Er hielt das Handy in die Höhe und guckte mit zusammengekniffenen Augen auf das Display. Auf der Suche nach einem besseren Empfang ging er ein paar Schritte hügelaufwärts.

»Ihr Vater ist ja wirklich sehr überzeugt davon, dass das hier ein römisches Grab ist«, sagte Herbie, der immer noch am Rande der Vertiefung hockte.

»Oh ja, das ist er. Und ich glaube ihm.« Fee lächelte ihn an. »Seit ich denken kann, hat er meinem Bruder und mir prophezeit, dass er hier, auf unserem Grund und Boden, eines Tages eine archäologische Sensation freilegen würde.«

»Was kann das denn sein? Eine römische Siedlung ist doch nichts Besonderes in der Eifel.«

Ich kenne mich ja nicht aus mit Römern. Julius kratzte sich am Bart. *Ich weiß nur, dass sie alle riesige Knollennasen hatten und in Zeltstädten wohnten, die Kleinbonum, Laudanum oder Babaorum hießen.*

»Das stimmt schon, römische Siedlungen gibt es genug in der Eifel. Es gibt die Villa in Blankenheim, die in Bad Neuenahr, die Villa Otrang und was weiß ich noch wo. Mein Vater glaubt aber, dass das, was hier begraben liegt, viel, viel größer ist als alles andere, was bis jetzt gefunden wurde.«

Und all ihre Namen endeten auf die Silbe us. Wie bei mir.

Gedankenverloren stupste Herbie mit der Schuhspitze gegen ein Knochenstück, das neben der glatten, runden Höhlung aus der Erde ragte, in der eindeutig der Schädel gesteckt hatte. »Wer ist denn dieser Dr. Schircher, den Ihr Vater jetzt anrufen will?«

Sagte ich schon, dass er schrecklich neugierig ist?

»Vor drei, vier Jahren hat Papa einen Archäologen aus Trier beauftragt. Einen Dr. Schircher. Ziemlich komischer Typ. Ganz anders, als man sich einen Archäologen so vorstellt. Ich habe ihm von Anfang an nicht getraut. Papa hat richtig viel Geld vorgeschossen. Das muss man sich mal vorstellen, er hat das alles finanziert. Jeden zweiten Tag kam dieser Schircher und sagte, wir brauchen noch dies und das. Hier muss noch ein Gerät ausgeliehen werden und da noch Werkzeug beschafft werden …«

»Klingt ein bisschen unseriös.«

»Und wie. Und nach ein paar Wochen gab es dann einen schlimmen Streit, weil dieser Schircher der Meinung war, das wirklich interessante Gelände läge eigentlich weiter da hinten, wo die Ahekapelle steht, und gar nicht hier auf dem Land meiner Familie. Und es wäre mittlerweile für immer und ewig unter der Autobahn begraben. Da ist Papa dann ausgerastet.« Sie kaute nachdenklich auf der Unterlippe und senkte kurz den Blick. »Mein Vater rastet öfter schon mal aus.«

Herbie wusste nicht, was er sagen sollte. Er guckte in die Richtung, in die sie gezeigt hatte.

»Es wäre vielleicht nicht so schlimm gewesen, wenn mein Vater nicht in den Siebzigern das ganze Land für den Autobahnbau verkauft hätte. Ausgerechnet!« Fee lächelte säuerlich. »Das muss man sich mal vorstellen: Mein Papa hat womöglich damals die ganze kostbare Historie, nach der er so verzweifelt sucht, verscheuert, damit dann meterdick der Asphalt drübergewalzt wurde. Ich glaube, schon allein für die Aussicht, dass das Schicksal ihn so gelinkt hat, hätte er diesen Archäologen am liebsten ordentlich vertrimmt.«

»Aber wären solche historischen Funde denn nicht bei den damaligen Baumaßnahmen ans Tageslicht gekommen?«

Fee blies geräuschvoll die Luft aus. »Na, hören Sie mal! Wenn der Verkehr rollen soll, interessieren die sich doch nicht für ein paar alte Gürtelschnallen und Tonpötte.«

Herbie dachte daran, dass diese Dinge womöglich in der damaligen Zeit wirklich nicht so eine große Rolle gespielt hatten. Heute wurde hingegen die Fertigstellung der letzten fünfundzwanzig Kilometer Autobahn nicht zuletzt dadurch verhindert, dass in den Neunzigern auf der geplanten Trasse ein einziges totes Haselhuhn gefunden worden war.

Fee zuckte mit den Schultern und seufzte. »Na ja, und dann ist dieser Schircher bei Nacht und Nebel mit seinen Leuten abgehauen. Einfach so. Mein Vater hat das Geld nie wiedergesehen.«

»Das ist hart.«

»Allerdings nicht wegen des Geldes. Davon hat meine Familie mehr als genug.«

»Dieser Jogi, der mir helfen soll, ist das Ihr Bruder?«

»Nein, der Jogi lebt mit Frau und Kind in der alten Scheune des Hofs zur Miete. Er hilft meinem Vater ab und zu. Mein Bruder Tom ist ins Ausland gegangen, nachdem meine Mutter gestorben ist. Nach Marokko. Trekking-Touren für Möchtegern-Abenteurer. Da hat er sich ab und zu noch gemeldet. Einmal kam er sogar mal zu Weihnachten nach Hause, aber da hat es nur Stress mit meinem Vater gegeben. Dann ist er nach Thailand, und jetzt mogelt er sich schon ein paar Jahre in Südamerika durch, soweit ich weiß. Er ist nicht so für die Arbeit geschaffen, für Familie und festen Wohnsitz und so.«

Oh, redet sie von dir?

»Südamerika … Weiter weg von der Eifel geht kaum, oder?«

»Allerdings.«

»Habt ihr Kontakt?«

Sie schüttelte mit betretener Miene den Kopf. »Nur bei meiner Tante Ketchen meldet er sich ab und zu. Das darf mein Vater aber nicht erfahren, sonst macht er Rabatz.«

»Verstehe. Entschuldige, ich wollte nicht indiskret sein.«

Julius prustete. *… sprach Herbert Neugier Feldmann von Naseweis, geborener Vorwitz von und zu Indiskret und Taktlos.*

Der Bauer kehrte in diesem Moment zurück und schnaubte verärgert. »Hat wohl eine neue Nummer, der Knilch. Aber der hätte von mir sowieso keinen Auftrag mehr gekriegt. Dieses Mal werde ich mich an das Archäologische Institut in Köln wenden.« Er klopfte Herbie, der in diesem Moment wieder aus der Hocke hochkam, auf die Schulter. »Ich bin übrigens Herbert Kaltwasser. Kannst Hepp sagen. Sagen alle.«

»Herbert? Lustig, ich auch. Herbie. Herbie Feldmann«, sagte Herbie und hielt ihm lächelnd das Knochenstück entgegen, das er soeben aufgelesen hatte.

»Tja, blöd, das mit deinem Auto«, sagte Hepp. »Kriegen wir aber hin. Überhaupt Mist, auch das mit dem Horst und der Tankstelle. Irgendwer müsste da einspringen, wenn jetzt die Graberei wieder losgeht. Ich meine, dann ist doch hier was los. Die Archäologen-Crew, die Presse, das Fernsehen und all so was. Weißt du zufällig, wer sich was dazuverdienen will, solange der alte Trottel im Krankenhaus ist? Wie wär's denn mit dir? Würde ich mir durchaus auch ein bisschen was aus der eigenen Tasche kosten lassen.«

Herbie kaute auf der Unterlippe. »Zeit hätte ich ja«, murmelte er.

»Das wäre ja schön. Da wäre das Problem ja schnell gelöst.« Fee strich sich eine blonde Strähne hinter das linke Ohr und lächelte ihn an.

»Meine Schwester macht das gleich mit den Papieren und so. Nix Großes. Wir stellen dich als Aushilfe auf dem Hof an, und wenn der Horst zurückkommt, regle ich das schon mit dem.« Hepp klopfte ihm auf die Schulter.

»Jetzt scheint es hier ja richtig turbulent zu werden«, sagte Herbie, und gerade als Hepp Kaltwasser wieder mit großer Geste ausholen wollte, um das Szenario der anstehenden archäologischen Grabungen zu beschreiben, fiel sein Blick auf den Knochen in Herbies Hand.

»Oh, der Unterkiefer«, sagte er. »Hm, wir sollten besser nicht noch mehr von diesen Knochen da rausholen.« Er nahm ihn an sich und fasste seine Tochter im nächsten Moment ungestüm um die Hüfte. »Und jetzt stoßen wir an. Ich muss dringend Ketchen Bescheid sagen. Komm mit, Herbie, wir machen eine Pulle auf. Und dann kommen wir zurück und decken hier alles mit Plastikplanen und Schaltafeln ab!«

Sie gingen zurück zu den Fahrzeugen, und Fee sagte: »Ich nehm dich mit. Es sei denn, du willst Trecker fahren.«

Herbie hatte nicht nur überaus wenig Lust, in ein Gefährt zu steigen, dessen Räder größer waren als er selbst, es bereitete ihm auch viel mehr Vergnügen, neben der Tochter zu sitzen als neben dem Vater.

Julius saß wie immer auf dem Rücksitz und lehnte sich breit grinsend mit den Ellenbogen zwischen Herbie und Fee auf deren Sitzlehnen. *Tut so, als wäre ich gar nicht da.*

Es gab häufig Gelegenheiten, bei denen Herbie sich wünschte, sein Begleiter würde mal für ein paar Momente verschwinden, aber so gut wie nie tat ihm Julius dann auch diesen Gefallen. Eine solche Gelegenheit wie jetzt ließ sich der blasierte, fette Kerl niemals entgehen.

6. Kapitel

Bevor Herbie überhaupt einen Anfang für eine unverfängliche Plauderei gefunden hatte, rollten sie mit dem Hyundai schon auf den gepflasterten Hof. Hinter ihnen donnerte der Trecker heran, und Kaltwasser betätigte dabei schmetternd die Hupe, als würde er siegreich aus einer Schlacht heimkehren.

Das Haupthaus des Aussiedlerhofs war in seinen Grundzügen ein langweiliges, eingeschossiges Gebäude mit rechteckigem Grundriss und geringer Dachneigung. Alles, was man an diesem Haus irgendwann einmal im Zuge einer größeren Umbaumaßnahme verändert hatte, erinnerte an eine missglückte Schönheits-OP, bei der die Lider gestrafft, die Brüste aufgepumpt und die Wangen strammgezurrt worden sind. Dementsprechend gab es hier Erker, Wandverkleidungen und toskanische Säulen. Man erkannte genau, wie es vorher ausgesehen haben musste.

An der Hausecke sahen sie eine gebeugte, alte Frau mit einem Besen, die interessiert den Hals reckte.

Fee drückte auf die Hupe und winkte.

»Meine Tante Katharina. Also alle sagen Ketchen, mit E. Spricht man hier so aus«, erklärte Fee.

»Ich bin von hier«, sagte Herbie.

»Echt? Immer hier geblieben?«

Er lächelte und zuckte entschuldigend mit den Schultern. »Irgendwie hängen geblieben.«

»Ketchen ist unser Schatz.« Fee winkte durch das offene Fahrerfenster und parkte den Wagen direkt neben einem klotzigen SUV.

Julius betrachtete das Gefährt amüsiert. *Och, guck mal, der sieht aus, als wäre er der kleine Welpe des Treckers.*

Herbie entdeckte eine weitere Person, die von einem Nebengebäude herangeschlendert kam. Es war die junge Frau in der geblümten Bluse, die jetzt ein kleines Kind an der Hand führte. »Und das ist Jenny, die Frau von Jogi. Mit dem kleinen Jonte.«

Sag mal, hast du eine Ahnung, wieso sie dir hier alle vorstellt?

Herbie hörte die Stimme seines Freundes an seinem rechten Ohr. Er wusste es ja selber nicht so recht. Andererseits gefiel es ihm durchaus, dass Fee sich diese Mühe mit ihm gab.

»Ich arbeite jetzt hier«, raunte er Julius so leise zu, dass Fee es nicht hören konnte.

Als sie ausstieg, kam der kleine Junge fröhlich krähend auf sie zugetaumelt. Fee fing ihn mit ausgebreiteten Armen auf und riss ihn in die Höhe. Das Kind quiekte vor Vergnügen.

Die junge Frau nickte Herbie zu, der sich inzwischen auch vom Gurt befreit hatte und ausgestiegen war. »Oh, hallo. Wir haben uns vorhin schon gesehen.«

Herbie nickte. »Ab sofort werde ich an der Tankstelle aushelfen.«

Hepp Kaltwasser sprang jubelnd aus seinem Trecker und reckte seiner Schwester das fleckige Stoffbündel entgegen. »Ketchen, es ist so weit! Hier habe ich endlich den Beweis!«

»Einen Beweis? Für was denn, Hepp? Für was denn?«

Er legte das Bündel in die linke Armbeuge und faltete mit der Rechten den Stoff auseinander. »Ein Römergrab, Ketchen. Auf unserem Feld. Das ist der Beweis. Endlich, endlich, endlich.«

Seine Schwester reckte den Kopf vor, dass die Sehnen ihres dürren Halses hervortraten. »Sag bloß, Hepp. Ist das wirklich wahr? Römer?«

Er nickte heftig. »So wahr ich hier stehe. Ich habe ihn da hinten gefunden, nicht weit von der Straße. Sogar ziemlich genau an der Stelle, an der dieser Idiot damals angefangen hat zu graben. Hätte der weitergemacht, wäre er fündig geworden!«

Die alte Frau nahm zögerlich den Unterkieferknochen zwischen ihre dünnen Finger und betrachtete ihn mit einer Mischung aus Abscheu und Interesse. Als ihre Nichte Fee an ihre Seite trat, immer noch das Kind auf dem Arm, blickte sie auf, lächelte sie liebevoll an und ließ sich kurz umarmen, dann widmete sie sich aber wieder der Betrachtung des Knochens.

Hepp Kaltwassers Blick fiel in diesem Moment auf Herbie, und eine Erinnerung ließ seine Augenbrauen in die Höhe tanzen. »Ach, und der Kerl da hilft ab sofort an der Tankstelle aus, Ketchen. Du machst das gleich mit dem Papierkram, ja?«

»Ja, Hepp, mach ich.« Sie nickte Herbie freundlich zu.

Kaltwasser eilte mit Riesenschritten die Stufen zur Haustür hinauf.

Ein knatterndes Motorengeräusch wurde laut, und Herbie drehte sich um. War es vor wenigen Momenten noch ein monströser Trecker gewesen, der mit 500 PS um die Ecke gedonnert war, kam nun ein Mofa angetuckert. Der Fahrer steuerte auf die kleine Personengruppe zu und hielt direkt neben ihnen an.

»Da kommt der Papa«, wisperte Fee dem Kleinen ins Ohr, und das Kind rief fröhlich: »Papa! Papa!«

Der Motor erstarb, der Mann zog sich den Helm vom Kopf. Zum Vorschein kam ein rundes, gutmütiges, ziemlich erhitztes Gesicht, das von einer dunkelbraunen, wirren Lockenmähne umrahmt wurde.

»Das ist mein Jogi«, sagte Jenny und drückte ihm einen Kuss auf die gerötete Wange. »Und das ist …«

»Herbie. Ich bin die Vertretung an der Tankstelle.«

»Ah, okay. Was ist denn mit dem Rost-Horst?«

Als Herbie, Jenny und Fee gleichzeitig riefen: »Ist im Krankenhaus«, lachte Fee laut auf und sah Herbie an. Ihr Blick heftete sich an seinen, die Zeit wurde für einen kurzen Moment angehalten, ihr Gesicht entspannte sich langsam, aber das Lächeln blieb in ihren Augen.

»So, hier kommt der Schampus!«, rief Hepp Kaltwasser, kam die Treppenstufen wieder heruntergesprungen und eilte auf sie zu. Er hatte ein paar langstielige Gläser zwischen seinen klobigen Fingern und reckte sie ihnen entgegen. Unter seinem linken Arm klemmte eine grün glänzende Flasche mit orangefarbener Halsbinde.

»Was feiert ihr denn?«, fragte Jogi und stieg von seinem Mofa.

Hepp Kaltwasser werkelte angestrengt an dem Korken herum und presste einzelne Worte zwischen den Zähnen hervor: »Sensationeller … Fund … mein … Junge … Römer … echte … Römer …«

Seine Schwester war unterdessen mit schlurfenden Schritten an seine Seite getreten, und Herbie erkannte zu seiner Überraschung plötzlich tiefe Sorgenfalten in ihrem Gesicht.

Sie hatte eine Brille angezogen und hielt den Unterkiefer in ihrer zitternden Hand. »Hepp? Hepp, hör mal, du musst mal gucken. Hier, da ist was. Da an dem Zahn. Siehst du das?«

Kaltwasser hielt mit dem Entkorken der Flasche inne und folgte irritiert ihrem Fingerzeig.

Herbie, der gleich neben ihr stand, nahm ihr vorsichtig den Knochen aus der Hand. Er erkannte sofort, was sie meinte.

Von den Zähnen des Unterkiefers war mittlerweile der meiste Dreck abgebröckelt. Zähne, so wusste Herbie, konnten Jahrhunderte überdauern, ohne dass ihnen Wind, Wetter, Feuer oder Frost etwas ausmachten. Aber das, was er hier erkannte …

Julius hauchte leise: *Da sieh mal einer an. Stell es dir vor, mein Freund, wie der römische Hufschmied den Kopf des armen, knieenden Kerls behutsam auf seinen Amboss legt. Der Mann schreit vor Schmerz, heult, ruft sämtliche Götter an, die man in einer solchen Situation anzurufen pflegt. Dann kommt das Metall. Es ist kochend heiß und flüssig, und es legt sich zischend und blubbernd in die Wölbung des Backen-*

zahns, dann erstarrt es, wird langsam fest und fester, und der Schmied erkennt genau den richtigen Moment, in dem er mit dem schweren Hammer zuschlagen muss. Wieder und wieder holt er aus und lässt den Hammer niedersausen, formend, modellierend. Und zum Schluss kommt ein Schwall kalten Wassers aus einem hölzernen Eimer – und fertig ist die schönste römische Zahnplombe, so wie sie auch ein Zahnarzt unserer Tage nicht schöner hinkriegen könnte.

»Eine Plombe?«, sagte Hepp Kaltwasser leise und mit vor Enttäuschung rauer Stimme. »Nee, ne?«

»Konnten die Römer denn schon Zähne plombieren?«, fragte seine Schwester ängstlich.

Ein betretenes Schweigen breitete sich auf dem Hof aus. Selbst die Vögel schienen ihr Gezwitscher eingestellt zu haben.

In diesem Moment schoss mit einem lauten Knall der Korken aus dem Flaschenhals.

* * *

Das Innere des Hauses hielt das, was das Äußere versprach. Die Wände waren mit einem weißen Rauputz versehen, die Türen cremefarben lackiert und die Decken mit protzigen Stuckleisten aus Styropor umrahmt. Das ganze Mobiliar sah unbequem aus und schien allein aus optischen Gründen angeschafft worden zu sein. Weiße, geschwungene Stuhlbeine und elfenbeinfarbene Ledersofas. Herbie sah all das durch offen stehende Türen, während die alte Frau vor ihm her wackelte.

Es roch nach frischem Apfelkuchen.

Herbie folgte ihr durch Flure, die Treppe hinauf und in ein Zimmer im Dachgeschoss hinein. Und da war plötzlich alles anders. Alle Möbel in diesem Raum waren aus mittelbraun lasiertem Holz, hatten keinerlei Schnörkel und keinen Zierrat. Alte Bürorollschränke und ein Schreibtisch mit einem Bürostuhl mit fleckigem, verchromtem Fuß und grünem Kunstlederpolster standen auf dem mit grauem Nadelfilz ausgelegten Boden.

Julius dreht sich einmal um die eigene Achse und sah sich um. *Wie in der guten alten Zeit, vor der Erfindung des Faxgeräts. Eigentlich müsste jetzt mit einem Knopfdruck alles schwarz-weiß sein.*

Er hatte recht. Dieser Raum schien sich erfolgreich gegen die brachiale Rundumerneuerung gewehrt zu haben, die irgendwann einmal über das restliche Haus hereingebrochen war. Oder vielmehr die Frau, die in diesem Zimmer das Sagen hatte, hatte widerstanden. Ja, dank Ketchen Kaltwasser war hier alles konserviert worden.

Die Schränke waren randvoll mit alten Leitz-Ordnern. Hier wurde noch gelocht, geheftet, und es wurde Gummierung angeleckt. Eine Ecke des Zimmers wurde von einer großen Palme dominiert, deren Blätter und Zweige dem Erkerfenster entgegenstrebten. Einzig ein ziemlich neuer Computerbildschirm und eine Tastatur auf dem Schreibtisch zeugten vom Vorhandensein moderner Bürotechnik.

»Kommen Sie rein, junger Mann«, sagte Ketchen. »Wir machen das so: Ich werde einen Vertrag aufsetzen. Einen auf 450-Euro-Basis. Dann sind Sie erst mal bei uns auf dem Hof angestellt. Und wie der Hepp das nachher mit dem Horst auseinander pusementiert, das weiß ich auch nicht. Wird der schon irgendwie hinkriegen. Irgendwann wird der Kerl ja auch wieder aus dem Krankenhaus rauskommen. Der Hepp, der fühlt sich ja immer verantwortlich für alle und will allen helfen. Ach ja, der Hepp …« Sie blickte aus dem Fenster und seufzte tief.

Als Herbie über die Schulter der kleinen Frau nach draußen blickte, erkannte er den Bauern, der über den Hof ging, das Handy fest ans Ohr gedrückt. Er gestikulierte wild mit der freien Hand und trat wütend nach kleinen Steinchen. Wahrscheinlich telefonierte er gerade mit der Polizei. Das hatte er jedenfalls vorgehabt, als sie ins Haus gegangen waren.

»Was soll das nur wieder werden? Jetzt hat er da einen Totenkopp ausgegraben. Einen Schädel, das muss man sich mal vorstellen!«, sagte Ketchen Kaltwasser mit dem Brustton der Empörung. »Jetzt kommen doch sicher die Kripo und die Zeitung und all so was. Da regt der sich doch nur wieder auf. Das ist ja Gift für seinen Blutdruck. Der macht sich immer Sorgen wegen meiner Herzgeschichten, aber der müsste sich noch viel mehr um seine eigene Gesundheit kümmern. Ach ja, ein kleiner Bruder bleibt doch immer ein kleiner Bruder. Egal, was für ein verknöcherter, brummiger, alter Dickschädel er auch geworden ist.« Sie drehte sich zu Herbie um und lächelte ihn schwach an. »Wissen Sie, wir sind über zehn Jahre auseinander, aber er tut immer so, als wäre ich die, der man helfen muss. Aber Sie können mir glauben, wenn ich nicht wäre …« Sie setzte eine Brille auf, umrundete den Schreibtisch und begann, suchend mit dem Finger über die Rücken der Aktenordner zu fahren.

Da scheint aber jemand einen ganz ordentlichen Durst zu haben.

Genau wie Julius sah Herbie jetzt dort unten auf dem Hof die junge Frau, die sich vor der Haustür kurz nach allen Seiten umblickte, bevor sie den Rest der dort abgestellten Champagnerflasche in ein Glas schüttete und dann rasch austrank. Dann lief sie durch die offen stehende Tür ins gegenüberliegende Haus. Offenbar war es ein zum Wohnhaus ausgebautes ehemaliges Wirtschaftsgebäude.

Eine nette kleine Familie. Julius legte versonnen lächelnd den Kopf schief. *Jenny, Jogi und … wie heißt der Knirps? Knute? Jute? Kunta Kinte?*

Kurz vorher, unten auf dem Hof, war Jennys Mann nicht gerade in Jubel ausgebrochen, als er erfuhr, dass er doch noch keinen Feierabend haben sollte. Er hatte gerade das Mofa unter ein kleines Vordach schieben wollen, als Hepp Kaltwasser ihn gebeten hatte, Herbie aus seiner Notlage herauszuhelfen.

»Ich esse erst zu Abend, und dann komm ich rüber, okay?«, hatte er Herbie zunächst angeboten.

Aber Fee, die zauberhafte Tochter des Bauern, hatte ihn mit sanfter Gewalt dazu gedrängt, das mit der Waschanlage dann doch lieber zuerst zu erledigen. Sie legte sich sehr ins Zeug für ihren neuen Bekannten. Das war auch Julius aufgefallen.

»Ich mach dir schnell ein Brot«, hatte seine Frau gesagt. »Dann hast du schon mal was im Bauch. Und nachher gibt's dann Gulasch. Schön scharf.« Da hatte er auch schon wieder gestrahlt.

»So, hier haben wir es ja.« Ketchen Kaltwasser zog einen der Ordner aus dem Regal und legte ihn auf den

Schreibtisch. Sie setzte sich auf den bedenklich klappernden Drehstuhl und begann darin zu blättern. »Formulare, Formulare … Und jedes Jahr erfinden die neue Jeckigkeiten … Ich weiß gar nicht, wann wir zuletzt mal jemanden eingestellt haben. Haben Sie denn schon mal an einer Tankstelle gearbeitet?«

»Wenn ich ehrlich bin, nein.«

Wenn du ehrlich bist, hast du überhaupt noch nie richtig gearbeitet. Julius kratzte sich am Bart.

»Na ja, kann ja nicht so schwer sein«, sagte Ketchen Kaltwasser.

Herbies Blick wurde von einem gerahmten Familienfoto angezogen, das an der Wand hing. Er erkannte den noch deutlich jüngeren Hepp Kaltwasser. Neben ihm eine attraktive Frau mit kurzen Haaren. Und da waren zwei kleine Kinder. Links ein feixender Bengel mit einem Gesicht voller Sommersprossen und rechts ein kleines, blond gelocktes Mädchen mit Stupsnase, zu dem schon damals sein ausgefallener Name gepasst hatte: Fee.

Ketchen Kaltwasser plauderte weiter, während sie nach dem Formular suchte. »Wenn der doofe Horst das kann, dann können Sie das bestimmt auch.« Sie warf ihm über den Rand der Brille einen bedeutungsvollen Blick zu. »Unter uns, ich weiß gar nicht, warum der Hepp den damals überhaupt als Pächter genommen hat. Der hatte noch nie einen guten Ruf. Aber die Pacht kommt immer pünktlich, und was anderes hat uns ja auch gar nicht zu interessieren. Wie der davon existieren kann, der Horst … ich will es gar nicht wissen.«

Herbie betrachtete einen großen, gerahmten Zeitungsartikel, der neben dem Familienportrait hing. Die Schlagzeile war so groß und fett und aufdringlich, wie das nur ein Nachrichtenblatt hinkriegte: *Oma Dax mischt die Börse auf!*

Kein Zweifel, das war Ketchen Kaltwasser, die da an ihrem piefigen, alten Schreibtisch fotografiert worden war.

Auf einem der Rollschränke lag ein weiterer Bilderrahmen mit einem Zeitungsartikel: *Aktien-Oma hat immer den richtigen Riecher!* An der Stelle, an der er offenbar an der Wand gehangen hatte, war jetzt ein kleiner, eingemauerter Safe mit einem Doppelbart-Schlüsselloch.

Mich wundert immer wieder, wie ungeniert du überall herumschnüffelst, mein Freund. Frag doch mal, ob du einen Blick in den Safe werfen kannst.

Ketchen sah kurz auf und bemerkte, dass Herbie dabei war, die Artikel zu studieren. »Ach, die Zeitungen, die machen immer so ein Tamtam. Ich habe eben Spaß an dem ganzen Börsen-Zeug. Damit habe ich angefangen, als die Ursel noch lebte, meine Schwägerin. Damals hatte ich ja hier nichts zu tun. Da war das ganze Geld vom Verkauf der Grundstücke, und dann hat die Ursel das ganze Haus umgebaut und schick gemacht. Und ich hab gedacht, mit dem Geld kann man doch eigentlich noch mehr machen, als es nur für goldene Türklinken und italienische Marmorfliesen auszugeben, und da habe ich … Oh!« Sie hielt sich verschämt die Hand vor den Mund. »Entschuldigung, das war nicht nett, oder? Ich habe es aber gar nicht so gemeint, wie es sich anhörte. Die Ursel war eine liebe Frau. Wirklich, eine ganz, ganz liebe. Und der Hepp hat sie auch furchtbar gern gehabt, aber …«

Auf einer anderen Fotografie war eine ältere Frau im Krankenbett zu erkennen. Das Bild schien neueren Datums zu sein. Das Gesicht der Frau sah merkwürdig entstellt aus, der Hals unnatürlich angeschwollen und seltsam verdreht. Trotz ihrer Missbildung lächelte die Frau in die Kamera. War das Fees Mutter? Herbie versuchte vergeblich, eine Ähnlichkeit mit der attraktiven Frau auf dem Familienbild auszumachen.

»Sie lebt nicht mehr?«

Hat sie doch gerade gesagt. Julius rollte mit den Augen.

Ketchen Kaltwasser nickte, ohne von ihren Papieren aufzublicken. »Ein Autounfall. Schlimm. Ganz, ganz schlimm.«

Herbie dachte für einen Moment an seine eigene Mutter. Dieses Schicksal teilte er also mit Fee.

Der Gedanke an ihre verstorbene Schwägerin hatte die alte Frau auf ihrem Drehstuhl in sich zusammensacken lassen.

Herbie räusperte sich verlegen. »Hören Sie, Frau Kaltwasser, was halten Sie davon, wenn ich Ihnen meine Adresse und all so was dalasse, und wir erledigen den Rest später? Der junge Mann von gegenüber …«

»Der Jogi?«

»Der will jetzt gleich zur Tankstelle kommen und …«

»Jaja.« Sie winkte müde ab. »Sie haben recht, das machen wir so. Ich finde jetzt auf die Schnelle sowieso nicht dieses dusselige Formular.« Sie schob ihm einen Zettel hin und einen Kugelschreiber, den sie erst an einer Ecke des Papiers ausprobierte.

Schreib: Ich, Herbert Feldmann, nehme nach dem vollständigen Verlust meiner geistigen Kräfte ohne Bezahlung alle Arbeiten, die sonst keiner machen will …

Als Herbie seine Adresse schrieb, leuchtete der Computerbildschirm auf. Ketchen Kaltwasser legte ihre Hände auf die Tastatur und tippte etwas. Ihre schrumpeligen, alten Finger huschten mit überraschender Geschwindigkeit über die Tasten.

Als Herbie ihr den Zettel hinüberschob, sah er, dass sie den Börsenteil einer Tageszeitung von einem Stapel Papiere gefischt hatte und nun mit dem ausgestreckten, zittrigen Zeigefinger die Zahlenkolonnen hinunterfuhr. Dann tippte sie wieder etwas in den Computer und wandte sich schließlich wieder ihm zu. Ein Lächeln umspielte mit einem Mal ihre runzligen Mundwinkel.

»Wenigstens eine gute Nachricht für heute«, sagte sie.

7. Kapitel

Eine Weile nachdem Herbie zu Fuß zur Tankstelle zurückgekehrt war, kam schließlich auch Jogi mit dem Mofa angerollt. Er kaute und wirkte weniger missmutig als vorhin. »Wenigstens 'ne kleine Stulle musste sein«, sagte er mit vollem Mund. »Wenn ich nichts im Bauch habe, werde ich ungemütlich.«

Herbie machte ihn in groben Zügen mit dem Waschanlagen-Problem vertraut. Jogi betrachtete das Malheur, lachte leise in sich hinein und machte sich schließlich kopfschüttelnd daran, in den Räumen der Tankstelle nach halbwegs passendem Werkzeug zu fahnden. Dann betrachtete er nachdenklich das, was er sich da an rostigem Kram zusammengesucht hatte, runzelte die Stirn und fischte sich mit dem kleinen Finger die Reste seines Wurstbrots zwischen den Zähnen hervor.

»Na, dann wollen wir mal«, sagte er mit einem Seufzen.

Die Sittiche veranstalteten ein empört klingendes Spektakel.

Herbie versuchte eine Zeit lang, ihm zur Hand zu gehen, aber irgendwann gab Julius ihm zu verstehen, dass er eigentlich nur störte. *Wollen wir nicht drum herum reden. Du bist hier so nutzlos wie das Angebrannte am Pfannenboden.*

Also ging Herbie dazu über, seinen neuen Arbeitsplatz zu inspizieren. Er guckte halbherzig in Schubladen, fingerte ein bisschen zwischen Zetteln, Formularen und ungeöffneten Briefumschlägen herum, die von außen schon erahnen ließen, dass im Inneren Forderungen und unbequeme Drohungen warteten.

Und schließlich probierte er den Bürostuhl hinter der Tankstellenkasse aus. Begleitet von einem grellen Quietschen drehte er sich einmal mit Schwung damit herum.

Hm, ja, ich finde, es macht was mit dir.

»Ein richtiger Chefsessel, oder?«

Julius rümpfte die Nase. *Ja, genau, so wie du ein richtiger Chef bist.*

»Wäre doch nicht schlecht. Dach überm Kopf, ruhiger Job.«

Keine störenden Kunden.

»Na ja, man müsste natürlich ein bisschen mehr werben, auf sich aufmerksam machen. Es ist nicht viel los, stimmt schon, aber von irgendwas wird dieser Horst ja leben.« Er schob ein paar Papiere auf der Arbeitsfläche hin und her. Auftragsbestätigungen, Rechnungen, Mahnungen. »Ich stelle mir das easy vor. Ein- oder zweimal im Monat kommt der große Tankwagen und liefert Benzin, Diesel und dieses komische Blue Sowieso, und ich verkaufe es dann an die Kundschaft.«

In der Theorie klingt es simpel und erfolgversprechend.

»Kann doch nicht so schwer sein.«

Der Praktikant hatte ihm, bevor er von seiner Mutter im gelben Twingo abgeholt worden war, in extrem groben Zügen und mit nur schwer verständlichen Worten die groben Abläufe erklärt. Das, was Herbie davon verstanden hatte, schien eigentlich keine Zauberei zu sein. Nur die Handhabung der Kasse machte den Anschein, als wäre es etwas komplizierter. Zu kompliziert jedenfalls für Cedric-Maurice, der es offenbar selber noch nicht genau begriffen hatte.

Als der Praktikant Herbie den Schlüsselbund ausgehändigt hatte, war das für Herbie fast so etwas wie ein feierlicher Moment gewesen.

Jetzt klimperte er mit dem Schlüsselbund herum. Zu welchen Schlössern die wohl alle gehörten? »Doch, ja, ich glaube, das wäre was für mich, Julius. Ich meine, den Spritpreis kann ich doch selber festlegen, oder?«

Ich würde sagen, wer hier mit leerem Tank strandet, wird jeden Preis bezahlen, um wieder wegzukommen.

»Alles wird hierhin geliefert, wenn ich diesen Cedric-Dings richtig verstanden habe. Zigaretten, Zeitschriften … Guck, hier und hier …« Herbie deutete auf ein gelbes Post-it-Zettelchen am Computerbildschirm und auf ein rot umkringeltes Datum auf dem Oben-ohne-Kalender eines Bremsbelagherstellers. »Das ist morgen. Ich wette, da kommt eine Lieferung.«

Oder der Gerichtsvollzieher.

Auf der Straße fuhr ein Polizeifahrzeug vorbei. Es war schon der zweite innerhalb der letzten Viertelstunde. Herbie erhob sich aus dem gefährlich schwankenden Drehsessel und ging zum Schaufenster.

Am liebsten würdest du hingehen, stimmt's?

»Ja, schon. Aber die haben alles abgesperrt. Das ist jetzt ein richtiger Tatort. Schon seltsam, oder? Wenn wir erst mal tot sind, ist es egal, wie lange wir unter der Erde liegen. Ob fünf, fünfzig oder fünfhundert Jahre, unseren Knochen macht das nichts«

Wenn man sie in Ruhe lässt.

»Wenn man sie in Ruhe lässt, ganz richtig.« Herbie stellte sich auf die Zehenspitzen und reckte den Kopf in die Höhe, aber er konnte nichts von dem erkennen, was sich dort oben auf der Anhöhe tat.

Getankt hatte in der letzten Stunde niemand.

Während der ganzen Zeit hörte Herbie, wie Jogi nebenan vor sich hin pfiff und wie auf Metall gehämmert wurde. Ein kakophonisches Konzert mit kleiner, aber wirkungsvoller Besetzung.

»Ob er wohl Durst hat?« Herbie zog eine Flasche Kölsch aus dem Kühlschrank neben der Theke »Oder doch ein Pils, was meinst du, Julius? Was trinkt er wohl?«

»Nee, nee, er trinkt gar nichts«, kam es von der offenen Tür. Jogi stand da, an den Rahmen gelehnt, und grinste breit. Seine braunen Locken hingen ihm in die verschwitzte Stirn. »Ich weiß, das kann sich hier kaum einer vorstellen, aber Alkohol ist nicht mein Ding. Nie gewesen.«

»Oh, nicht?«, fragte Herbie überrascht. »Dann eine Cola? Eine Limo? Hier ist genug davon.«

»Gar nichts, danke. Bin auch schon fertig.«

»Echt?«

»Echt.« Er ging voran, und Herbie und Julius folgten ihm in die Waschhalle.

»Deinen Benz hätten wir also befreit.«

Über ihren Köpfen kreisten die erbost zeternden Halsband-Sittiche. Die abmontierte Bürste der Waschanlage stand hochkant an die Wand gelehnt.

»Okay, das mit dem Waschen läuft erst mal nicht. Da muss ich erst ein paar neue Bolzen reindrehen, damit alles wieder ordentlich verzapft ist. Aber der Wagen ist immerhin schon mal frei.«

»Meine Güte, das ging ja fix.«

Jogi verstaute die Schraubenschlüssel in der verbeulten, metallenen Werkzeugkiste, die wie das gesamte Inventar der Tankstelle vom Rost zerfressen war. »Na ja, ich arbeite im Autohaus in Blankenheim. Ford-Werkstatt. Weißt du, ich schraube den ganzen Tag an irgendwas rum.« Mit einem fleckigen Lappen wischte er sich die Hände halbwegs sauber.

»Aber du selbst hast kein Auto?«, fragte Herbie.

»Ach, weißt du, eins reicht für uns. Und das lass ich lieber Jenny. Die ist ziemlich viel mit dem Kleinen unterwegs. Aufs Amt, zum Kinderarzt, zum Einkaufen und so. Jetzt kommt er bald in den Kindergarten, und dann will sie sich einen Job suchen. Ich komme noch eine Weile mit dem Mofa zurecht. Ist ja keine Entfernung. Wie sagt ihr hier zum Mofa? Rispelchen … Rimpelchen …?«

»Ribbelchen«, sagte Herbie und untersuchte sehr vorsichtig die Oberfläche des aus der Umklammerung befreiten Mercedes. »Aber nur bis 50 Kubik. Wenn es drüber ist, ist es ein Ribbel.«

»Klingt lustig. Wir kommen aus der Nähe von Hannover. Da gibt es irgendwie gar keinen richtigen Dialekt.«

»Ist Jogi eigentlich die Abkürzung von irgendwas?«

»Ich heiße Johannes. Hier bei euch kriegt ja jeder einen Spitznamen.«

»Tja, wem sagst du das.« Herbie bückte sich und blickte an der Flanke des Fahrzeugs entlang. Waren die Spiegelungen irgendwo unterbrochen? Gab es doch irgendwo eine Unebenheit, eine Delle, die seine Tante unweigerlich entdecken und für die sie ihn auspeitschen lassen würde? »In Richtung Rheinland sagt man Föppchen oder Flöppchen.«

»Echt?« Jogi schüttelte amüsiert den Kopf. »Ihr Eifeler seid lustig.«

Julius seufzte. *Oh ja, das sind sie. Statt lustig sagen sie übrigens lupsig, schlupsig, fupsig oder knupsig. In Richtung Mosel sogar zupsig.*

»Schöner Benz ist das, den du da hast.«

Herbie lachte laut auf. »Ja, von wegen. Der gehört meiner Tante. Könnte ich mir gar nicht leisten. Ein Winterreifen von dem ist teurer als mein ganzes Auto.« Er war mit dem Ergebnis seiner Oberflächenuntersuchung einigermaßen zufrieden und guckte auf die Uhr. Es war kurz vor vier.

»Was für eine Scheiße, das mit Hepp und seinem Totenschädel«, sagte Jogi und strich sich die braunen Locken aus der Stirn. »Er hat echt geglaubt, er hätte seine Römer gefunden, und dann das …«

»Das ist sein großes Thema, was?«

»Allerdings. Wenn du mich fragst, der hat einfach nix zu tun. Dem ist langweilig. Wenn ich die Kohle von dem hätte und wenn ich im Ruhestand wäre, so wie der, da würde ich reisen, reisen, reisen. Aber vorher …« Er sortierte ein paar der Werkzeuge auf der Sitzfläche eines alten Stuhls. Den Rest räumte er wieder in die Werkzeugkiste und brachte sie in den Nebenraum, eine Art Abstellkammer. Er erhob die Stimme, damit Herbie ihn weiterhin hören konnte: »Vorher würde ich mir ein Auto kaufen. Eins für mich, nicht so einen Kinderwagen mit Motor. Was Richtiges.« Als er zurückkam, lächelte er versonnen. »Einen Ford Mustang, mit allen Extras. In Blau, Mica-Lackierung. Der Horst sagt immer, er hat da eine Quelle, und da würde ich einen Sonderpreis kriegen, aber trotzdem …« Er wischte den Traum mit einem Lachen beiseite.

Dieser Rost-Horst scheint der Meister der Sonderpreise zu sein.

Was Julius da von sich gab, war Herbie auch gerade durch den Kopf geschossen. »Der Horst macht ziemlich gerne Sonderpreise, was?«

Jogi zwinkerte ihm zu. »Will gar nicht wissen, wo der immer all das Zeug herkriegt.«

In diesem Moment landete mit einem klatschenden Geräusch der Kot eines Sittichs auf der Kühlerhaube, und Herbie stöhnte auf. »Nicht schon wieder.«

Das ist vermutlich die Rost-Horst-Spezial-Versiegelung. Kostet dreifuffzich extra.

Wassereimer und Bürste standen parat. Herbie hatte in der vergangenen halben Stunde sicher schon ein Dutzend solcher Kleckse weggewischt.

»Fahr mal lieber den Wagen raus«, empfahl Jogi. »Wenn die dir über Nacht wieder draufkacken und das trocknet, hast du matte Stellen im Lack.«

»Ich fahre ihn heute Abend noch zu meiner Tante. Je eher, desto besser.«

»Und in der nächsten Zeit übernimmst du also hier das Kommando?«

Sie verließen die Waschhalle und gingen langsam auf das Mofa zu, das Jogi vor dem Schaufenster abgestellt hatte.

»Mal sehen. Wenn ich das kann. Ich sollte diesem Rost-Horst jedenfalls einen Besuch im Krankenhaus abstatten.«

»Kann nicht schaden.«

»Wann schließt die Tankstelle denn üblicherweise?« Herbies Uhr zeigte halb fünf. »Der Praktikant war ein bisschen ungenau in seinen Angaben.«

Jogi lachte auf. »Siehst du hier irgendwo ein Schild mit den Öffnungszeiten?«

Herbie schickte einen suchenden Blick über die Tür und die angrenzende Schaufensterfront. »Äh, nein.«

»Siehst du. Der Rost-Horst macht auf und zu, wann er will.«

Herbie fasste nach dem Portemonnaie in seiner Gesäßtasche. »Was kann ich dir …?«

»Lass mal stecken.« Jogi klopfte ihm kumpelhaft auf die Schulter. »Das mache ich mit Hepp. Der sorgt immer dafür, dass hier alles rundläuft.«

»Jedenfalls danke«, sagte Herbie. »Wenn ich dir sage, dass du mein Leben gerettet hast, klingt das nach einer hohlen Floskel, aber du ahnst gar nicht, wie viel Wahrheit in diesen Worten steckt.«

»Mal gucken, ob ich da hinten überhaupt durchkomme, wenn die Bullen das Gelände abgesperrt haben.« Jogi stieg auf sein Mofa und startete. Doch bevor er losfuhr, drehte er das Gas noch einmal runter und wandte sich zu Herbie um. »Ich weiß nicht so richtig, wie ich das sagen soll. Beim Horst habe ich da immer auf Granit gebissen, aber du scheinst mir ein anständiger Typ zu sein.«

Hach, was soll ich sagen? Er weiß es nicht besser.

Herbie trat näher heran. Jogi hatte ein ernstes, nachdenkliches Gesicht aufgesetzt.

»Meine Jenny, die hat da ein kleines Problem.«

Herbie wusste nicht, was er erwidern sollte. Aber Jogi schien gar nicht auf eine Entgegnung zu warten, sondern legte sich seine Worte sorgsam zurecht. »Eigentlich ist sie stabil. Sie hat ihren Alltag im Griff. Aber es ist der Alkohol, verstehst du? Sie trinkt ein bisschen viel.« Er vermied den Blickkontakt und schaute stattdessen in die Ferne.

»Oh.«

»Na ja, sie säuft nicht. Also sie muss nicht in eine Klinik oder so, das nicht. Aber es wird doch so langsam ein bisschen viel. Jenny kommt so langsam zur Ruhe. Vielleicht hat sie sich in den Jahren vor Jonte einfach zu viel zugemutet. Lauter ehrenamtliche Sachen. Seniorenheim und Gehörlosenschule in Hannover, Naturschutzprojekt im Wattenmeer, Streetworking-Projekt in Bolivien … solche Sachen. Sie hat sich ganz schön aufgerieben.« Er kratzte sich am bärtigen Kinn. »Ich dachte, dass es besser ist, wenn du das weißt, wo du hier doch das ganze alkoholische Zeug verkaufst.«

»Verstehe. Was soll ich tun?«

»Du sollst es nur wissen. Und wenn es zu viel wird, wäre es gut, wenn ich es auch wüsste. Denkst du, das geht?« Das leise Kichern, das er hinterherschickte, verriet, dass ihm das Ganze peinlich zu sein schien.

»Klar doch, das geht.«

»Dachte ich mir doch. Du bist okay.« Jogi grinste ihn verlegen an. »Ich muss auf sie aufpassen, verstehst du?«

Herbie nickte.

Dann gab Jogi Gas und knatterte los. Kurz bevor er hinter dem nächsten Gebüsch verschwand, winkte er ihm noch einmal zu.

Herbie beschattete den Blick mit der flachen Hand. Die Sonne stand schon tief.

»Wenn ich ehrlich bin, überrascht mich das nicht.«

Du könntest dir mit Cedric-Maurice einen lustigen Abend machen und den gefährlichen Stoff kurzerhand vernichten.

»Allein die Vorstellung, dass ich dich womöglich doppelt sehen würde, vermiest mir den Gedanken daran.«

Aus Richtung Tondorf drang langsam anschwellendes Motorengeräusch zu ihnen herüber. Ein anthrazitfarbener Opel Astra näherte sich und hielt direkt neben ihnen an. Die rechte Seitenscheibe fuhr herunter.

»Guten Tag«, sagte ein Mann in Lederjacke. »Brummer von der Kriminalpolizei Euskirchen, und das ist mein Kollege Kriminalhauptkommissar Neugebauer.« Er deutete mit dem Daumen zum Fahrersitz.

»Feldmann«, sagte Herbie.

Julius lehnte sich locker an den Wagen und ließ den Arm direkt neben Kriminalhauptkommissar Brummers Kopf herunterbaumeln. *Lad die Jungs doch auf ein edles Tütchen 79-er-Sunkist und ein Beutelchen D-Mark-Erdnüsse ein.*

Herbie versuchte, sich nicht von Julius beirren zu lassen. »Wie kann ich Ihnen helfen? Sie sind sicher wegen des Toten vom Acker hier, stimmt's?« Er bemühte sich, besonders freundlich zu sein. Polizisten mochten so was bestimmt.

Die beiden Männer sahen sich kurz an. Sie schienen es nicht zu mögen, wenn man neugieriger war als nötig, und versuchten sich an dem, was sie für undurchdringliche Mienen hielten.

»Sie arbeiten hier an der Tankstelle?«, fragte der Beifahrer.

»Übergangsweise.«

»Ist Ihr Chef da?« Der Fahrer beugte sich zu ihnen herüber und reckte den Hals, um an Herbie vorbeizuspähen.

»Nein, leider. Der ist im Krankenhaus.«

Julius stöhnte. *Ich kann es langsam nicht mehr hören.*

»In Euskirchen?«

»Ja-a«, sagte Herbie zögernd.

Der Kripobeamte musterte ihn skeptisch. »Also in Euskirchen?«

Herbie nickte jetzt mit Nachdruck. »Ja, ja, Euskirchen. Marienhospital.«

Es schien fast so, als hätte der Polizist den Entschluss gefasst, nun doch noch auszusteigen. Eigentlich hätte Herbie gerne etwas Näheres über die Ermittlungen an der Grabstelle erfahren, aber die beiden sahen alles andere als auskunftsfreudig aus.

»Hm, okay. Wie heißt er?«

»Horst.«

Der hinter dem Steuer machte sich Notizen.

»Horst, fein. Hat er auch einen Nachnamen?«

»Ja-a«, sagte Herbie und merkte im selben Augenblick, wie seine Einsilbigkeit auf die Polizisten wirken musste. »Klar, der hat einen Nachnamen. Aber den weiß ich blöderweise nicht. Klingt komisch, ist aber so.«

Der Mann im Trench hatte inzwischen sein Handy

befragt. »Hier hab ich ihn. Horst-Heinrich Kubelka. Es gibt eine Akte.«

»Komischer Platz für 'ne Tankstelle«, brummte Hauptkommissar Brummer, ließ sich von seinem Kollegen das Display zeigen, schob dann die Unterlippe vor und gab ein anerkennendes Grunzen von sich.

»Ich hab ihn bis jetzt noch nicht kennengelernt«, beeilte sich Herbie zu sagen.

Brummer wandte ihm wieder das Gesicht zu und ließ den Blick an ihm vorbei über das Gelände schweifen. »Was ist denn in dem Container da?«

»Container? Keine Ahnung«, antwortete Herbie wahrheitsgemäß und setzte mit Nachdruck hinterher: »Weiß ich wirklich nicht.«

»Sie wissen aber nicht besonders viel.« Der Polizist musterte ihn mit zusammengekniffenen Augen.

Er kennt dich gerade mal vier Minuten und hat es gleich gemerkt! Julius grinste breit.

»Wo wohnen Sie?«

»In Hillesheim. Graf-Mirbach-Platz.«

Der Mann hinterm Steuer notierte auch das.

»Gut, danke. Wir werden in den nächsten Tagen noch mal bei Ihnen vorbeikommen.«

»Kein Problem«, sagte Herbie nervös. »Ich freue mich über jeden, der kommt. Wenig los hier.«

»Also dann, schönen Abend.«

»Ihnen auch.«

Die Seitenscheibe fuhr wieder hoch, und der Wagen rollte langsam in Richtung Bauernhof davon.

Vielleicht tanken sie ja auf dem Rückweg. Mach ihnen einen Sonderpreis.

Herbie blickte den Polizisten nachdenklich hinterher. »Horst-Heinrich Kubelka. Eine Polizeiakte … So langsam bin ich neugierig auf diesen Rost-Horst.«

Ach ja, die Neugier. Eine deiner ausgeprägtesten Tugenden.

8. Kapitel

Was denn für ein Skelett?, schrieb Tom auf der anderen Seite der Erdkugel.

Ketchen seufzte. Wie sollte sie das ihrem Neffen erklären? Er war in einem Hotelzimmer in La Paz. Das war in Südamerika, das hatte sie gegoogelt. Dort war es jetzt später Vormittag. Er hatte ihr Fotos von Wasserfällen und einer unendlich grünen Landschaft geschickt, von Straßenverkäufern und Essensständen. Alles sah bunt und fremd aus. Letztens hatte er geschrieben, dass er wegen der großen Höhe tagelang Kopfschmerzen habe und dass ihm häufig übel sei.

Hallo? Ketchen? Noch da?

Ein Schädel und Knochen. Dein Vater hat zuerst gedacht, es wäre ein Römergrab.

Er antwortete sofort mit drei Lach-Smilies. *Der glaubt echt immer noch an den großen römischen Schatz. Quatsch!*

Sie las deutlich die Häme aus den wenigen Worten heraus, und sein herablassendes Lachen konnte sie regelrecht hören.

Manchmal wurde es ihr zu schwer, immer nur als einziges Familienmitglied noch den Kontakt mit ihm aufrechtzuerhalten. Mit allen hatte er sich nach dem Tod seiner Mutter überworfen – außer mit ihr.

Ihr Blick wanderte zu einem gerahmten Foto an der Wand. Ihr stattlicher Bruder in jüngeren Jahren, seine hübsche Frau mit der extravaganten Kurzhaarfrisur, die kleine Fee mit den goldenen Löckchen und der sommersprossige Tom, der beim Grinsen eine gewaltige Zahnlücke zeigte. Eine glückliche Familie. Nach dem Unfall war Tom jähzornig und unberechenbar geworden. Er hatte damals mit im Auto gesessen. Das Ereignis hatte ihn verändert. So sehr, dass er sofort die erstbeste Gelegenheit zur Flucht ergriffen hatte, als er alt genug war.

Für seine Familie hatte er seither nur noch Verachtung übrig.

Ist die Kronprinzessin auch da?, fragte er.

Sie wollte etwas Ausweichendes antworten, als es an die Zimmertür klopfte.

Als sie »Herein« sagte, öffnete sich die Tür augenblicklich, und Ketchen gelang es gerade noch, das Chatfenster zu minimieren, sodass die aktuellen Börsendiagramme den Bildschirm ausfüllten. EON fiel, Infineon blieb stabil, und Adidas hatte 4,11 Prozent zugelegt.

Ihre Nichte Fee trat an ihre Seite und strich ihr über den Rücken. »Und? Zufrieden?«

Ketchen wackelte mit dem Kopf. »Sagen wir mal, es könnte schlimmer sein.« Sie hob den Kopf und lächelte Fee an. Gold blitzte in den Mundwinkeln auf. »Wir kommen jedenfalls nicht so schnell ins Armenhaus.«

»Da bin ich aber froh.« Fee ging zum Fenster und guckte hinaus. »Weißt du, wo Papa ist?«

»Er wird da hinten bei der Polizei sein, denke ich. Man kann von hier aus gar nichts sehen. Warum das aber jetzt auch unbedingt passieren musste …«

»Was denkst du, Ketchen? Bin ich eigentlich eine gute Partie?«

Die alte Frau lachte hell auf. »Du bist das Beste, was sich ein Jung nur wünschen kann.« Sie erhob sich mühsam von ihrem alten Drehstuhl und trat an ihre Seite. »Früher mal, da gehörte alles, was du hier sehen kannst, unserer Familie. Heute geht es nur noch bis dahinten, bis zu der Baumgruppe. Aber mach dir bloß keine Sorgen. Wenn wir mal nicht mehr sind, dein Papa und ich, dann ist bestens für euch gesorgt.« Sie machte eine Pause, bevor sie hinterherschickte: »Allerbestens.«

Dann musterte sie Fee von der Seite und fragte: »Was ist mit diesem Kerl aus Frankfurt, den du Weihnachten dabeihattest?«

»Tony?«

»So hieß der, ja. Der war Amerikaner, oder?«

Fee zuckte mit den Schultern. »Er geht wieder nach Amerika zurück.«

Ketchen sog scharf die Luft ein. »Oh nein, Kind, du gehst doch nicht etwa auch noch weg?«

Ihre Nichte legte den Arm um sie und rieb liebevoll ihre Schulter. »Ich glaube jedenfalls, dass er wieder nach Boston geht.«

»Du glaubst es?«

»Ich weiß es nicht genau.« Fee schüttelte den Kopf. »Wir haben uns jetzt schon eine Weile nicht mehr gesehen.«

Ketchen seufzte. Fee war jetzt schon Mitte dreißig, und noch immer war niemand in Sicht, der dauerhaft an ihrer Seite bleiben wollte. Sie wünschte sich so sehr einen Mann für ihr Goldkind. Einen Mann … und vielleicht ein Kind. Aber heute spielte das ja gar keine so große Rolle mehr.

»Du, Ketchen …«

»Hm?«

»Vorhin, da war doch dieser Typ von der Tankstelle hier.«

»Dieser …« Ketchen suchte nach dem Zettel auf ihrem Schreibtisch. »Herbert Feldmann. Was ist mit dem?«

Fee nahm ihr den Zettel aus der Hand und studierte die Adresse, die Herbie hinterlassen hatte. »Taucht hier so einfach auf. Eigenartiger Kerl, oder?«

Ketchen sah ihre Nichte prüfend an. War da ein Lächeln in ihrem Gesicht? »Wenn ich ehrlich bin, finde ich, er passt nicht zu den anderen Lümmeln, die die Tankstelle sonst immer bevölkern«, sagte die alte Frau und registrierte erschrocken, dass sich das Chatfenster wieder geöffnet hatte, weil ihr Neffe eine neue Nachricht geschrieben hatte: *Lass sie bloß nicht an deinen Safe ran. Die denkt nur an Geld. Immer geht es nur ums Geld.*

Rasch tippte sie etwas auf der Tastatur.

Was ist denn jetzt mit dem Skelett?, las sie noch, und dann wurde auch schon der Computer heruntergefahren.

Toms Gemeinheiten versetzten ihr wieder einmal einen schmerzhaften Stich. Seine Schwester Fee war doch überhaupt nicht so! Und wenn sie selbst mit ihren Spekulationen dafür Sorge trug, dass sich das Geld vermehrte, dann hatte sie sich deswegen nichts vorzuwerfen.

Mit einem Mal war ihr nicht gut. Das hatte sie immer häufiger.

»Ich muss eine Tablette nehmen, Kind«, murmelte Ketchen und öffnete die Zimmertür.

Ihre Nichte stand immer noch in Gedanken versunken am Fenster. »Er ist jedenfalls nett«, sagte sie leise. »Richtig nett.«

* * *

Als Herbie den Wagen hoch über dem Städtchen Bad Münstereifel vor der Villa an der Windhecke abgestellt hatte und ausgestiegen war, entdeckte er im sanften Licht des sich langsam rötlich verfärbenden Abendhimmels doch noch eine winzige Delle im Dach. Sie war viel zu nahe an der Fahrertür, als dass sie seiner Tante lange verborgen bleiben konnte. Nur so groß wie ein Daumennagel, aber doch ausreichend, ihren maßlosen Zorn heraufzubeschwören.

»Oh verdammt!«, fluchte er. »Dafür lyncht sie mich.« In seiner Not hob er ein kleines Birkenblatt vom Boden auf und pappte es mit Spucke auf die Beule.

Du hältst sie für so dumm, wie sie dich für dämlich hält.

»Der Satz ist mir zu kompliziert«, knurrte Herbie. »Hauptsache, sie merkt es nicht, bevor ich wieder weg bin.«

Julius zupfte sich nach der Fahrt den Dreiteiler aus edlem Zwirn zurecht. *Das war aber mal eine komfortable kleine Spritztour, mein Lieber. Ganz was anders als in deiner schaukelnden Blechwanne.*

»Ach ja? Bis jetzt war dir mein Auto gut genug, um damit von hier nach da zu kommen.«

Ich will gar nicht von hier nach da kommen, ich will dich bloß nicht aus den Augen lassen.

»Ich bin gerührt, wirklich.«

Die schneidend scharfe Stimme seiner Tante durchtrennte den Sommerabend wie ein Schlachtermesser die Kehle eines Lämmchens. »Warum hat das denn jetzt schon wieder so lange gedauert?«

»Was soll ich ihr erzählen? Alles?«, raunte Herbie Julius zu. »Die Sache mit dem Totenschädel und so?«

Ich würde die Kurzform empfehlen. Die sehr stark gekürzte Kurzform.

Bärbelchen kam sofort giftig kläffend auf Herbie zugeschossen, und er versuchte mit tänzelnden Bewegungen, ihrem geräuschvoll zuschnappenden, kleinen Pudelgebiss auszuweichen. »Das war verdammt viel Arbeit, Tantchen. Aber hier ist dein Schmuckstück wieder. Auf Hochglanz poliert und völlig unbeschadet.«

»Und was ist das?« Sie zupfte das Blättchen weg und wies auf die winzige Vertiefung.

Sie wittert diese Dinge geradezu. Julius machte eine beschwörende Geste mit den Händen. *Ein zusätzliches Organ, eine Art Herbie-Feldmann-Seismograph, der immer dann anschlägt, wenn dir ein Missgeschick passiert.*

»Wie hast du das wieder zustande gebracht, du Strolch?«

Manchmal wird sie von den heftigen Ausschlägen im Sekundentakt geschüttelt.

»Die Waschanlage war schuld. Ich bin unterwegs zu dem Besitzer. Der ist garantiert gegen solche Schäden versichert. Ich regle das!«

Seine Tante hielt inne und klammerte die rechte Hand sehr energisch um den Griff ihrer Krücke. In ihrem

Blick mischten sich Abscheu und Skepsis. »Du regelst das, soso.«

»Ja, und ich habe sogar noch eine tolle Neuigkeit für dich: Ich werde an der Tankstelle arbeiten.«

Er hatte zwar noch keine Ahnung, wie eine Arbeit an einer Tankstelle aussehen sollte, die so abseits lag, dass der Sprit eher verdunstete, als dass ihn jemand tankte, aber das spielte jetzt erst mal keine Rolle.

Der Begriff »Arbeit« jedenfalls machte den erhofften Eindruck auf seine Tante.

»Arbeit? Gut«, sagte sie schnell. »Gegen Bezahlung, hoffe ich.«

»Aber natürlich. Ein richtiges Gehalt.«

»Geld verdienen ist gut«, sagte Henriette Hellbrecht lauernd. »Wenn das mit der Versicherung nicht klappt, wirst du nämlich den Schaden zahlen.«

»Aber ...«

»Schweig! Und jetzt her mit dem Autoschlüssel! Schlösser kann den Wagen nachher in die Garage fahren. Immerhin hast du ihn heil hierhergeschafft. Wir wollen das Schicksal nicht noch ein weiteres Mal herausfordern.«

Als er ihr ihren Autoschlüssel entgegenreckte, präsentierte sie im Gegenzug mit angewidertem Blick und spitzen Fingern sein speckiges, ledernes Schlüsselmäppchen. Für einen Moment hingen die Schlüssel in der Luft zwischen ihnen, wurden vorgereckt und wieder zurückgezogen, bis Herbie und seine Tante schließlich zeitgleich losließen und zupackten

Bärbelchen hielt das für ein fröhliches Spiel, sprang hoch und verfehlte mit ihren spitzen Zähnen Herbies Hand nur um ein paar Millimeter.

Herbie blickte sich um. »Und wo ist mein Wagen?«

»Schlösser hat ihn unten an der Erft abgestellt. Ich möchte nicht, dass dieser hinfällige Haufen Schrott in der Nähe meines Hauses gesehen wird! Die Fahrt darin war entwürdigend genug.«

Es war fast halb sechs. Herbie stöhnte auf. Wenn er jetzt noch runter in die Stadt musste, würde es knapp werden, den Rost-Horst noch vor der Abendruhe zu besuchen.

»Was ich noch fragen wollte ...« Herbie knetete nervös seine Hände. »Warum tankst du eigentlich ausgerechnet in dieser Tankstelle am Ende des Universums?«

Die Antwort ließ einige Sekunden auf sich warten, während denen sie ihn mit einem funkelnden Blick fixierte. »Ich wüsste nicht, was dich das angeht!«

9. Kapitel

Herbie folgte der Beschreibung der freundlichen Krankenschwester. Auf einem Rollwagen wurden bereits die leeren Tabletts des Abendessens eingesammelt. Die Besuchszeit würde jetzt bald unweigerlich enden.

»Ich hätte Blumen mitbringen sollen. Aber ich kenne ja auch gar nicht seinen Geschmack.«

Mit einem schönen Strauß rostiger Schraubenschlüssel hättest du ganz sicher nichts verkehrt gemacht.

»Jetzt bin ich gespannt, wie der Mann aussieht, der bei der Polizei eine Akte hat. Wahrscheinlich eine ganz unscheinbare, kreuzbrave Type. Man kennt das ja.« Herbie klopfte vorsichtig, und als er von drinnen nichts hörte, drückte er zaghaft die Klinke herunter und schob langsam die Tür auf.

Unscheinbar und kreuzbrav, schon klar. Julius grunzte abfällig.

Eine kleine, krumme Adlernase, große Tränensäcke, ein ungepflegter Achteinhalb-Tage-Bart, die hohe Stirn zerfurcht und lange, graue Haare, die ihm strähnig in den Nacken hingen – das war ganz ohne Zweifel der Rost-Horst.

Guck mal, auf den Armen. Das sind die übelsten Tätowierungen, die ich je gesehen habe.

Horst-Heinrich Kubelka saß schlaff in seinem Bett, dessen Rückenlehne halb aufgerichtet war. Seine trüben Augen folgten anscheinend teilnahmslos einer Sendung über eine Vorzeige-Proletenfamilie auf RTL2.

Ob das Verwandtschaft von ihm ist? Julius rümpfte die Nase. *Würde jedenfalls zu ihm passen, die Mischpoke.*

Der andere Mann im Bett gegenüber hingegen war ein Buchhalter. Oder der Pförtner eines Mädchenpensionats. Ein kleiner, rundlicher, bebrillter Rentner mit akkurat gescheiteltem weißem Haar, der in einem blitzsauberen blau-weiß gestreiften Pyjama steckte, einen Kopfhörer trug und mit gespitzten Lippen in einem leinengebundenen Buch las.

Herbie nickte ihm freundlich zu und wandte sich dann an den Mann im verwaschenen, ärmellosen Shirt. »Herr Kubelka?«

Das zerknitterte Gesicht wandte sich ihm langsam zu. Ein stechender Blick aus den kleinen, schwarzen Äuglein über den Tränensäcken schien dem Mann als Gruß ausreichend zu sein.

»Ich bin Herbert Feldmann«, stellte sich Herbie vor. »Ich komme von der Tankstelle, und ich will mich als Ihr vorübergehender Mitarbeiter vorstellen.«

Und ich bin Julius. Ich komme vom Krankenhaus-Verschönerungs-Komitee und möchte Sie gerne ein wenig umdekorieren.

Auf dem Rollwagen neben dem Bett befanden sich ein halb leeres Päckchen Kaugummi, eine verschrumpelte Bananenschale und ein Teller mit einer abgekauten Brotkruste.

»Mitarbeiter?«, raunzte der Mann. Es klang wie eine Tür, die über einen alten Steinboden schrubbt.

»Ich soll Ihnen schöne Grüße von Herrn Kaltwasser ausrichten.« Herbie glaubte, damit sei eigentlich alles erklärt.

Horst-Heinrich Kubelka liebte offenbar keine schnellen Wortwechsel. Er stierte Herbie erst eine Weile an, bevor er herauspresste: »Der Hepp? Was hat der denn damit zu tun?«

»Er ist der Meinung, dass Cedric-Maurice ein bisschen überfordert ist mit der Tankstelle und so weiter.«

Julius trommelte ungeduldig mit den Fingern gegen den Türrahmen. *... elf, zwölf, dreizehn ...*

»Wer soll das sein?«

»Na, Ihr Praktikant.«

... vierzehn, fünfzehn, sechzehn ... Julius gähnte.

»Ach, so heißt die kleine Lusche.«

Kubelka blickte wieder zum Fernseher hinüber. Anscheinend wurden da gerade Frauen getauscht. Gegen Haustiere. Oder Zigaretten.

»Ich bin übrigens der Neffe von Frau Hellbrecht.« Herbie versuchte, in den Tätowierungen etwas zu erkennen. Ein Muster ... einen Schriftzug ... War das ein Tier? Ein Rochen oder ein Hamster?

»Hellbrecht? Nie gehört«, raunzte Kubelka. »Soll'n das sein?«

»Die alte Dame mit der Krücke und dem Fahrer. Der Mercedes.«

»Ach, die aus Münstereifel.«

»Die tankt wohl öfter mal bei Ihnen.«

»Immer wenn sie aus Luxemburg zurückkommt. Schwarzgeld auf Reisen.«

Julius lachte auf. *Das nenne ich doch mal einen soliden, verschwiegenen Geschäftspartner.*

»Ach, Luxemburg ... Tankt man denn da nicht viel billiger?«

Ein Grinsen zuckte durch den struppigen Kinnbart, ohne dass Kubelka den Blick vom Fernseher abwandte. »Nicht billiger als bei mir jedenfalls. Deine Tante hat Geld, von dem keiner weiß, und das bringt sie nach Luxemburg. Und ich hab Sprit, der nirgendwo auftaucht, und den kriegt deine Tante.« Er zeigte ein wölfisches Lächeln. »Reiche Leute sind meistens schwer geizig.«

»Ah, okay ...« Herbie verschlug es die Sprache. »Ich hatte mich schon gefragt, wie die Tankstelle an so einem Platz heutzutage überhaupt ...«

»Hör ganz schnell auf, dich Sachen zu fragen!« Das klang überraschend grob.

Herbie zuckte mit den Schultern. »Nun ja, ich habe jedenfalls viel Zeit, und ich kann mir schon vorstellen, ein bisschen auszuhelfen. Herr Kaltwasser sagt, er kommt dafür auf. Mit dem Stundenlohn, das wird schon hinhauen. Ich lebe nicht gerade auf großem Fuß, wissen Sie.« Herbie bemühte sich, möglichst jovial zu klingen, und ließ sich halbwegs auf dem Rand von Kubelkas Bett nieder.

Julius stützte sich mit beiden Händen auf der Reling am Fußende ab und verfolgte stirnrunzelnd den Dialog.

»Auf großem Fuß?« Jetzt glotzte ihn Kubelka an. »Was faselst du denn da, hä?«

»Vielleicht steigt ja jetzt der Umsatz. Sie werden es noch nicht mitbekommen haben, aber im Moment ist da unten nämlich richtig was los. Es hat einen Fund gegeben. Einen Fund auf dem Acker zwischen der Tankstelle und dem Bauernhof.«

»Fund?«

Julius betrachtete den Mann im Krankenbett mit sichtlicher Abscheu. *Ich würde seine Haare als fischfarben bezeichnen. Schuppen, Trangehalt, Glitschigkeit …*

»Oh ja, ein Fund. Was ganz Besonderes: ein Schädel.« Herbie sah kurz zu dem anderen Patienten hinüber, der in sein Buch vertieft war, und senkte vertraulich die Stimme. »Hepp Kaltwasser dachte zuerst, es sei ein Römergrab …«

Rost-Horst lachte plötzlich heiser auf. »Oh Mann, der Hepp, der alte Spinner. Der mit seinen Römern!«

Die armen Krankenschwestern, die dieses Subjekt pflegen müssen. Wenn der wieder zu Hause ist, sollte man ihn zwei-, dreimal durch seine eigene Waschanlage peitschen. Julius rümpfte die Nase.

»Hm, ja, ist aber offenbar gar kein Römer.«

Horst Kubelkas Blick löste sich für den Bruchteil einer Sekunde vom Bildschirm und huschte zu Herbie hinüber. »Kein Römer?«

Herbie schüttelte mit wichtiger Miene den Kopf. »Es ist wohl eher eine Leiche aus der jüngeren Vergangenheit.«

»Leiche?«

»Ja, ein Gerippe. Schädel, Knochen … begraben unter zwei Handbreit Erde.«

Kubelka grunzte. »Lag also schon länger da?«

»Aber nicht seit der Römerzeit.«

»Wenn nur noch Knochen übrig sind.«

»Schon ein paar Jahre.«

Das Gespräch legte die nächste Pause ein. Herbie suchte verzweifelt nach einem neuen Thema.

»Abgelegt, was?«, knurrte Kubelka.

»Wie, abgelegt?«

»Hat da wohl einer abgelegt. Am Autobahnende schmeißen die immer mal wieder irgendwelche Leichen raus. Kommen paar Hundert Kilometer gefahren, zack, raus, bisschen Erde drüber, und wusch, wieder ab durch die Mitte.«

»Ernsthaft?«

»Passiert ja schon mal.«

Herbie warf Julius einen schnellen Blick zu.

Das gefällt dir, was? Jetzt fängt er an, aus dem Nähkästchen zu plaudern.

»Passiert schon mal? Wie meinen Sie das?«

»Nur so.«

»Sollen wir ein paar Schritte gehen?«, schlug Herbie eifrig vor. Er wollte mehr hören. »Ein bisschen die Beine vertreten?«

Der Mann starrte ihn plötzlich unerwartet feindselig an. »Was willst du?«

»Wie gesagt, ich wollte mich nur vorstellen, weil ich an der Tankstelle arbeiten will, und …«

»Wenn der Hepp dich bezahlt, soll mir das egal sein!«, blaffte Kubelka.

»Ja, okay, ist gut.«

»Scheißegal, hörst du?«

»Also wenn es Ihnen nicht recht ist, dann …«

»Scheiß – e – gal!«

»Okay, okay.« Herbie wandte sich um und folgte seinem Blick zum Bildschirm hinüber. Im Fernsehen grillte die Familie jetzt etwa einen Kubikmeter Fleisch über einem ranzigen Altölfass.

»Junge, Junge, da rollen sich einem ja die Zehennägel auf«, murmelte Herbie.

»Und jetzt zieh Leine!«, blökte Kubelka. »Ich will meine Ruhe haben!«

Auf der anderen Seite des Zimmers fummelte der andere Patient an seiner Nachtkonsole herum, offenbar um den Ton seines Kopfhörers lauter zu stellen.

»Okay, ich bin ja auch gleich wieder weg, Herr Kubelka. Ich hätte nur noch ein paar klitzekleine Fragen zur Tankstelle.«

Sag ihm zuerst, dass ihr seine Waschanlage in dreihundertsiebzehn Einzelteile zerlegt habt. Das wird ihm gefallen.

Herbie beschloss, die Waschanlage nicht zur Sprache zu bringen. Das würde er sich für einen späteren Besuch aufheben.

»Da müsste ich ja doch das ein oder andere wissen.«

»Was denn, verdammt noch mal?«

»Die Kasse«, sagte Herbie schnell. »Da habe ich noch ein paar Schwierigkeiten.«

»Ich fasse es nicht! Ich soll dir jetzt hier die Kasse erklären?«

»Hm, ja, stimmt. Ist vielleicht wirklich nicht gerade der richtige Zeitpunkt. Hauptsache, Sie kommen bald wieder auf die Beine!«

»Sag mal, bist du bescheuert?« Kubelka wurde immer lauter.

Ich denke, es wird Zeit, den Rückzug anzutreten. Du scheinst den armen Mann irgendwie aufzuregen.

Herbie sah Julius ratlos an und erhob sich langsam. Kubelkas Laune schien sich tatsächlich rapide zu verschlechtern. Herbie hatte das Gefühl, etwas Falsches gesagt zu haben, wusste aber nicht was. »Ich komme einfach ein anderes Mal wieder. Soll ich dann was mitbringen? Träubchen? Schokolade? Das Essen schmeckt ja im Krankenhaus meistens wie eingeschlafene Füße …«

»Eingeschlafene Füße? Was redest du denn für einen verdammten Scheiß, du Hanswurst?«, raunzte Kubelka. »Bist du lalla in der Birne?«

»Ich müsste noch wissen, wann denn für gewöhnlich die Lieferung … Sprit, Zeitschriften, Süßigkeiten … Also da ist zum Beispiel so ein Termin im Kalender eingetragen. Morgen, um genau zu sein.«

»Termin? Morgen?«

»Ja, ganz fett rot umkringelt.«

»Ach, Zorro.«

»Zorro?«

»Ja, egal.«

»Welcher Zorro denn?«

»Geht dich nichts an!« Kubelka spie die Worte geradezu aus, und sie wurden von einem regelrechten Tröpfchenregen begleitet. »Der Termin findet nicht statt! Ich bin im Krankenhaus! Und hier bleibe ich auch noch was! Und ich will hier keinen sehen, hörst du! Keinen!«

»Okay, gut, muss ja nicht sein. Und der Container? Dieser große Überseecontainer, der da …«

»Verdammt, lass bloß deine Griffel davon!«

»Ja, okay.«

»Pack den nicht an, kapiert?«

»Okay, okay.«

»Du packst den nicht an! Wehe!«

Abwehrend hob Herbie die Hände. »Sorry, sorry. Ich weiß ja nicht, warum Sie überhaupt hier sind. Geht Ihnen nicht gut. Kann ich mir vorstellen. Ist aber doch kein Grund, gleich so pampig zu werden.«

»Pampig?«, röhrte Kubelka. »Dir haben sie wohl ins Gehirn geschissen, du Kasper!«

Herbie stieß ein nervöses Lachen aus. »Nun mal sachte, Sie sind vielleicht heute Morgen mit dem falschen Fuß zuerst …«

»Mann! Scheiße!« Kubelkas Hände schossen auf ihn zu, griffen aber ins Leere. »Wenn ich dich in die Finger kriege, mache ich dich kalt, du blöder Arsch!«, brüllte Kubelka.

Herbie wich ein paar unsichere Schritte zurück, als Rost-Horst Anstalten machte, sich aus dem Bett zu schwingen. »Jetzt regen Sie sich doch bloß nicht so auf.«

Der Mann im anderen Bett sank jetzt noch tiefer in sein Kissen, sodass sein Kopf hinter dem Buch kaum noch zu sehen war.

Rost-Horst schlug die Bettdecke weg und Herbie riss die Augen weit auf, als er sah, was sich darunter verbarg.

Na Glückwunsch, mein Bester. Kopfsprung in den Fettnapf!

Kubelka trug Boxershorts von undefinierbarer Farbe. Sie passten zu seinem T-Shirt, unter dem sich ein kugeliger Bauch wölbte. Die Shorts waren zerknittert und umspannten seinen schmächtigen Altmännerunterleib. Das Gesamtbild stimmte, nur guckte aus den unteren Öffnungen nicht das heraus, was normalerweise dort zu sehen sein sollte. Nichts guckte heraus. Kubelka hatte keine Beine mehr.

»Du Drecksack!«, schrie er und ruderte mit den Armen. »Ich mach dich fertig, du kleine Ratte, hörst du!«

Von den Knien an abwärts war da nichts mehr. Unterschenkel und Füße fehlten völlig. Herbie schlug die Hände vor den Mund.

»Aufgerollte Zehennägel? Mit dem falschen Fuß aufgestanden? Auf die Beine kommen?«, schrie Kubelka. »Du willst mich verarschen! Ich komme mit Kribbeln in den Zehen hier rein, und die nehmen mir die Beine ab, verfluchte Scheiße! Und du mieses Arschloch machst Witze auf meine Kosten! Auf großem Fuß! Beine vertreten! Ich brech dir das Genick, wenn ich dich in die Finger kriege, hörst du?«

Taumelnd wich Herbie zurück, bis er gegen den Türrahmen stieß. »Ich wollte Ihnen keinesfalls auf die Zehen … ich meine, ich konnte doch nicht ahnen … Das wollte ich nicht. Das wollte ich wirklich nicht.«

»Raus, verdammt! Raus mit dir!«

Jetzt kriegst du kalte Füße, was?

»Okay, klar. In Ordnung. Dann noch einen schönen Tag, Herr Kubelka!« Er winkte zaghaft. »Und machen Sie sich keine Sorgen wegen der Tankstelle. Wir werden das Ding schon schaukeln, der Praktikant und ich, versprochen! Wir reißen uns ein Bein aus, damit alles … äh …« Hinter seinem Rücken betätigte Herbie die Türklinke und taumelte rückwärts aus dem Zimmer, ohne Kubelka aus den Augen zu lassen.

Fassungslos und mit weit offen stehendem Mund starrte der ihn an.

Die Fernsehsendung wurde in diesem Moment unterbrochen, und die Werbepause begann mit einer Reklame für ein wohlduftendes Fußbad.

Als Herbie die Tür ins Schloss zog, hörte er noch einen animalischen Schrei und das Zersplittern eines Porzellantellers.

10. Kapitel

Constantin der Zweite machte bei genauerem Hinsehen einen ziemlich mitgenommenen Eindruck. Er hatte eine extrem unmoderne Frisur, tiefe Kerben im Gesicht, und das für den Betrachter sichtbare Auge ließ ihn so aussehen, als hätte er eine ordentliche Menge bewusstseinserweiternder Substanzen zu sich genommen. Herbie versuchte, die Buchstaben am schartigen Rand der römischen Münze zu entziffern.

»Gloria … Exer… Exi…«, murmelte er und hielt sie mit Daumen und Zeigefinger der rechten Hand ganz nah vor die Augen.

Julius saß mit übereinandergeschlagenen Beinen auf einem der beiden ehemals weißen Plastikstühle bei den Duftbäumchen und beobachtete ihn, wie er hinter der Verkaufstheke herumlümmelte und die Zeit totschlug.

Den ganzen Vormittag hatte es nichts zu tun gegeben. Weder die Polizei hatte tanken wollen noch die Journalisten, die nach und nach eintrudelten und orientierungslos nach dem Weg fragten. Fahrzeuge des WDR und von RTL rauschten vorbei, und nur eine Frau vom Kölner Stadt-Anzeiger hielt an, um Wasser in die Scheibenwaschanlage zu füllen – und um Herbie auszufragen. Zu erzählen hatte er natürlich nichts.

Der Leichenfundort schien sich am Morgen nach dem Auftauchen des Skeletts ziemlich zu beleben, aber gegen Mittag zogen alle nach und nach wieder ab. Die Sensation war eingefangen und wurde nun in die Welt hinausgeblasen, und der Schauplatz schien schlagartig wieder uninteressant geworden zu sein, soweit Herbie das von seinem Standort aus einschätzen konnte.

Gegen elf war ein Fahrzeug vorgefahren, das mit dem ganzen Trubel nichts zu tun hatte: ein Schrottlaster mit Trierer Kennzeichen. Der Fahrer hatte gefragt, ob er etwas mitnehmen solle.

Julius hatte die Arme weit ausgebreitet: *Schrott? Bitte, nehmen Sie alles!*

Herbie war sich nicht sicher gewesen, ob er dem Mann mit dem osteuropäischen Akzent die Schrottautos hinter der Halle überantworten durfte, und er hatte ihn vorsichtshalber auf die nächste Woche vertröstet.

»Bei Rost-Horst ich immer kriege ein Schnaps.«

Herbie hatte sich nicht lumpen lassen und ein Fläschchen Jägermeister spendiert. Als der Mann das hinuntergekippt hatte, meinte er: »Horst immer sagt, auf einem Bein man kann nix stehen.«

Hoho! Und auf gar keinem erst …

Julius hatte zwar laut gelacht, aber Herbie hatte in diesem Moment Fee Kaltwasser vorbeifahren sehen. Sie hupte laut und winkte ihm durchs offene Fahrerfenster fröhlich zu. Herbies Puls schlug augenblicklich höher.

Der Schrotthändler zog wortlos ab, als er merkte, dass die Quelle versiegt war. Wenigstens fragte er nicht, wo Rost-Horst sei.

Seither hatte sich an der Tankstelle im Nirgendwo wieder zähflüssige Langeweile breitgemacht.

»Schnitzen«, sagte Herbie, und Julius zog fragend die Augenbrauen hoch. »Ich könnte mich vor den Shop in die Sonne setzen und an einem Stock herumschnitzen.«

Würde passen. Und wäre zweifellos produktiver als das, was du in den letzten drei Stunden gemacht hast.

Im Hintergrund wurde ein Poltern laut.

»Mblmblopapieristalle.« Cedric-Maurice kam mit schleppenden Schritten von der Toilette zurück. Dorthin war er eine Viertelstunde vorher verschwunden, worüber sich Herbie sehr gefreut hatte. Der Praktikant in all seiner unendlichen Nutzlosigkeit vermittelte ihm das fortwährend drängende Gefühl, er müsste ihm irgendeine sinnvolle Tätigkeit aufgeben.

»Wie bitte?«

»Mblmblopapier. Keinsmehrda.«

»Nichts auf Reserve?«

Statt etwas zu murmeln, zuckte Cedric-Maurice nur stumm mit den Schultern.

Einem plötzlichen Einfall folgend sprang Herbie von seinem Bürosessel auf, sodass sich dieser quietschend drehte. Er ging zielstrebig auf das Zeitungsregal zu und griff nach dem Express, der BILD, dem Kölner Stadt-Anzeiger und der Kölnischen Rundschau. »So, hier: zwei Wochen alt … drei Monate … Huch, Präsident Obama? … Februar …« Dann fischte er eine Schere aus einem Fach hinter der Theke und händigte alles zusammen dem Praktikanten aus. »Hier, leg mal los. Schöne Streifen von exakt zehn Zentimetern Breite. Musst du längs schneiden, das ist ergiebiger.«

Julius hob anerkennend die Augenbrauen. *Grundgütiger, du bringst den Laden aber ganz schön auf Touren!*

»Kann ja wohl nicht sein, dass hier kein Kunde auf Toilette gehen kann«, sagte Herbie mit deutlicher Empörung in der Stimme.

Draußen fuhr ein Volvo Kombi in Blau-Metallic vor. Ein Mann im quer gestreiften Polohemd stieg aus und griff nach einem der Zapfhähne. Als sich offenbar auf der Anzeige nichts tat, hängt er ihn mehrfach ein und wieder aus, und schließlich kam er unverrichteter Dinge herein.

»Tag, mit dem Diesel stimmt was nicht.«

»Mblmbleer«, nuschelte der Praktikant, ohne aufzublicken.

»Leer?«, fragte Herbie verblüfft.

»Mblmblnderthalbwochen.« Cedric-Maurice widmete sich hochkonzentriert seiner neuen, verantwortungsvollen Tätigkeit.

Der Kunde runzelte die Stirn und lächelte gequält. »Komisch, ich habe gerade anderthalb Wochen verstanden.«

Herbie lachte nervös. »Nein, nein, Blödsinn. Er hat sich vernuschelt. Vorhin hat ja noch jemand … also es ist gerade erst … Ah, Momentchen! Ich hab da was für Sie!« Ihm kam ein Gedanke, und er eilte in den Abstellraum. Als er zurückkehrte, schwenkte er einen verbeulten Zehn-Liter-Kanister. »Hier ist noch eine Reserve. Bevor Sie trocken fahren.« Er schraubte den Verschluss auf und schnupperte. »Ist doch Diesel, oder? Was meinen Sie, ist das Diesel?«

»Mblmblsistgemisch.«

»Gemisch?« Herbie stutzte. »Okay, gut. Ich könnte Ihnen einen Freundschaftspreis machen.«

»Mblmblzapftderhorstimmerdenschrottautosab.«

Der Kunde traf seine Entscheidung, ohne auch nur eine Sekunde lang nachzudenken: »Bis Blankenheim komme ich möglicherweise noch.« Er wollte gerade gehen, als sein Blick an den Süßigkeiten hängen blieb. »Ein Duplo nehme ich noch.«

Julius klatschte anerkennend. *Gute Wahl! Ein ganz besonderer Jahrgang.*

»Bedienen Sie sich! Zwei für 99 Cent!«, rief Herbie fröhlich. Er betrachtete ratlos die Kasse und fragte sich, mit welcher Taste er anfangen musste, aber der Mann legte ihm einen Euro auf den Tresen und sagte: »Quittung brauche ich nicht.« Dann ging er zu seinem Auto zurück.

Herbie blickte ihm hinterher. Der Wagen wendete in einer großen Schleife, Staub wurde aufgewirbelt, und ein Duplo-Papierchen flatterte durch die Luft.

Und dann sah Herbie den Mann mit der Reisetasche.

Er stand mitten auf der Zufahrt zur Tankstelle und beschattete mit der flachen Hand den Blick gegen die Sonne. Der Mann mochte Mitte bis Ende sechzig sein und trug einen für diese Jahreszeit reichlich ungeeigneten dreiviertellangen, schwarzen Ledermantel, eine schwarze Jeans und schwarze Stiefeletten.

Herbie spürte sofort, dass Unheil aufzog.

»Julius, wir haben Besuch.«

Oh ja, und ich ahne nichts Gutes. Es ist ein bisschen wie in einem Hitchcock-Film. Du bist mal wieder der falsche Mann zur falschen Zeit am falschen Ort.

Der Fremde hatte ein scharf geschnittenes, längliches Gesicht mit einem verkniffenen, kleinen Mund und einer Brille mit Metallfassung. Sein graues Haar war fast schulterlang, und auf seinem Kopf saß ein breitkrempiger Hut, der ebenso schwarz war wie der Rest seiner Bekleidung.

Cedric-Maurice blickte kurz von seiner Bastelarbeit auf, und Julius trat an Herbies Seite. *Da sehe ich aber schwarz.*

»Ich schätze, Zorro ist da«, hauchte Herbie, der sich an die Äußerung des Rost-Horst erinnerte.

Als der Mann seine Sporttasche aufhob und auf die Tankstelle zuschritt, kam Herbie ihm entgegen. In der offenen Tür trafen sie aufeinander.

»Sie sind Zorro, stimmt's?«, fragte er mit einem einladenden Lächeln. Wenn der Rost-Horst den Termin seiner Ankunft rot markiert hatte, war es sicher ein freudiger Anlass.

Der Mann kniff die Augen zusammen, presste die Lippen aufeinander und musterte Herbie sorgfältig. »Derselbe«, kam es schließlich nach einer gefühlten Ewigkeit.

»Fein, ich bin Herbie.«

»Soso. Und er?« Ein Zucken der Augenbrauen, eine knappe Bewegung mit dem kantigen Kinn in Richtung Cedric-Maurice.

»Der Praktikant.«

Die Augen hinter den Brillengläsern huschten durch den Raum.

»Sie suchen den Horst, stimmt's?«

»Genauso verhält es sich.«

Ein bisschen gespreizt, die Ausdrucksweise. Julius umrundete den Mann mit prüfenden Blicken. *Und doch ein herrlicher, breiter, rheinischer Zungenschlag. Ulkige Mischung.*

»Hm, ja, das ist so«, sagte Herbie. »Der Horst ist nicht da.«

»Nicht?«

Herbie schüttelte den Kopf. »Verhindert.«

Minuten schienen zu vergehen, bevor der Mann knurrte: »Ich komme nach neuneinhalb Jahren zurück, und der Horst ist so einfach nicht da.«

»Also, sagen wir mal so: Er fehlt entschuldigt.«

Zorro spitzte die schmalen Lippen. »Indisputiert, soso.«

»So könnte man es ausdrücken.«

Ja, könnte man, wenn man sich mit Fremdwörtern nicht auskennt.

Zorro machte ein paar Schritte in den Raum hinein, nahm den Hut ab und sah sich um. »Alles wie früher.« Er setzte die Tasche auf einem Plastikstuhl ab. Die alte, fleckige Puma-Tasche fügte sich harmonisch in das gesamte Ensemble der Tankstelle. »Wie früher.« Er wandte sich zu Herbie um. »Wenn ihr beide also quasis mein Empfangskomitee seid, hättet ihr dann vielleicht einen Kaffee für mich?«

»Aber klar, sofort.« Herbie schnipste mit den Fingern, und der Praktikant merkte erst beim vierten Mal, dass er gemeint war. »Lass das mal grade sein, das kann warten. Machst du uns bitte einen Kaffee?« Und an Zorro gewandt fragte er eifrig: »Milch, Zucker?«

»Schwarz.«

Überraschung! Julius kicherte vor Vergnügen.

Zorro ließ sich auf dem anderen Stuhl nieder und holte ein Päckchen Tabak und Zigarettenpapier hervor. Mit großer Sorgfalt rollte er sich eine Zigarette.

Herbie hatte das Bedürfnis, währenddessen ein wenig zu plaudern. »Sind Sie mit dem Auto gekommen? Ich sehe da draußen überhaupt kein ...«

»Ein Taxi bis zur Hauptstraße. Den Weg hier herunter bin ich zu Fuß gekommen. Es muss ja nicht jeder wissen, wo ich bin.«

»Verstehe.« Herbie lachte nervös. »Sind Sie auf der Flucht, oder ...«

»Im Moment nicht.« Zorros Zunge benetzte mit einer flinken Bewegung den Rand des Blättchens. »Hör mal, wenn du meinst, du müsstest Konservation mit mir betreiben ...«

Herbie lachte nervös. »Ich bin ja froh, dass mal einer vorbeikommt.« Aus den Augenwinkeln beobachtete er, wie Cedric-Maurice sich anschickte, das Kaffeepulver beherzt zu dem kalten Wasser in die Glaskanne zu löffeln. Er scheuchte ihn wortlos zurück zur Toilettenpapiermanufaktur und übernahm.

Zorro zupfte sich ein paar Tabakkrümel von den Lippen und entzündete die Zigarette mit einem Einwegfeuerzeug. »Okay, gut. Dann sag mir doch mal, was der Rost-Horst denn wohl so Wichtiges zu erledigen hat, dass er heute nicht hier sein kann.«

»Er ist im Krankenhaus.«

Die schwarzen Brauen tanzten in die Höhe. »Krankenhaus? Nichts Schlimmes, hoffe ich.«

Herbie hatte die Kaffeemaschine angeschaltet und suchte jetzt nach Tassen. »Wie man's nimmt. Also, er hätte jetzt jedenfalls keinen Fußweg von der Hauptstraße bis hierhin zurücklegen können.«

»Zu schwach?«

»Zu … zu wenig Beine.« In einem der Regale fand Herbie zwei Tassen mit Werbeaufdruck. Die Darstellungen zeigten schlanke, junge Frauen in Unterwäsche beim Reifenwechsel. »Nein, im Ernst, Herr Zorro …« Er blickte sich kurz zu seinem Gast um und sah, dass dieser nicht protestierte. »Das ist eine fiese Sache. Der Rost-Horst hat …«

Mit lautem Motorengeräusch fuhr draußen ein Transportfahrzeug vor. Große, grüne Buchstaben auf den Seiten verkündeten: *DÜROKA – Dümmels rollendes Kaufhaus - Für Sie auf Tour!* Ein metallisch quäkender Lautsprecher schickte eine infernalisch laute Melodie durch die laue Sommerluft.

»Hoffentlich kein Diesel«, sagte Herbie.

Zorros Kopf fuhr herum, und als er den Mann erkannte, der auf dem Fahrersitz thronte und wie wild winkte, huschte der Anflug eines Lächelns über sein Gesicht. »Der Schmal! Na, wenigstens einer«, murmelte er und erhob sich. Mit würdevoll langsamen Schritten ging er dem kleinen, dicken Mann entgegen, der aus der Fahrertür des Verkaufswagens hopste und mit federnden Schritten auf ihn zusprang. Ein praller, weißer Bauch leuchtete unter dem knappen, ausgewaschenen T-Shirt hervor. Das Kinn des Mannes, der nicht viel jünger als Zorro sein mochte, war von Bartstoppeln bläulich schattiert, und die krausen Koteletten waren deutlich zu lang und zu zottelig für alle Epochen nach den Siebzigern.

»Zorro, endlich! Endlich, Zorro!«

Mit einer gönnerhaft anmutenden Geste breitete Zorro die Arme aus und erlaubte dem Dicken, seine Ärmchen um ihn zu schlingen.

»Na, na, na. Schon gut«, sagte er mit einem leisen Lachen.

»Oh Mann, ich freu mich so. Neuneinhalb verdammte Jahre! Mann, ich freu mich so.«

»Ich ja auch, Schmal, ich ja auch.«

Neuneinhalb Jahre? Wo wird er wohl neuneinhalb Jahre gewesen sein, der schwarze Mann? Im Buddhisten-Kloster? Beim Staudammbau in Ägypten?

Julius hatte natürlich recht. Herbie dämmerte es längst, dass er hier einer historischen Wiederbegegnung zweier Kleinganoven aus dem Dunstkreis von Horst-Werner Kubelka beiwohnte. Wofür kriegte man wohl neuneinhalb Jahre?

»Du hast mich nie besucht, Schmal. Keiner von euch hat mich besucht.«

»Na hör mal, Zorro, in Spanien. Wie hätten wir das denn machen sollen? Mit unseren Papieren?«

»Schon okay.«

»Das ist ja auch nicht gerade um die Ecke.«

»Schon okay, Schmal, bin nicht nachträglich. Nie gewesen, weißt du ja.« Mit sanfter Gewalt entrang sich Zorro der Umklammerung und zeigte auf den Wagen. »Ich sehe, du hast einen Job?«

»Mehrere.« Der Dicke hüpfte von einem Fuß auf den anderen und zog die Hose hoch. »Solange es was mit Autofahren zu tun hat, ist alles okay.« Er klopfte mit der flachen Hand auf die Motorhaube. »Und vor allen

Dingen hab ich immer was zu futtern dabei. Jetzt gibt's erst mal ein kleines Festtagsmenü. Weil du doch endlich wieder da bist!«

»Das trifft sich gut. Ich habe Hunger und wollte gerade mal sehen, ob ich vielleicht im Regal …«

»Bloß nix von der Tanke!«, rief der andere erschrocken. »Der Horst hat Bifis, die kommen von selbst angekrabbelt, wenn ich nach denen pfeife! Ich hab doch mein Schlaraffenland auf vier Rädern. Aber der Rost-Horst spendiert sicher ein paar Bierchen. Wo ist der überhaupt? Horst? Horst, wo bist du?«

»Horst ist nicht da.«

Julius stöhnte und knetete angestrengt seine Nasenwurzel. *Ich kann es nicht mehr hören.*

»Nicht da?«

»Krankenhaus.« Zorro deutete mit dem Daumen hinter sich. »Der da sagt, er vertritt ihn.«

Herbie winkte unsicher. »Ich bin der Herbie.«

Der Dicke kam auf ihn zu und hielt ihm die verschwitzte Hand hin. »Tag, Herbie. Wenn er sagt, du vertrittst den, heißt das dann, du … vertrittst ihn?«

Das ist eine Fangfrage. Pass bloß auf.

»Klar«, sagte Herbie zögerlich. »Ich vertrete ihn.« Er warf Julius einen kurzen, hilflosen Blick zu. »Ich vertrete den Rost-Horst. Und ich soll euch auch schön grüßen. Hat der Horst mir extra aufgetragen. Gestern war ich im Krankenhaus, und er hat mir alles erklärt.«

»Alles?«, fragte Zorro skeptisch.

»Alles.« Herbie machte eine vage Bewegung mit der Hand. »Das heutige Datum … Zorro … neuneinhalb Jahre …«

Ich kann es nicht fassen! Ohne rot zu werden! Was lügst du dir denn da zusammen?

»Hat er auch erklärt, wo ich longieren soll?«

So, jetzt bin ich aber mal auf deine Antwort gespannt, Walter von der Mogelweide.

Der dicke Mann mit dem denkbar unpassenden Spitznamen zwinkerte Herbie verschwörerisch zu. »Ja klar, wir wissen, wo er wohnen soll, der Zorro, ne?«

»Sicher ... sicher ...«

Der Schmal stieß Herbie den Ellenbogen in die Seite und wandte sich dann wieder an seinen alten Kumpel. »Der Rost-Horst, der meinte zuerst, du sollst vorübergehend zu ihm nach Zingsheim ziehen, aber die Bude kann man keinem zumuten. Und dann hatten wir eine andere Idee. Na los, Herbie, hol mal den Schlüssel.«

Hilflos blickte Herbie zur Theke hinüber, wo er in verschiedenen Fächern, Schubladen, Plastiktütchen und leeren Joghurtbechern Unmengen von Schlüsseln gesehen hatte.

Sag ihnen einfach die Wahrheit. Sag ihnen, dass du von nichts eine Ahnung hast und dass du mit ihren Machenschaften nichts zu tun haben willst.

Aber das genau wollte Herbie doch. Ihn interessierten die Machenschaften ungemein. Er ging hinter die Theke und schickte den Blick über den flächendeckend verteilten Krempel. Ganze Berge von Schlüsseln lagen einzeln oder im Bund überall herum. Rostig oder verstaubt oder rostig und verstaubt.

Die Unterhaltung der beiden Männer hörte er während seiner Suche nur mit halbem Ohr.

»Und wo sind Hacky und Dumbo? Ich hatte eigentlich mit einer kleinen Empfangskommission gerechnet.«

Der Schmal druckste herum. »Hacky und Dumbo ... ja, weißt du, Zorro ...«

»Mensch, Schmal, früher hingen wir alle den lieben, langen Tag hier zusammen. Wir fünf! Wir konnten uns doch immer aufeinander verlassen!«

Ob dieser Zorro wohl so was wie der Pate vom Kreis Euskirchen, Gemeinde Blankenheim, Ortsteil Tondorf, Revier Westend ist?

»Schlüssel, Schlüssel ... Welcher Schlüssel, verdammt noch mal?«, wisperte Herbie und fingerte sich durch Papiere, Schrauben, Plastikbecher, leere Zigarettenschachteln, Münzen und ölige Lappen.

Der Schmal ruderte mit den kurzen Armen. »Tja, ich weiß gar nicht, wie ich es erklären soll ...«

»Renn nicht so um den heißen Brei herum. Sie sind nicht mehr dabei, stimmt's?«

»Hacky jedenfalls nicht. Der will nicht mehr. Ist jetzt braver Ehemann. Trautes Heim in Effelsberg, Nagelstudio von seiner Alten im Souterrain. Du kennst den doch, der war schon immer ... irgendwie so ... der hatte immer schon ...«

Zorro senkte die Stimme und betrachtete seine Fingernägel. »Hm, ja, stimmt. Hacky hatte schon immer eine Sentenz zum Spießerleben.«

»Ja, genau, du findest immer die richtigen Worte.«

Julius grunzte vor Vergnügen.

»Und Dumbo? Was ist mit dem? Auf den hatte ich gebaut.«

Und dann hielt Herbie ihn plötzlich in der Hand: einen ungewöhnlich kleinen Schlüssel, wie für einen Briefkasten oder ein Fahrradschloss. Vor allen Dingen aber war er an einem ovalen Schlüsselanhänger aus schwarzem Leder befestigt, auf dem ein klobiges, metallenes Z festgenietet war.

Triumphierend strahlte er Julius an.

Der spitzte die Lippen. *Ach so, den suchst du. Ich dachte, der gehöre der Zugehfrau, oder er sei für den Zwergziegenstall oder das Zierpfirsichgewächshaus.*

Die Unterhaltung der beiden Männer drang undeutlich zu Herbie herüber.

»Der Dumbo? Der ist weg«, sagte der Schmal.

»Wie meinst du das, weg?«

»Einfach weg. Wie vom Erdboden verschluckt.«

Da horchte Herbie endgültig auf.

Vom Erdboden verschluckt ... Ich weiß ganz genau, woran du jetzt gerade denkst.

Herbie nickte Julius unmerklich zu.

Der Praktikant streckte sich in diesem Moment und gähnte ausgiebig. »Mblmblabschonzwölfstreifenfertig.«

Herbie klopfte ihm im Vorbeigehen anerkennend auf die Schulter. »Ganz toll machst du das.«

Die Männer wandten sich zu ihm um, als er mit ausgestreckter Hand den Schlüssel und das daran hängende Z baumeln ließ. »So, hier wäre er!«

Der Schmal grabschte ihm den Schlüssel aus der Hand und watschelte eilig los. »Z, super, oder? War meine Idee. Und jetzt komm mal mit, Zorro! Du wirst staunen!« Er schien froh zu sein, der peinlichen Befragung seines Kumpels entfliehen zu können. Sie folgten ihm um die Gebäudeecke herum.

»War der Schrottmann noch nicht da?«, fragte der Schmal irritiert und deutete auf die verbeulten Autos hinter dem Container.

»Der kommt nächste Woche noch mal wieder«, erklärte Herbie. »Ich wusste ja nicht, ob …« In diesem Moment erkannte er, wozu der auffallend kleine Schlüssel passte. Er deutete auf das Vorhängeschloss des Überseecontainers. Seit seiner Ankunft an der Tankstelle rätselte er herum, was da wohl drin sein mochte.

Julius kräuselte spöttisch die Lippen. *Hattest du nicht was von Waffen gefaselt? Oder von mehreren Kubikmetern Kokain?*

»Eigentlich bräuchtest du ja gar keinen Schlüssel, was, Zorro? Du kommst doch überall rein, ne. Ist doch so. Kannst du noch, oder? Kannst du sicher immer noch alles.« Der Schmal kicherte und machte sich an dem Schloss zu schaffen. Einige Momente später öffnete er unter schrillem Gequietsche die rechte Hälfte der metallenen Flügeltür.

Zorro blieb stehen und ließ mit gerunzelter Stirn den Blick von einem zum anderen wandern.

»Ein paar Tröpfchen Öl, und das quietscht nicht mehr«, sagte Herbie, um irgendwas zu sagen.

Aber Zorros Blick ließ keinen Zweifel daran zu, dass ihm das schlecht geölte Schloss keinesfalls das meiste Unbehagen bereitete. »Da drin?«

»Ich hab dem Horst ja auch gesagt, dass das für dich vielleicht nicht so ganz das Richtige ist, wenn man bedenkt, wo du die letzten neuneinhalb Jahre warst …« Der Schmal zuckte mit den Schultern. »Horst meinte, du müsstest dich dann nicht so umgewöhnen. Der Horst und ich haben uns so viel Mühe gegeben. Und? Was sagst du?«

Zögernd machte Zorro ein paar Schritte auf die Öffnung zu und spähte mit langem Hals hinein.

»Licht ist drin, Heizlüfter, Bett, Fernseher, DVD-Player, Kühlschrank, und guck mal da ...« Der Schmal strahlte wie ein Ferkel im Klee, während er mit einer Hand ins Innere griff und dort einen Schalter betätigte.

Über Zorros Schulter hinweg erkannte Herbie am anderen Ende des Containers ein großflächiges, leuchtendes Wandbild in den kitschigsten Farben, die ein Chinarestaurant vertragen kann, auf dem sich mit einem leise schnurrenden Geräusch ein künstlicher Wasserfall ununterbrochen nach unten ergoss.

»Vom LKW gefallen. Ab und zu fahr ich auch für 'ne Spedition.« Der Schmal warf sich vor Stolz in die Brust.

Zorro hatte den Mund weit offen stehen.

»Schöne Aussicht, oder? Weil doch kein Fenster drin ist, verstehste?«

Eine bleierne Stille legte sich über die Szenerie. Keiner traute sich mehr, etwas zu sagen. Selbst Julius hatte den Blick von der peinlichen Situation abgewandt und blickte über die Felder in Richtung Autobahn, deren monotones Rauschen ganz leise zu ihnen herübertönte.

Und da war plötzlich noch ein Geräusch. Ein schrilles Krächzen über ihren Köpfen. Herbie konnte den Ruf der Halsband-Sittiche längst von den Lauten der heimischen Vögel unterscheiden.

Zorro blickte nach oben, und seine Augen weiteten sich. Sein Mund verzog sich zu einem milden Lächeln. »Sie sind noch da. Immer noch da. Meine Kleinen. Sonny und Cher, nach all den Jahren.« Dann entdeckte er über dem Dach der Tankstelle auch die anderen. Sie flatterten aufgeregt durch die Luft. »Es sind noch mehr. Es sind viele!«

»Haben sich ordentlich vermehrt. Kein Wunder, der Rost-Horst hat sie ja auch gut gefüttert«, erklärte der Schmal. »Neuneinhalb Jahre haben die hier auf dich gewartet, Zorro. Neuneinhalb Jahre, genau wie ich.« Er legte seinem Kumpel eine Hand auf die Schulter. »Willkommen zu Hause, Zorro.«

11. Kapitel

Fasziniert betrachtete Herbie die Tasse in seiner Hand. Als der Praktikant ihnen den heißen Kaffee eingeschüttet hatte, waren von einem Moment auf den nächsten die ohnehin schon knappen BHs und Slips der auf dem Porzellan abgebildeten Damen verschwunden. Die Brüste leuchteten dem Betrachter jetzt herausfordernd entgegen.

So was hast du auch schon lange nicht mehr gesehen, was?

Fast klang das, was Julius da sagte, ein wenig teilnahmsvoll, und Herbie blickte irritiert auf. Aber da war der übliche spöttische Zug um Julius' Mundwinkel. Kein Grund zur Beunruhigung.

Herbie, Zorro und Schmal saßen auf der hölzernen Bank vor dem Shop. Dass das morsche Ding drei erwachsene Männer aushielt, war eigentlich ein noch viel größeres Wunder als das der sich selbst entkleidenden Tassen.

Zur Feier des Tages hatte der Schmal den angekündigten Beutezug durch seinen Verkaufswagen gemacht und alle Lebensmittel herbeigeschleppt, von denen er glaubte, dass Zorro sie während seiner Haft schmerzlich vermisst haben müsste.

Alles war in Dosen und Tütchen verpackt oder in Folie eingeschweißt. Mit Zähnen und einem Taschenmesser aus der Thekenschublade, das so verrostet war wie ausnahmslos alles Metallene im Umkreis von hundert Metern, machten sie sich über die Fressalien her.

Zorros Blicke gingen immer wieder zwischen der Thunfischdose in seiner Hand und den Sittichen hin und her. Der ganze Schwarm der grünen Vögel hatte sich auf dem nahen Klettergerüst versammelt und beobachtete munter schwatzend das Festmahl der drei Männer.

»Die vermehren sich wie die Feldkarnickel, die Kollegen da hinten«, sagte der Schmal und lutschte sich die fettigen Finger ab. »Alle paar Wochen fallen mal zwei, drei von denen tot vom Dach, und der Horst vergräbt die dann hinter der Waschanlage im Feld. Also keine Sorge, Zorro, Sonny und Cher sind zwar längst zu ihren Ahnen abgeritten, aber sie haben wenigstens ein christliches Begräbnis gekriegt. Nur ohne Pfarrer natürlich. Obwohl, man weiß es gar nicht, da ist der Priester aus der Bitburger Ecke, der sich hier beim Horst immer seine Pornoheftchen abholen kommt. Wäre schon möglich, dass der Horst …«

Wenn der Schmal nicht gerade kaute, schluckte oder rülpste, redete er.

Grundgütiger, dieser Typ quasselt ja wirklich ohne Punkt und Komma. Julius rollte mit den Augen. *Nur um seinen Kumpel zu unterhalten. Ob der glaubt, Zorro habe neuneinhalb Jahre in Isolationshaft verbracht?*

»Ich war nicht in Insulationshaft, Schmal«, sagte Zorro genervt.

»Mannomann, neuneinhalb Jahre!« Herbie biss in ein schlabbriges Dosenwürstchen. »Die kriegt man ja nun auch nicht fürs Falschparken, was?«

Es wurde still. Mit einiger Verzögerung merkte Herbie, dass Zorro ihn mit einem unterkühlten Blick fixierte.

»Was ist?«, fragte Herbie.

Auch der Schmal unterbrach das Kauen und sah seinen Kumpel fragend an. Dann schien er dessen Gedanken zu erraten und wandte den Blick wieder zu Herbie.

»Was ist denn los?«

»Du hast uns noch gar nichts von Horst erzählt«, sagte Zorro lauernd.

»Ich kam noch nicht dazu.«

»Er will uns nicht sehen?« Während der Schmal eine Dose Bier aufzischte, tastete er mit der Zunge in der rechten Backe nach Essensresten.

Herbie schüttelte bedauernd den Kopf. »Wirklich nicht. Er hat mir das ausführlich erklärt.«

Aha. Wo war ich denn da?

»Warum denn nicht?«

»Ja genau, warum will er denn keinen Besuch haben?«, fragte der Schmal. »Ich habe ihn doch letzte Woche noch gesehen. Wir haben zusammen den Strom im Container verlegt.« Aus dem Mundwinkel sagte er zu Zorro: »Das Licht kann man übrigens dimmen.«

»Toll.«

Herbie fischte das letzte Würstchen aus der Dose. »Er schämt sich. Ihr kennt ihn ja nur als kräftigen Kerl, dem nichts was anhaben kann.«

Zorro kniff die Augen zusammen. »Der Rost-Horst war schon vor neun Jahren ein Wrack. Der hat mehr Teer in der Lunge als der Nürburgring auf der Rennstrecke. Der hat Lochfraß im Magen und muss Calgon spritzen, damit überhaupt noch was durch seine Venen läuft. Was hast du vorhin von seinen Beinen gesagt?«

»Ab«, sagte Herbie knapp und biss in die Wurst. »Beide.« Er spürte ein gewisses Unbehagen und fürchtete, dem Verhör durch die beiden nicht standhalten zu können.

Recht so. Je weniger du sagst, desto geringer ist die Gefahr, dass du dich verplapperst.

»Ab?« Der Schmal schluckte schwer. »Ich meine, ab? Also ab?«

»Richtig ab.«

»Aber vorige Woche hatte der doch noch …«

»Sie sind ab. Und jetzt schämt er sich. Er braucht Zeit, sagt er. Seine Kumpels wiederzusehen, fällt ihm unglaublich schwer, so beeinträchtigt …«

»Beeinträglich«, korrigierte ihn Zorro mit dem ruhigen Tonfall des Wissenden.

»… so beeinträglich, wie er jetzt ist. Er fühlt sich nicht mehr richtig als Mann, versteht ihr. In ein paar Tagen fängt er eine Therapie an, und er spart für zwei Prothesen, und er vertreibt sich ganz sinnvoll die Zeit im Krankenhaus …«

»Mit was denn?«, wollte Zorro wissen. Es schien auf der Hand zu liegen, dass der Rost-Horst nichts von dem, womit er für gewöhnlich an der Tankstelle die Zeit totschlug, auch im Krankenhaus würde tun können.

»Och, so Sachen eben. Kreuzworträtsel, Tierdokumentationen im Fernsehen, Muskelaufbautraining … also obenrum.«

Die beiden Männer starrten betreten vor sich. Die Nachricht vom Schicksal ihres Kumpels schien sie hart getroffen zu haben. Herbie witterte einen günstigen Moment, um sich ihr Vertrauen zu erschleichen, und beschloss, noch etwas draufzulegen, damit es überzeugender wirkte: »Er macht jetzt auch einen Italienisch-Kurs und lernt Gitarre.«

»Der Horst?« Zorro legte die Stirn in tiefe Falten.

»Aber er will uns nicht sehen?«, fragte der Schmal mit bitterem Tonfall.

»Noch nicht.« Herbie schüttelte den Kopf. »Erst wenn er wieder der Alte ist. Also der Alte, aber ohne Beine.«

Zorro seufzte schwer. »Irgendwie kann ich das verstehen. Also in physichologischer Hinsicht.«

»Na ja, und da hat er mich kurzerhand angerufen. Wir sind entfernt miteinander verwandt. Ich habe ihm damals aus dem schlimmen Schlamassel rausgeholfen. Ihr wisst schon, diese eine Sache ...«

Die beiden tauschten ein paar schnelle, ratlose Blicke.

»Na, diese Sache ...«

Julius lehnte sich direkt unter den Sittichen an das Klettergerüst und verschränkte die Arme. *Na, dann mal los. Ich bin auf die Geschichte gespannt wie ein Flitzebogen.*

»Diese Sache mit dem ...« Herbie fuhr sich nervös mit der Zunge über die Lippen. Eine Idee, schnell. Er musste jetzt rasch eine Geschichte präsentieren. Bei seiner Tante kamen ihm die Ideen zu seinen Notlügen doch immer wie von selbst.

»Etwa das Ding mit dem Räumfahrzeug von der Straßenmeisterei?«, fragte Zorro langsam.

Statt einer Antwort nickte Herbie nur mit wichtiger Miene. Räumfahrzeug, das klang gut. Spektakulär. Das brachte ihn weiter.

»Echt?« Der Schmal riss die Augen weit auf. »Das Räumfahrzeug? Du warst das?«

Zorro spitzte die Lippen. »Aber da kannst du doch höchstens fünfzehn, sechzehn gewesen sein.«

»Ich sehe jünger aus, als ich bin.« Herbie breitete die Hände aus. »Der Rost-Horst hat mir alles über euch erzählt, Jungs. Alles!«

Einen Moment lang war nichts zu hören, außer dem Gezwitscher der Vögel und den zwitschernden Geräuschen, die der Schmal machte, als er sich Reste der Folienfrikadelle aus den Zahnzwischenräumen saugte.

Beide Männer starrten Herbie mit reglosem Gesichtsausdruck an. Dann schoss Zorros Hand plötzlich nach vorne. Die Cräcker-Schachtel und die Frischkäsedose trudelten durch die Luft, und seine Finger krallten sich um Herbies Hals. Mit der anderen zückte er das rostige Taschenmesser und hielt es Herbie vor die Nase.

»Pass mal auf, du kleiner Pisser. Versuch nicht, uns reinzulegen. Leute wie dich essen wir abends zum Brunch, verstehst du?«

»Genau, wenn uns einer linken will, fackeln wir gar nicht lange.« Der Schmal hatte die Finger an der Hose abgewischt und sein Handy hervorgeholt. Er tippt ein paar Mal darauf herum, fand dann eine Nummer im Display, wählte und wartete auf die Verbindung. »Ja, guten Tag, mein Name ist Windmüller. Junge Frau, liegt bei Ihnen ein Herr Kubelka? … Ja genau, Horst-Werner Kubelka … Okay, danke … ja, ich warte …«

Ohne Herbie loszulassen, beobachtete Zorro, was sein Kumpel jetzt machte. Die Verbindung ließ auf sich warten. Schließlich huschte ein Strahlen über das Gesicht vom Schmal. »Horst? Hallo Horst! Ich bin's, der Schmal.«

Am anderen Ende wurde eine Stimme laut, die sogar Herbie undeutlich hören konnte. Freundlich klang sie nicht.

»Mensch, was machst du denn für Sachen … Horst, warte, warte … Ich wollte doch nur mal hören, wie es dir … warte, warte … Warte doch mal! Der Zorro und ich machen uns nämlich Sor… warte, warte, warte … Der Typ sagt, dass du keinen sehen will… Na, der Typ, der hier an der Tank…«

»Ich heiße Herbie«, presste Herbie, der kaum noch Luft bekam, ächzend hervor.

»Der Herbie … ja, genau … warte mal, Horst, wir können dich doch mal besu… warte, warte, warte …«

Die Stimme wurde noch lauter.

»Warte, Horst, warte doch mal …«

Der Schmal verstummte abrupt, nahm das Handy vom Ohr und starrte auf das Display.

Julius hob wichtig den Zeigefinger. *Ich will nicht voreilig sein, aber es scheint mir, als hätte er nicht gewartet.*

»Aufgelegt. Er will keinen sehen.«

Der Griff um Herbies Hals lockerte sich. »Sag ich doch«, röchelte er.

Schließlich ließ Zorro von ihm ab, sammelte bedächtig die Cräckerschachtel und den Frischkäse auf und untersuchte sie gewissenhaft auf Dreck und Steinchen.

Er räusperte sich und sagte ruhig: »Okay, der Rost-Horst will also keinen sehen. Und du erzählst uns, dass du in alles eingeweihen bist.«

»Und warum sollen wir dir das glauben?« Der Schmal öffnete eine weitere Dose Bier.

»Ihr habt es doch gerade gehört«, sagte Herbie matt und richtete sich den Hemdkragen. »Du hast doch mit Horst telefoniert …«

»Das schon, aber …«

In diesem Moment kam ein Polizeifahrzeug vorbeigefahren, und Zorro und der Schmal fuhren zusammen und rührten sich keinen Millimeter mehr, bis es hinter der nächsten Wegbiegung verschwunden war.

Herbie betrachtete mit Genugtuung ihre angsterfüllten Mienen. Er hatte sich von dem Schrecken erholt und fühlte sich jetzt wieder einigermaßen sicher. »Ihr habt doch keinen Schiss vor denen, oder? Vor den Bullen?«

»Was will die Schmier hier?«, knurrte Zorro, als er sich wieder aus seiner Erstarrung löste.

Herbie rückte näher an die beiden heran und senkte verschwörerisch die Stimme. »Kann ich euch verraten, Jungs. Aber dass das mal klar ist: Ich bin einer von euch.« Er erntete weder eine zustimmende Äußerung noch ein Kopfnicken. Aber immerhin ging ihm keiner mehr an die Kehle. Er winkte sie mit der Hand noch näher heran. »Dahinten ist eine Leiche gefunden worden.«

»Eine Leiche?«, echote der Schmal. »Was denn für eine Leiche? Wer denn? Wo denn?«

»Da hinten, auf dem Feld. Begraben war die.« Herbie betrachtete die beiden intensiv und lauerte auf eine verräterische Geste, ein vielsagendes Zucken, ein nervöses Räuspern. Aber da kam nichts.

»Wo, sagtet ihr, ist euer Freund Dumbo?«

»Sag ich doch, verschwunden.«

Herbie hob bedeutsam die Augenbrauen. »Aha, verschwunden.«

»Du meinst ...« Zorro blickte in die Richtung, in die das Polizeifahrzeug verschwunden war. »Aber wieso Dumbo? Warum sollte Dumbo denn tot sein? Und da oben im Dreck verbuddelt. Wie sieht er denn aus, der Tote?«

»Jedenfalls nicht mehr so wie Dumbo. Oder wie irgendwer sonst. Da waren nur noch blanke Knochen übrig. Lag also schon was länger da.«

Der Schmal lachte laut los und klopfte sich auf die Oberschenkel. »Für einen Moment war ich echt geschockt, aber dann kann das ja gar nicht der Dumbo sein. Den hab ich ja vorletzte Woche noch in Kall gesehen. Da steh ich immer freitags mit dem Hähnchenwagen.«

Zorro schob sich einen letzten Cräcker mit Frischkäse in den Mund und klopfte sich die Krümel von seiner schwarzen Jacke. Dann griff er in die Innentasche und holte ein mehrfach geknicktes Blatt Papier hervor. Er faltete es auseinander und strich es mit der Handkante auf den Knien glatt.

Auf dem Computerausdruck waren fünf Männer zu sehen. Jeder hatte eine Flasche Bier in der Hand. Sie hatten nackte Oberkörper und waren braun gebrannt. Sie saßen auf Liegestühlen oder hockten im Sand. Im Hintergrund waren Sonnenschirme zu sehen.

»Weißt du noch, Schmal, das war unser Betriebsausflug nach Ibiza. Muss '81 oder '82 gewesen sein.«

Der Schmal seufzte leise. »Oh Mann, das war super. Wir alle zusammen. Geile Truppe, oder?«

An den Ecken des Papiers waren die Löcher der Heftzwecken und die Reste des Tesafilms erkennbar, mit denen es wahrscheinlich bis vor Kurzem an Zorros Zellenwand befestigt gewesen war.

Zorro hielt Herbie das Bild hin und deutete auf den mit der dicksten Wampe. »Na gut, wenn der Horst dich sowieso schon umfänglich ins Bild versehen hat … Guck hier, der Schmal war schon damals so ein fetter Otter. Und der Horst hat dir ja dann auch erzählt, dass der Schmal es echt drauf hat. Schon damals. Ohne den Dicken hätten wir kein Ding durchziehen können.«

»Der Fahrer«, tippte Herbie.

Julius rümpfte abschätzig die Nase. *Das war ja nun nicht gerade schwer.*

Zorro nickte bestätigend. »Unser Fahrer, ganz genau.«

Herbie setzte ein Grinsen auf und zwinkerte dem Schmal zu. »Der Horst hat mir auch erzählt, dass du mal …«

»Was denn?«

»Die Sache mit dem … du weißt schon.«

Du pokerst hoch, mein Freund!

»… mit dem Aquarium?« Ein Strahlen breitete sich auf dem runden Gesicht aus. Er begann zu grölen. »Das Aquarium! Zorro, weißt du noch? Das Aquarium! Und die Tante, die da vorbeikam und voll doof geglotzt hat und sagt: Laufen Sie immer so rum, oder ist heute Fronleichnam?«

Jetzt begann auch Zorro zu lachen. Allerdings auf eine dezente, gönnerhafte Art.

»Oder ist heute Fronleichnahaham!« Dem Schmal rollten die Lachtränen übers Gesicht.

»Ich sehe, der Horst hat dich mit den besten Anekdosen vertraut gemacht«, sagte Zorro, als sich der

Schmal wieder einigermaßen gefangen hatte. »Das da bin übrigens ich.«

Julius grinste. *Eine schwarze Badehose! Was sonst.*

»Der Mann für die Schlösser.« Herbie erinnerte sich an die Bemerkung beim Einzug in den Wohncontainer, und als er es aussprach, zweifelte er keinen Moment daran, dass er richtiglag.

Zorro nickte tatsächlich. »Nun ja, ich will nicht angeben, aber ich habe eben das entsprechende Talent.«

»Der Horst hat dich in den höchsten Tönen gelobt.«

»Der gute Horst. Guck, da hat er noch beide Beine. Er ist der beste Planer, den man sich denken kann. Nichts überlässt er dem Zufall. Hat alles immer im Blick.«

Mit dem Rost-Horst schien es das Schicksal in den vergangenen Jahren nicht gut gemeint zu haben. Auf dem Bild hatten seine Haare einen satten, kastanienbrauen Farbton, sein Oberkörper war muskelbepackt, um seinen Hals baumelte eine dicke, goldene Kette.

Der Schmal deutete auf den großen Mann am rechten Bildrand. »Und das hier ist …«

»Hacky!«, beeilte sich Herbie zu sagen. »Der Horst hat ihn mir genau beschrieben.«

Dieser Hacky war sehr groß und so dürr wie eine Salzstange. In seinem rechten Ohr steckte ein Brilli, und er trug eine strohblonde Vokuhila-Frisur wie aus einem antiquierten Frisörkatalog.

Julius hatte gleich begriffen, warum Herbie bei diesem Namen richtig getippt hatte. Denn der letzte, nun noch verbliebene Mann hatte so gewaltig große Ohren, dass es sich bei ihm um Dumbo handeln musste.

»Ja, genau, das ist Hacky. Unser bester Mann, wenn es

um …« Er ließ den Satz in der Luft hängen und sah Herbie prüfend an. Ein letztes Mal schien er Anstalten zu machen, Herbie prüfen zu wollen.

Aber der Schmal fuhr ihm, von der Nostalgiewelle mitgerissen, in die Parade: »Der kennt sich bombig aus mit Sprengstoffen. Hat beim Kampfmittelräumdienst gearbeitet. Hat auch noch einen Splitter von so 'ner Weltkriegsbombe im Schädel stecken.«

»Und schließlich der Fünfte im Bunde, Dumbo«, sagte Herbie und tippte auf den Mann mit den Riesenohren.

Wenn man bedenkt, dass die Ohren im Alter noch weiterwachsen, dürfte er heute Scheunentore haben.

»Dumbo, exakt.« Zorro sah ihn an und wartete.

Herbie überlegte fieberhaft, welcher Job bislang noch nicht vergeben war. Die Vorschläge seines Kumpels Julius waren wenig hilfreich.

Zinker, Folterknecht, Waffenschmuggler, Hubschrauberpilot?

»Strom«, entfuhr es ihm plötzlich. Elektrizität spielte immer eine Rolle.

Der Schmal lächelte versonnen. »Keine Alarmanlage ist vor dem sicher. Bei der Sache in Bad Neuenahr hat der mal eine ganze Ampelkreuzung umgepolt. Die war noch drei Wochen später falsch geschaltet.«

»Dumbo ist eine echte Konifere auf seinem Gebiet«, murmelte Zorro mit einem wehmütigen Klang in der Stimme. »Wüsste gerne, wo der hin ist.«

Das Polizeifahrzeug kehrte zurück, verlangsamte, als es auf der Höhe der Tankstelle ankam, die Fahrt, beschleunigte wieder und verschwand zügig in Richtung Tondorf.

»Eine Leiche. Hier bei uns.« Der Schmal schüttelte nachdenklich den Kopf. »Früher hätte ich so was direkt erfahren. Da hatte ich auf jedem Radio den Polizeifunk eingestellt.«

Vor Herbies geistigem Auge erschien ein Bild aus der Vergangenheit, leicht violett verfärbt und grobkörnig: die abgelegene Tanke als Räubernest. Hier wurde mit allem gemaggelt, was der Markt brauchte. Beute wurde verteilt, Nummernschilder abmontiert, Autos umlackiert … Wilde Typen in Nietenjacken und mit zotteligen Koteletten und Frauen mit Wildlederwesten und hellem Lippenstift, Geldbündel, geklaute Zigaretten und geschmuggelter Whisky …

Lass dich bloß nicht von der faszinierenden Gesetzlosenromatik täuschen. Julius wackelte mit dem Zeigefinger. *Vielleicht haben diese Jungs tatsächlich jemanden auf dem Gewissen.*

Herbie sah ihn verstohlen an. Das war es ja. Ihn beschäftigte vor allen Dingen die Frage, wer da im Acker verscharrt worden war. Sollte es wirklich einfach nur jemand von anderswo gewesen sein, den man zufällig hier abgeladen hatte? Sein Instinkt sagte ihm, dass es anders war.

Und plötzlich kam ihm der Gedanke, dass der verschwundene Dumbo – wenn er auch nicht selbst der Knochenmann war – doch immerhin etwas mit der vor ein paar Jahren verscharrten Leiche zu tun gehabt haben könnte.

Ein Rülpser riss ihn aus seinen Gedanken.

»Irgendwie hatte ich mir meine Rückkehr anders vorgestellt«, sagte Zorro und blickte in die Ferne.

»Na, dann warte mal ab.« Der Schmal knuffte ihn in die Seite. »Heute Abend.«

»Was ist heute Abend?«

»Fete!«

»Was für eine Fete?«

»Ich verrat nix. Ich sag nur: Dachterrasse, Pool, Weiber, Cocktails.« Wieder stieß er mit dem Ellenbogen nach seinem Kumpel. »Wo du doch wieder draußen bist.«

Zorro bemühte sich sichtbar darum, seine würdevolle Fassade nicht zu verlieren, aber es war unverkennbar, dass er gerührt war. »Dachterrasse?«

Der Schmal nickte. »Große Wiedersehensparty!«

»Wer kommt denn alles?«

»Überraschung.«

»Na, dann wünsche ich euch viel Spaß«, sagte Herbie und erhob sich. »Ich gehe mal gucken, wie weit der Praktikant mit dem Klopapier ist. Ich muss dir noch einen Schlüssel für die Toilette geben, Zorro.«

Zorro erhob sich ebenfalls, und im nächsten Moment kam wie auf Kommando einer der Halsband-Sittiche angeflattert und landete auf seiner linken Schulter. Wie selbstverständlich begann er an dem Cräcker herumzuknabbern, den Zorro ihm hinhielt. »Du kommst natürlich mit«, sagte Zorro beiläufig, während er mit einem versonnenen Lächeln dem Vogel zusah.

»Ich?«

»Gehörst du nun dazu oder nicht?«

»Ja, schon, aber ich …« Bei dem Gedanken daran, was ihn bei dieser Wiedersehensfeier erwartete, wurde ihm ein wenig mulmig. Diese Kerle waren eigentlich kein Umgang für ihn.

Allerdings! Julius flüsterte ihm von hinten ins Ohr. *Wenn du mich fragst, wäre es jetzt angeraten, dich von diesen Galgenstricken fernzuhalten.*

Andererseits bot sich ihm vielleicht eine Möglichkeit, ein bisschen mehr über Robin-Rost-Horst-Hood und seine Mannen herauszukriegen. Und über Dumbo, der sich anscheinend so unerwartet aus dem Staub gemacht hatte. Der Gedanke an ein paar unverfängliche Fragen und ein paar möglicherweise erhellende Antworten reizte ihn plötzlich.

Ehe du dich's versiehst, steckst du in irgendwelchen krummen Dingern drin.

Wie so oft hatte Julius völlig recht. Der Tote war nicht sein Problem. Er war hier schließlich zum Spritverkaufen angestellt und nicht zum Herumschnüffeln.

Aber wie so oft tat Herbie in diesem Moment das Gegenteil von dem, was er eigentlich hätte tun sollen. »Na gut«, sagte er. »Ja, okay, warum nicht? Dachterrasse, Pool … Im Fernsehen kommt sowieso nichts.«

»Gut«, sagte Zorro und lächelte Herbie hintergründig an. »Du bist ja jetzt einer von uns.«

Julius hatte einen Gesichtsausdruck aufgesetzt, der Herbie wieder einmal die Zufriedenheit über das Gelingen seiner eigenen Taktik ahnen ließ.

»Warte, warte, nicht wegschütten!« Der Schmal grabschte nach Herbies leerer Würstchendose. »Ich weiß gar nicht, warum die Leute nie das Wurstwasser trinken.«

12. Kapitel

Hepp Kaltwasser hatte mehr Wut, als Platz in seinem dicken Bauch war. Diese Polizisten hatten ihn behandelt wie einen Schwerverbrecher. Er war es doch, der sie gerufen hatte! Und seine ursprüngliche Theorie mit den Römern hatten sie nur mit einem spöttischen Grinsen quittiert, die Pfeifen. Dabei hatte er gerade eben erst ein kleines Stück geschmiedeter Bronze gefunden. Nur ein paar Hundert Meter von hier entfernt! Ein Beschlag von einem Gürtel oder einem Zaumzeug oder so was. Interessierte aber keinen.

Was konnte er denn schon über das Skelett erzählen? Ihm gehörte doch nur das Land, auf dem es gefunden wurde. Bei ihm hatte es sich nicht vorgestellt, bevor es sich in seine Erde gelegt hatte.

Und die Presseheinis waren vom selben Kaliber gewesen. Denen war es egal, ob die Leiche drei, dreihundert oder dreitausend Jahre hier lag. Und beim Thema Römer schalteten die auf Durchzug. Römergräber gebe es hier an jeder Bushaltestelle, hatte ihm mal einer gesagt.

Nur die eine von Radio Euskirchen hatte ihn was in ihr Mikrofon erzählen lassen. Die schien wirklich interessiert. Hatte sich sogar seinen kleinen Fund von heute Morgen zeigen lassen. Aber hinterher würden das doch wieder nur zweieinhalb Sätze, völlig aus dem Zusammenhang gerissen, kannte man ja.

So ging das seit Jahren. Er war für alle nur der dumme Bauer, der sich bei dem Landverkauf in den Siebzigern eine goldene Nase verdient hatte und jetzt seinen Spleen pflegte.

Er rupfte ein übrig gebliebenes Stück rot-weißes Absperrband, das die Beamten an einem alten Pfosten befestigt hatten, knüllte es zusammen und stopfte es in die Tasche seiner ausgebeulten Cordhose.

Er würde sie schon irgendwann noch alle mit einem großen Fund beeindrucken! Seine Zeit würde kommen!

Wütend trat er nach dem Pfosten. Aber so morsch der auch war, er blieb standhaft. Kaltwasser trat noch mal zu. Und noch mal. Jetzt knackte es laut in dem alten Holz, und als er sich schließlich mit einem lauten Aufbrüllen dagegenwarf, gab der Pfosten endgültig nach und zerbarst. Kaltwasser stürzte zu Boden, rappelte sich schließlich schnaufend wieder auf und rieb sich die schmerzende Schulter.

Dann stapfte er zu seinem SUV, warf sich hinein und fuhr mit aufheulendem Motor zurück zum Hof. Im Rückspiegel sah er nichts als eine gewaltige Staubwolke.

Jogi war gerade mit seinem Mofa angekommen.

»Mittagspause?«, rief Hepp Kaltwasser, als er aus dem Wagen sprang.

Jogi Viebahn winkte ihm zu. »Ja, wollte nur schnell zu Jenny. Da ist was mit der Kühlschranktür.«

»Was ist mit der Waschanlage? Läuft wieder?«

»Nee, ist auseinandergebaut. Aber das Auto ist wenigstens wieder raus.«

»Prima. Rechnen wir später ab.«

»Hat Zeit.«

Er wollte gerade die Treppenstufen hinaufeilen, als er innehielt und sich noch einmal zu Jogi umwandte. »Ach, was ich noch fragen wollte: Der Typ, dieser …«

»Herbie?«

»Ja, Herbie. Ist der okay?«

»Bisschen verschroben, aber scheint ganz in Ordnung zu sein.«

»Kriegt der das geregelt, da unten?«

Jogi lachte. »Irgendwie schon. Jedenfalls nicht schlechter als der Horst.«

Hepp Kaltwasser stieß ein kurzes, grunzendes Lachen aus und wandte sich wieder um.

»Komisch«, hörte er Jogi sagen. »Hat Ihre Tochter mich heute Morgen auch schon alles gefragt.«

Kaltwasser stutzte, erwiderte aber nichts und ging ins Haus.

»Ketchen, bin wieder da!«, rief er laut die Treppe zum Dachgeschoss hinauf.

Seine Schwester antwortete nicht. Wahrscheinlich war sie wieder mit ihrem Aktienzeug beschäftigt.

Er ging die Treppe zum Kellergeschoss hinunter. Dass er mit seinen dreckigen Stiefeln Spuren auf den hellen

Travertinfliesen hinterließ, war ihm egal. Das hatte ihn noch nie gekümmert.

Hinter einer grau lackierten Brandschutztür erwartete ihn ein Szenario aus vergangenen Tagen, eine leblose Schattenwelt, die einmal ein Ort hemmungslosen Frohsinns gewesen war. Als er den Lichtschalter betätigte, leuchteten rustikale Kupferlampen und bunte Spots auf, verborgen hinter Holzleisten streuten Leuchtstoffröhren ihr Licht auf vergilbte Poster von der Akropolis, von Stierkampfarenen und Rio de Janeiro bei Nacht.

Beim großen Umbau hatten er und Ursel sich den Wunsch nach einer Kellerbar mit allem Drum und Dran verwirklicht. Wuchtige Holzmöbel und eine Theke mit Tropfkerzen und teurer Zapfanlage, dunkel gebeizte Feder- und Nutbretter an der Decke und leicht zu reinigende, ockerfarbene Fliesen am Boden. Hier war gesoffen und gesungen worden. Jedes Wochenende war ein kleiner Urlaub gewesen.

Heute roch es dort muffig, nach stockigen Sitzkissen und feuchtem Holz. Auch der Mief von Bier und Zigarettenqualm schien immer noch in jeder Ritze zu hängen.

Das alles war eine ganze Ewigkeit her.

Die letzte Fete hatte sein Sohn Tom hier gefeiert, seinen achtzehnten Geburtstag. Gekifft hatten die hier und sich benommen wie die Schweine. Danach war es zum letzten großen Krach gekommen. Da hatte er dem Jungen mal ordentlich die Leviten gelesen.

Hepp Kaltwasser ging auf einen der Tische zu, auf dem er seine Funde ausgebreitet hatte All das, was sich da im funzeligen Licht der alten Lampe präsentierte, war nichts Kostbares.

Er hatte kleine Häufchen und Gruppen gebildet. Münzen, Schmuck und das, was er für Werkzeugteile hielt.

All das hatte er im Laufe der Jahre zusammengetragen. Und zwar nur, wenn er mal einen Acker umgebrochen oder mit den Füßen irgendwo nur ein bisschen gescharrt hatte. Was würde erst zutage treten, wenn einmal richtig gesucht wurde.

Er betrachtete noch einmal das Stück Bronze, das er vorhin erst aufgelesen hatte, und legte es zu den Schmuckstücken.

All das war nichts, was in eine Vitrine oder in einen Safe gehörte. Aber es war Tausende von Jahren alt. Das Meiste zumindest.

Mit seinem rechten Zeigefinger stocherte er zwischen den Werkzeugen herum. Ein Teil war da, das eigentlich keinem der drei Bereiche so recht zuzuordnen war.

Aus welchem Metall der Gegenstand war, konnte er gar nicht sagen. Man sagte Nickelbrille dazu. War sie also aus Nickel?

Die Gläser waren zersplittert, die Bügel verbogen.

Sie hatte auf der Nase dieses Arschlochs gesessen, der ihn hatte linken wollen. Dieser Möchtegern-Archäologe Schircher.

Hepp Kaltwasser hatte sie ihm einfach mit der geballten Faust aus dem dummen Gesicht geschlagen.

* * *

Als Zorro ausstieg, setzte er sich den schwarzen Hut auf und betrachtete noch einmal Herbies Wagen, der ihn hierhergebracht hatte. Da war eindeutig Abscheu in seinem Blick. Er betrachtete die Beulen und die Rostflecken und schüttelte bei der lückenhaften Folienbeschriftung den Kopf.

Du könntest wenigstens die Edding-Buchstaben mal wegmachen. Damit beeindruckst du die falschen Leute.

»Ich hatte früher einen Camaro«, sagte er matt.

»Ich weiß, in Schwarz, hat mir Horst erzählt.« Herbie ließ keine Gelegenheit ungenutzt zu unterstreichen, dass er wirklich ein »Eigewiehener« war.

Gut geraten. Julius zeigte ihm den hochgestreckten Daumen.

Zorro nickte bedächtig. »Mit feuerroten Zierstreifen untenrum.« Er deutete auf die Hausnummer aus kupferfarbenen, kunstgeschmiedeten Ziffern. »Das da ist es. Damals wohnte der Schmal in Enzen. In einem Loch. Er kann froh sein, dass ich ihn da rausgeholt habe.«

Sie standen auf dem Bürgersteig der Emil-Kreuser-Straße, mitten im Zentrum von Mechernich. Das Haus, dessen Adresse ihnen der Schmal genannt hatte, war zweigeschossig. Ein Gebäude aus den Sechzigern, mit Walmdach und Doppelgarage. Von irgendwoher war Musik zu hören.

»Dachterrasse?«, fragte Herbie, der bis jetzt noch die Hoffnung gehegt hatte, dass es sich bei dem, was angekündigt worden war, um keine allzu schlimme Übertreibung handelte. Es dämmerte ihm, dass er damit falschgelegen hatte. Und er hatte tatsächlich eine Badehose eingepackt. »Pool, Weiber, Cocktails … bin gespannt.«

Julius trottete neben ihnen her auf den Hauseingang zu. *Eine Top-Event-Location mitten in Mechernich, wer hätte das gedacht?*

Eine kleine, dicke Rentnerin in einer Kittelschürze wischte mit einem feuchten Tuch die Fensterbretter des Erdgeschosses ab. Sie stand auf einem Tritthocker, um sie überhaupt erreichen zu können.

»Wohnt hier Herr Windmüller?«, fragte Zorro.

Julius hob mit wichtiger Miene den Zeigefinger. *Merk dir den Namen, für den Fall, dass du mal wieder geprüft werden solltest.*

Herbie nickte ihm unmerklich zu.

Als die Frau nicht reagierte, wiederholte Zorro seine Frage, diesmal deutlich lauter: »Hallo! Wohnt hier Herr Windmüller?«

Noch immer ließ die Frau emsig den Lappen über das Metall tanzen, ohne sich zu ihnen umzudrehen.

»Hallo!«, rief Zorro jetzt sehr laut.

Sie fuhr herum und ruderte mit ihren kurzen Armen, um nicht das Gleichgewicht zu verlieren. Keuchend legte sie schließlich die flache Hand auf die Brust. »Haben Sie mich aber erschreckt!«

»Windmüller? Rolf Windmüller?«

»Was?«

»Rolf Windmüller? Ob der hier wohnt?«

»Der Herr Windmüller?« So schlecht wie sie hörte, so laut schrie sie auch.

Zorro nickte heftig.

»Der wohnt hier.« Mit zwischen den Lippen eingeklemmter Zunge kletterte sie vorsichtig die beiden Stufen hinunter. »Die Haustür ist auf. Der wohnt im ersten Stock zur Miete. Hat aber gerade Besuch.«

»Ich weiß.«

»Was?«

»Ich weiß! Wir sind auch einge... Ach, was.« Zorro winkte ab und zeigte zur Haustür, um zu verdeutlichen, dass sie jetzt hineingingen.

»Können Sie dem Herrn Windmüller wohl was sagen? Wenn er nachher die Musik anmacht, soll er die nicht so laut drehen«, schrie sie. »Sonst hört man die nämlich wieder in der Nachbarschaft.«

»Tut man jetzt schon!«, brüllte jemand auf der anderen Straßenseite durch ein offenes Fenster.

Zorro nickte ihr zu, und sie gingen hinein.

Schon im Treppenhaus dröhnte ihnen der stampfende Rhythmus von *Daddy Cool* entgegen.

Herbies Sorge wuchs, als er die Makramee-Eulen und auf Sperrholz fixierten Neuschwanstein- und Eiffelturm-Puzzles sah, die an den Wänden hingen.

Auf dem Klingelschild im ersten Stock stand *R. und L. Windmüller.* Das L war mit Kugelschreiber heftig durchgekritzelt. Die Tür zur Wohnung stand einen Spalt weit offen, und Zorro trat ein, ohne anzuklopfen. Das hätte sowieso keiner gehört.

Ah, die versprochenen Weiber! Julius rieb sich die Hände, als im Wohnungsflur gleich das erste weibliche Wesen in Sicht kam.

Die Frau hämmerte heftig gegen eine Zimmertür. »Mach auf, Ria, ich kann nicht mehr lange!« Sie war nicht mehr die Jüngste, auffallend breitschultrig und unnatürlich rothaarig und trat von einem Fuß auf den anderen. Und sie steckte in einem knallbunten Bikini, der mehr verriet, als man überhaupt ahnen wollte.

Als sie sich an ihr vorbeischoben, quiekte sie mit einem Mal freudig auf. »Der Zorro! Leute, Leute, Leute, der Zorro ist da!«

Und sein treues Pferd Tornado, das ihn wie der Wind hierhergetragen hat! Julius schien sich schon jetzt königlich zu amüsieren.

Mit Schwung warf sich die Frau an Zorros Brust und schlang ihre Arme um ihn. Augenblicklich flog die Badezimmertür auf, und eine zweite Frau ähnlichen Kalibers kam in den Flur gehüpft. »Zorro, kennst du mich noch? Ich bin es, die Ria!« Sie stieß die andere grob zur Seite. »Klo ist frei!«

Zorro und Herbie traten die Flucht nach vorn an und durchquerten das angrenzende Wohnzimmer, dicht gefolgt von Ria, die offenbar gerade anderthalb Flaschen Dané auf ihrem Körper versprüht hatte. Das Wohnzimmer war kaum möbliert. Sitzgelegenheiten gab es gar keine. Auf einem großen Flachbildschirm flimmerte das Sandmännchen ohne Ton. Dafür schien *Daddy Cool* sein Epizentrum in der Stereoanlage in der Schrankwand zu haben.

Die ineinandergestapelten Bowlegläser auf dem Esstisch klirrten im Discotakt. »Julius, ich kann mich nicht mehr denken hören«, flüsterte Herbie angstvoll.

In der offenen Balkontür sahen sie jetzt den Schmal, dessen kugelrunder, behaarter Bauch sich über eine knallbunte Bermudashorts wölbte. Er riss begeistert die Arme in die Höhe. »Da bist du ja, Zorro! Kommt raus, Jungens, hier ist Party!«

»Momentchen«, bremste Zorro seine Begeisterung. »Was lese ich da auf dem Klingelschild? M. Windmüller?«

»Ach, das!« Der Schmal machte eine wegwerfende Handbewegung. »Masha, die dämliche Kuh. Hab ich zurück nach Polen geschickt. Weißt du, Ehe ist nix für mich.« Er stieß Zorro den Ellenbogen in die Seite. »Vor allen Dingen, wo du ja jetzt wieder da bist.«

Als sie ihm folgten, stolperten sie beinahe über ein paar lose Lautsprecherkabel, die sich ins Freie schlängelten und dafür sorgten, dass auch dort die Stimmung gleichbleibend am Anschlag blieb.

»Kommt rüber! Hier lang, rüber auf die Dachterrasse!«, rief der Schmal und hangelte sich wenig elegant über das Balkongeländer auf das Garagendach.

Dort war auf der Kiesabdeckung die Partylandschaft aufgebaut worden. Schon während der Fahrt hatten sie über stylische Loungemöbel, gigantische Sonnenschirme und den versprochenen Pool spekuliert.

Julius war ganz aufgekratzt. *The Place to be! In ist, wer drin ist, yeah!*

»Bis wir das Sofa mal draußen hatten! Die Jungs haben mir geholfen!« Ein paar Männer in Badehosen reckten ihre Bierflaschen in die Höhe und johlten: »He, Zorro!«, »Zorro, he!«, oder: »Mann, Zorro, endlich!« Sie saßen teils auf einem braunen Wildledersofa, auf Küchenstühlen mit geblümtem Polster oder standen um den Pool herum.

»Ich hoffe, ihr habt Badeklamotten dabei!« Der Schmal schlug Herbie übermütig auf die Schulter und drückte ihm eine Bierflasche in die Hand. »Oder lieber 'nen Caipi oder Batida oder so Zeug?«

»Ich muss fahren«, sagte Herbie säuerlich.

»Komm, eins! Hau weg!«

Bei dem Pool handelte es sich um ein aufblasbares Planschbecken von etwa zwei Metern Durchmesser, in dem etwa knietief Wasser stand. Und zwei Frauen hockten darin und spritzten sich gegenseitig nass. »Komm rein, Zorro! Komm schon!«

Zorro legte ab. Für sein Alter hatte er eine erstaunlich muskulöse Figur. Die Frauen im Pool applaudierten begeistert. Seine Badehose war natürlich schwarz.

»Eigentlich liegt mir dieses Implodiergehabe nicht«, raunte er Herbie ins Ohr und strich sich die langen, grauen Haare zurück. »aber ich habe einen gewissen Ruf, den ich zu verpflichten habe, verstehst du?«.

Zu *Born To Be Alive* stürzte er sich in die Fluten.

»Hilfe, Julius, wir sind in der Disco-Hölle gelandet«, flüsterte Herbie angstvoll.

»So, und was bist du für ein leckeres Kerlchen?« Rias Busen drückte sich plötzlich massiv von links gegen seine Schulter.

»Äh, ich bin Herbie.«

»Bist du einer von Zorros Freunden?«

Er nickte langsam.

Du bist eingewiehen! Und du darfst vom süßen Nektar kosten, der nur den Freunden des legendären Zorro vorbehalten ist. Greif zu, mein Bester!

»Ich bin die Ria.« Sie legte ihm schwer einen Arm um die Schulter. »Die Ria Schmitz aus Schleiden. Da hab ich ein italienisches Restaurant, die *Schmitzeria*. Kennste, oder?«

Sie stieß mit ihrer Bierflasche gegen seine und trank, als auch er angesetzt hatte und ein paar Schlucke nahm.

»Haste Badeklamotten dabei?«

»Ja, klar. Muss ja.« Er deutete vage in die Richtung der anderen Gäste. »Und wer sind die alle?«

»Alles gute Kumpels vom Zorro, die total happy sind, dass er endlich wieder raus ist. Neuneinhalb Jahren, verdammte Scheiße.«

Herbie trank wieder und wischte sich den Mund ab. »Verdammt lange, ja. Kriegt man aber ja auch nicht für irgendwelche Kinkerlitzchen.«

»Klar, bewaffneter Raub. Und dann ist der Taxifahrer ihm ja regelrecht in die Kugel gelaufen.«

»War echt nicht Zorros Schuld«, bestätigte Herbie.

Julius klatschte höflich Beifall. *Manchmal überraschst du mich dann doch mit deinen Recherche-Methoden.*

»Nee, wirklich nicht.« Sie leerte ihre Flasche. »Und in Spanien fackeln die nicht lange, glaub ich. Hier wär der mit 'nem guten Anwalt nach drei, vier Jahren raus gewesen. Da hinten, das ist übrigens ein Anwalt: der Luggi. Daneben ist der Heinz-Theo, das da sind Schnäuzer-Fritz und seine Frau, die Melanie.« Bei jedem Fingerzeig von Ria klimperten ihre Armreifen umeinander. »Da hinten, das ist die Annegret, die Cousine vom Schmal – die ist übrigens frisch geschieden, nur falls es dich interessiert –, und das da ist die Lisbeth, die Freundin von Dumbo – die muss mal raus, damit die an was anderes denkt, wo der Dumbo sich doch abgeseilt hat, und …«

»Dumbo hat sich abgeseilt?«

»Ja, einfach abgehauen, die Sau, dabei wollten die doch übernächsten Monat heiraten.

Meine Güte, macht die ein Gesicht. Julius guckte gequält. *Mundwinkel wie Frau Merkel. Vielleicht hat er sich deswe-*

gen verdünnisiert. Wird weggeflogen sein mit seinen großen Ohren.

»Und da vorne, das ist Fischenichs Knoll. Und den mit den Hasenzähnen nennen alle nur Lego. Keiner hat eine Ahnung, wo der herkommt und wer er ist. Und der da, mit der komischen Kappe, das ist Hastenraths Will, das ist auch ein Supertyp.«

»Und die Mädchen da hinten?«

»Die kommen vom Club Cherie, da weiß keiner, wie die heißen. Aber nachher gibt es noch 'ne große Überraschung.« Sie berührte mit den Lippen seine Ohrmuschel, als sie ihm zuflüsterte: »Extra für den Zorro.«

Es hätte sie sowieso keiner gehört, denn *Kung Fu Fighting* dröhnte durch den Sommerabend. Alle grölten vielstimmig und schief mit: *Everybody was Kung Fu Fighting! Hu!!! Ha!!!*

»He, Annegret!« Rias Stimme übertönte allen Lärm. »Komm mal her, das hier ist der Herbie!«

Und ganz leise drang von der gegenüberliegenden Straßenseite eine Stimme zu ihnen herauf: »Und ich bin der Erwin, und ich rufe gleich die Polizei!«

»Ist Hacky nicht hier?«, fragte Herbie.

Ria schnaubte verächtlich. »Die Flachpfeife! Macht nicht mehr mit. Voll der Spießer, sag ich dir.«

Eine Hand legte sich auf Herbies rechte Schulter. Als er sich umwandte, lächelte ihn die Frau an, die gerade noch auf einem orangefarbenen Sitzsack gesessen und in ihr Cocktailglas gestarrt hatte. »Hallo Herbie, ich bin die Annemarie.«

Da waren wieder Rias Lippen in Herbies Ohr: »Frisch geschieden.«

Annemarie war Mitte sechzig und verriet mit ihren Blicken, dass sie bereit war, sich zu holen, was ihr das Schicksal weggenommen hatte. »Tanzt du gerne?«

Julius prustete laut los. Von all den Dingen, die Herbie nicht gerne tat, belegte Tanzen einen absoluten Spitzenplatz. Noch vor Spritzen-gesetzt-Bekommen und Sich-Zähne-ziehen-Lassen.

Aber der Flamenco-Rhythmus von *Don't Let Me Be Misunderstood* schien Annemarie anzufeuern. Bevor Herbie sich eine Taktik zum Rückzug überlegen konnte, riss sie ihn in einen Strudel aus um sie herum rotierenden Tönen, Düften und lautem Klatschen und Lachen, und sie flößte ihm immer wieder schlückchenweise etwas von ihrem klebrig-süßen Getränk ein, in dem sich zwischen Obstbrocken und ein paar Eiswürfeln Alkohol in seiner heimtückischsten Form verbarg.

Irgendwann drehte sich alles. Alles: er selbst, der über ihnen dunkler und dunkler werdende Sommerhimmel, die bunten Lampions ... Tragischerweise drehte sich allerdings alles in entgegengesetzte Richtungen.

Kurze Zeit später trug er kein Hemd mehr. Zu den stampfenden Trommeln von *In Zaire* wurde ihm die Hose ausgezogen. Und dann war er auch schon im Pool.

Julius legte die Hände trichterförmig an den Mund. *Bleib im Nichtschwimmerbereich, Junge!*

13. Kapitel

Der Tag war längst gegangen, die Stimmung war geblieben und immer besser geworden. Jedenfalls nach Ansicht aller, die nicht Herbie Feldmann hießen.

»Echt Leute, alles ganz romantisch!« Der Schmal erzählte gestenreich von einem missglückten Date. »Voll romantisch, wenn ich euch das doch sage! Kerzen, Öl und so ... ja, und dann hab ich die Motorhaube wieder zugemacht!«

Das brüllende Gelächter wogte durch die Nacht von Mechernich. Untermalt von *Life Is Life*.

Herbie kauerte in einer immer noch nassen Unterhose vor einem der Heizpilze und schlürfte etwas Buntes mit Schirmchen.

Julius hockte an seiner Seite und holte in diesem Moment seine Taschenuhr hervor. *Hui, schon fast Mitternacht. Man soll ja immer gehen, wenn's am schönsten ist. Aber da kannst du hier warten, bis du so schwarz bist wie Zorros Badehose.*

»Apropos Zorro«, sagte Herbie kraftlos und sah sich um. »Wo ist der hin?«

Ich glaube, sie ist raucherfingerblond und gehört zu den Dingern aus diesem Club, und ich glaube, sie sind vorhin miteinander in dem Zimmer verschwunden, dessen Möbel als einzige nicht hier draußen stehen.

Jemand beugte sich zu Herbie hinunter. »Hunger?« Die Frau hielt ihm einen Pappteller entgegen. Es war Dumbos Freundin. »Pizza. Hat die Ria mitgebracht. Funghi, Artischocken und Cabanossi, glaub ich, also rein vegetarisch. Gibt auch 'nen Kartoffelsalat, aber den hat die Melanie gemacht, und die kann den nicht.«

Herbies Gegenwehr war längst gebrochen. Er tat inzwischen alles, was man von ihm wollte. Sein Körper musste von grünen und blauen Flecken regelrecht übersät sein, so intensiv hatte Annemarie mit ihm Samba, Salsa und Lambada getanzt.

Dann hatte irgendwann ihr Handy geklingelt, und sie hatte ein Telefonat ihres Exmannes angenommen. Das Gespräch dauerte jetzt schon exakt sechsundfünfzig Minuten, und sie saß dabei auf der Kante der Garage, ließ die Beine zur Straße hinunterbaumeln und heulte dabei ununterbrochen. Erwin von Gegenüber hatte sich schon mehrmals in ihr Gespräch eingemischt.

Herbie zog sich ein Stück der labbrigen Pizza vom Teller und versuchte ein Lächeln. Er wusste noch, wie es ging, aber seine Gesichtsmuskeln hatten offenbar andere Pläne.

Im Hintergrund lief *Queen Of China Town.*

»Darf ich mich bei dich setzen?«, fragte Lisbeth.

Oh, aber bitte. Julius rückte ein Stück zur Seite. *Wir haben es so gemütlich hier unten auf dem Kies.*

Lustlos kaute Herbie vor sich hin und murmelte: »Über den Dächern mit Pizza. Lustig.«

»Der Dumbo hat mir noch nie was von dir erzählt.« Sie guckte immer noch sehr sauertöpfisch und versuchte, im Glutschein des Heizpilzes mit spitzen Fingern einige Zutaten von ihrem Stück Pizza zu eliminieren.

»Ich bin ja auch der Jüngste in der Truppe. Bin noch nicht so lange dabei.«

Lisbeth war eigentlich eine hübsche Frau. Irgendwo da unter diesem flächendeckenden Patchwork von Mascara, Lidschatten und Make-up verbarg sich ein natürlich schönes Gesicht. Immer dann, wenn sich ein kurzes Lächeln gegen die Trauermiene durchsetzte, konnte Herbie es erkennen.

Im Hintergrund haute der Schmal einen Knaller nach dem anderen raus: »In Sexualkunde hatte ich immer nur ein Selbstbefriedigend!«

»Die Truppe, pfff.« Sie verzog verächtlich das Gesicht. »Die Truppe gibt es doch schon lange nicht mehr. Die sind doch alle zu alt für so was. Hat auch der Dumbo gesagt. Der Zorro war einfach zu lange weg, da ist doch die Luft raus.«

Herbie nickte verständnisvoll. »Sogar der Hacky will nicht mehr mitmachen.«

»Eben! Ich hab dem Dumbo schon so oft gesagt, dass er endlich Schluss machen soll mit dem Scheiß. Aber der hört ja nicht auf mich.«

Julius wollte gerade den nächsten faden Ohren-Witz loswerden, als Herbie ihn mit einem unwirschen Kopfschütteln aufforderte zu schweigen.

»Und seit wann ist dein Dumbo weg?«

»Seit drei Tagen.« Ihre Unterlippe zitterte. »So lange war der noch nie unterwegs, ohne sich zwischendurch wenigstens mal zu melden.«

»Einfach so weg?«

»Einfach so weg. Der ist weggefahren, weil er noch irgendwo Elektrisch machen musste.« Sie bemerkte Herbies fragenden Gesichtsausdruck. »Ja, guck nicht so, der kann auch Sachen, die voll okay sind. Der hat Elektrisch gelernt.«

»Ich weiß, ich weiß«, log Herbie. Er musste aufstoßen. Der Cocktail war widerlich.

»Der Rost-Horst hat dem immer Aufträge vermittelt. Ab und zu sogar mal richtig mit Rechnung.«

»Hast du denn der Polizei gemeldet, dass der weg ist?«

Sie starrte ihn mit weit aufgerissenen Augen an. »Sag mal, hast du was am Helm? Die Bullen? Der Dumbo macht mich doch kalt, wenn ich bei die Polizei gehe!«

Er nickte eifrig. »Auch wieder wahr.«

»Schmeckt das?«, fragte sie und zeigte auf Herbies Cocktail.

»Geht so.« Er trank den Rest und schüttelte sich. Als er sich mit der Hand über den Mund wischte, spürte er seine Lippen nicht mehr.

Respekt, mein Lieber. Ich glaube gesehen zu haben, dass die Zutaten nach dem Zufallsprinzip zusammengekippt worden sind.

Das Telefonat der frisch geschiedenen Annemarie war offenbar nicht ganz so zu Ende gegangen, wie sie sich das erhofft hatte.

»Der dreckelige Scheißkerl«, fluchte sie, als sie über den unebenen Kiesbelag auf sie zugeeiert kam. Unaufgefordert hockte sie sich zu ihnen. »Ich bin so froh, dass ich das Arschloch los bin!« Die Tränen liefen ihr in Strömen übers Gesicht.

Julius deklamierte vollmundig: *Wo man weint, da lass dich traurig nieder. Schnaps und Schampus gehen in die Glieder.*

»Und ich vermisse meinen Dumbo ganz, ganz doll«, seufzte jetzt Lisbeth aus den tiefsten Tiefen ihrer Seele. Und dann trat auch in ihren Augen das Wasser über die Ufer.

»Hier, Herbiemännlein, du trinkst jetzt noch einen mit mir«, erklang plötzlich von oben Rias raue Stimme, und ein neuer Cocktail tauchte tanzend vor seinen Augen auf. Auf schmückendes Beiwerk hatte man dabei verzichtet. Im Glas schwappte nur eine Brühe von undefinierbarer Farbe. Ria ging neben ihm so abrupt auf die Knie, dass der Kies zur Seite spritzte. »Trink mit mir auf Ex!«

»Ich … ich …«, stieß Herbie hervor. »Ichmussonochfahrn.«

Du klingst ein bisschen wie dein Praktikant.

»Trink!«, herrschte Ria ihn an. »Auf Ex jetzt!«

Sie setzten beide ihre Gläser an und kippten den Inhalt hinunter. Das Gefühl, das sich in Herbies Rachen und in seinem Bauch breitmachte, konnte er nicht in Worte kleiden. Er hätte sie auch gar nicht mehr aussprechen können.

Dann brach auch Ria in Tränen aus. »Das ist doch alles eine einzige große Kacke! Der Schmal hat mir eben das mit dem Rost-Horst erzählt! Die arme Sau! Beide Beine weg! Da läuft doch was schief!«

Von Laufen kann da eigentlich keine Rede mehr sein.

Herbie sandte einen hilfesuchenden Blick zu seinem Begleiter.

Ria, Annemarie und Lisbeth kauerten um ihn herum, und konvulsivisches Schluchzen schüttelte ihre halbnackten Körper.

Julius spitzte anerkennend die Lippen. *Doch, das muss man dir lassen. Du hast eine gewisse magnetische Wirkung. Um dich herum fangen alle Frauen an zu heulen.*

Als in diesem Moment Zorros Füße in den schwarzen Badeschlappen in Herbies Gesichtsfeld auftauchten, schöpfte er Hoffnung. Es ging nach Hause! Die Fete war zu Ende.

Aber da kam ein Glas Whisky von oben. Ein großes Glas.

»Du spendierst Trost, wie ich sehe. Trotzdem muss ich die Damen höflichst um ein Pardon erbitten und dich mal kurz entführen.«

Schluchzend und schniefend winkten die drei Frauen ab, und Zorro half Herbie auf die Beine.

»Trink aus und komm mit«, sagte er.

»Aber ich …«

»Trink aus und komm mit!« Der Ton wurde schärfer. Herbies Blick begegnete dem von Zorro. Er war ungetrübt, stahlhart und herausfordernd.

Herbie setzte zaghaft an, zwang Schluck um Schluck die Kehle hinunter und spürte plötzlich seine Fingerspitzen nicht mehr. Eigentlich ein verdammt guter Whisky. Das Glas ließ er einfach fallen.

Zorro drehte sich um und schritt mitten durch die ungebrochen feierwütige Menge auf das Haus zu. Herbie taumelte hinterher.

So, da haben wir den Salat. Jetzt wirst du erschossen. Oder erdrosselt. Oder erdrosselt und erschossen. Julius stapfte neben Herbie her und hatte eine ernste Miene aufgesetzt. *Du bist aufgeflogen. Selbst schuld. Was hast du dir auch bei dieser dusseligen Undercover-Nummer gedacht?*

Das wusste Herbie eigentlich auch nicht. Er wusste nur, dass Julius recht hatte. Wieder mal. Irgendwie war er da reingestolpert und hatte sich verstrickt. Wieder mal. Und er hatte nicht den richtigen Zeitpunkt erwischt, um sich aus dem Staub zu machen. Wieder mal.

Der Mann, den sie Lego nannten, zog gerade unter großem Applaus Salz durch die Nase, kippte dann einen Tequila runter und träufelte sich schließlich Zitronensaft in die Augen. Das schien ein besonders beliebtes Partyspiel zu sein.

Donna Summer schmetterte dazu *I Will Survive.*

Herbie folgte Zorro über das Balkongeländer und durch die Terrassentür ins Haus, durch den Flur auf eine halb offen stehende Zimmertür zu.

Das war's. Sie werden dich foltern. Du hättest durchaus noch ein paar schöne Jahre vor dir gehabt. Julius hatte die Hände hinter dem Rücken gefaltet und legte seufzend das bärtige Kinn auf die Brust. *Es war nicht immer schön mit dir, aber es hätte mich durchaus schlimmer treffen können …*

Mit der flachen Hand schob Zorro die Zimmertür auf. Dahinter saß der Schmal auf der Kante eines zerwühlten Bettes. Sein Gesicht war ungewohnt ernst. Er und Zorro nickten einander zu.

»So, mein junger Freund.« Zorro seufzte tief. »So gerne wir auch feiern, jetzt ist die Zeit gekommen, dir mal ein bisschen Tacheles aufs Tapet zu schmieren.«

Dann schloss sich hinter ihnen fast geräuschlos die Tür.

14. Kapitel

Das Licht war so grell wie der Kegel einer Schreibtischlampe beim Verhör. Es drang schmerzhaft zwischen seinen Lidern hindurch und bohrte sich nahezu ungehindert in seine Augäpfel und in die Sehnerven hinein. Es war zwecklos, sich dagegen zu wehren. Und da waren Schmerzen. Abscheuliche Schmerzen. Als hätte ihm jemand den Kopf vom Rumpf getrennt und falsch herum wieder draufgeschraubt.

Herbie beschloss zu kämpfen. Da war noch ein Funke Leben in ihm.

Er zwang sich, die Augen zu öffnen. Im gleißenden Gegenlicht konnte er schemenhaft die Umrisse seines Gegenübers ausmachen. Eine gewaltige, runde Silhouette vor einem Fenster.

Julius saß auf der Fensterbank und hatte die Hände in den Schoß gelegt, die Finger ineinander verschränkt, die dicken Daumen umeinander rotierend.

Es ist langweilig ohne dich. Mir fiel nur nichts richtig schön Gemeines ein, mit dem ich dich hätte wecken können.

Herbie zwinkerte. Eine Frechheit, so gut gelaunt vor sich hin zu grinsen. Er öffnete den Mund, um etwas zu sagen, aber die seltsamen Töne, die herauskamen, passten überhaupt nicht zu den Worten, die ihm vorschwebten.

Sing es! Julius glitt schnaufend von der Fensterbank und näherte sich ihm. *Was immer du sagen willst, sing es, das geht leichter. Zu einem feurigen Rhythmus vielleicht.* Er vollführte gut gelaunt ein paar für ihn völlig ungewohnte, wilde Hüftschwünge und jaulte laut: *Dale a tu cuerpo alegria, Macarena. Hey Macarena!*

Dann setzte er sich zu Herbie auf die Bettkante. *Mann, war das ein vergnüglicher Abend. Ich weiß nicht, wann ich mich zuletzt so amüsiert habe!*

Der Abend! Die Fete für Zorro!

Herbie schickte forschende Blicke umher. Blau gemusterte Brokatvorhänge, großformatige Kaufhaus-Ölbilder, ein weiß lackierter Kleiderschrank mit großem, ovalem Spiegel. War er das etwa, den er darin sah? Oh Gott.

Julius plauderte ohne Unterlass. *Alle so gut aufgelegt. Muntere Plaudereien, Schwof und neckische Partyspiele.*

»Julius, wo bin ich?«, krächzte Herbie.

Kleine Leckereien und das ein oder andere klitzekleine Prozentchen im Glas … Ich glaube fast, am Ende waren alle ein winziges bisschen angetütert.

»Das ist doch nicht das Schlafzimmer vom Schmal.«

So angetütert jedenfalls, dass der ein oder andere heute in einem fremden Bett wach wird.

»Wo bin ich, Julius? Verdammt noch mal, wo bin ich?«

Julius beugte sich ganz nah über ihn. *Du weißt es nicht? Kein Wunder.* Und mit einem Mal wurde seine Stimme garstig. *Du warst schließlich voll wie ein russischer Elternabend. Dicht wie 'ne Raumkapsel. Du warst voll storno!*

»Ich weiß, ich weiß. Aber wie bin ich denn von Mechernich … Wer hat denn …?«

Du! Du warst der Chauffeur! Du hast es irgendwie hinters Steuer geschafft. Frag mich bloß nicht wie.

»Ich bin gefahren? Ach du Scheiße. Julius, du hast recht! Ich habe Zorro nach Hause gefahren. Oh mein Gott!«

Julius kräuselte verächtlich die Oberlippe. *Würde mich nicht wundern, wenn du noch Restblut im Alkohol hättest.*

Aus unscharfen Fetzen setzten sich nach und nach Bilder zusammen. Das Auto … die Tankstelle … Er hatte Zorro zu seinem Container gebracht. Gute Nacht gewünscht. Er sah, wie sich der metallene Torflügel vor ihm schloss, hörte, wie innen ein Riegel vorgeschoben wurde. Alles war verschwommen und schief.

Herbie blickte sich in dem Raum um, in dem er sich befand. Neben sich auf dem Schleiflack-Nachtschränkchen stand eine halb leere Flasche Sprudelwasser. An der Seite des Bettes stand ein Putzeimer auf dem Boden – Gott sei Dank leer.

»Die Tankstelle, Julius. Du warst doch bei mir! Erzähl mir, was passiert ist!«

Julius hob die Augenbrauen und wandte langsam den Kopf ab. *Das, mein Teuerster, musst du schon selbst herausfinden.*

Herbie sammelte seine Kräfte und schob das unermesslich schwere Plumeau zur Seite. Blütenreine, wohlduftende Bettwäsche. Wen kannte er, zu dem so ein Bett passte?

»Warte mal, warte mal, da waren doch diese Frauen, Julius. Anneria, Mia, Risbeth, undsoweiterundsoweiter …«

Julius deutete ein Kopfschütteln an.

»Ein Mann? Julius, bin ich etwa mit einem Mann mitgegangen?« Panisch ließ Herbie den Blick auf die andere Seite des Bettes fliegen. Dort lag ein zweites Kissen. Rein und unberührt.

In diesem Moment sah er, wie die Klinke der Zimmertür langsam hinuntergedrückt wurde. Er hatte diese Art von Klinke kürzlich erst gesehen. Diese Tür! Cremeweiß lackiert …

Sie wurde langsam aufgeschoben. Ein Kopf schob sich langsam in die entstehende Öffnung. Eine bezaubernde Stubsnase, strahlend blaue Augen, blonde Locken.

»Oh, du bist schon wach?«, wisperte Fee Kaltwasser amüsiert. »Damit hätte ich nicht vor heute Nachmittag gerechnet.«

* * *

»Eigentlich wollte ich dir das Stück Pizza auf den Teller legen, das in deiner Hemdtasche steckte.«

Julius grunzte. *Funghi, Artischocken und Cabanossi, also rein vegetarisch.*

Herbie stocherte unmotiviert in seinem Rührei herum. Der Duft von gebratenem Speck hing in der Luft. Das war nicht gut für ihn. Gar nicht gut.

Sie saßen in der Küche des Kaltwasserhofs an einem kleinen, rustikalen Wurzelholztisch mit vier Stühlen.

Es war eng und gemütlich, und vermutlich wurden die Mahlzeiten häufiger hier eingenommen als im angrenzenden, durchgestylten Esszimmer.

Ketchen Kaltwasser kam mit der Pfanne, in der es zischte und brutzelte. »So, jetzt kommt was Handfestes, junger Mann.«

Herbie winkte mit einer schwachen Handbewegung ab. »Wirklich, ich kann das nicht. Noch nicht.«

»Das ist wohl ein bisschen spät bei Ihnen geworden, was?« Sie schüttelte missbilligend den Kopf. »Früh ins Bett und früh wieder raus, so wird man steinalt. Bei mir geht spätestens zwischen zehn und elf das Licht aus. Wenn ihr jungen Leute euch immer die Nacht um die Ohren schlagt, ist das ja kein Wunder, dass ihr tagsüber nix geschafft kriegt.«

Fee lachte. »Hast du uns denn nach Hause kommen hören, Ketchen?«

Die alte Frau schüttelte den Kopf. »Wenn ich schlafe, schlafe ich. Da kann die Welt um mich herum untergehen.«

Fee stützte sich mit dem Ellenbogen auf den Tisch und legte das Kinn auf die Fäuste. Sie betrachtete Herbie mit einem forschenden, aber durchaus warmherzigen Blick.

»Passiert dir so was öfter?«

»Was? Nein!« Er brachte nicht einmal die nötige Empörung auf. »Dieser Zorro und seine Leute …«

»Die sind kein Umgang für einen jungen Mann wie Sie«, konstatierte Ketchen und schob ihrer Nichte den Speck auf den Teller. »Richtige Lumpen sind das, das sage ich auch immer dem Hepp, aber der nimmt die ja dauernd in Schutz.« Dann machte sie sich an der Spüle zu schaffen.

Irgendwann wirst du wieder etwas essen können. Im nächsten Winter vielleicht. So ein Körper regeneriert ja unglaublich schnell.

»Du hättest dich heute Nacht sehen sollen.« Fee unterdrückte ein Glucksen, und Herbie schämte sich in Grund und Boden. Die Situation war einfach entwürdigend. Er war der Einzige, der noch nicht ins Bild gesetzt war, was die vergangenen Stunden anging.

»Und dann erst der tote Sittich.«

»Wie bitte?«

Ich erinnere mich sehr gut. Julius rieb sich die Nase. *Du wolltest ihn unbedingt begraben.*

»Ein Grab«, hast du immer wieder gesagt. »Wir müssen ihn bestatten!«

»Ja, stimmt, da war ein Sittich«, dämmerte es Herbie. »Der lag da einfach so rum. Die haben gesagt, dass da immer wieder mal welche tot umkippen. Und ich hab einen gefunden.« Er schrak auf. »Der steckte doch nicht auch noch in meiner Hemdtasche, oder?«

»Nein, du hattest ihn in der Hand. Was für ein Bild! Du, nachts, mutterseelenallein an die Zapfsäule gelehnt, einen toten, grünen Vogel in der Hand. Und das kalte Tankstellenlicht von oben. Wie ein Gemälde von Edward Hopper.«

»Wie kommt es denn überhaupt, dass du mich da gefunden hast? Ich meine, um diese Uhrzeit?«

»Ich kam von einer alten Schulfreundin. Es wurde schon langsam hell. Wir sehen uns nur selten, und wenn, dann quatschen wir immer bis in den Morgen hinein.

Und wir trinken auch mal ein Weinchen. Oder auch zwei.« Sie zwinkerte ihm zu. »Brauche ja meinen Führerschein, weißt du.«

Zack, volle Breitseite!

Herbie stöhnte gequält. »Ich wollte ja eigentlich gar nichts trinken. Aber da war diese Party in Mechernich, und all die Leute …«

»Was hast du denn getrunken?«

»Alles, was es gibt.«

Sie nickte und presste die Lippen zusammen, um nicht loszulachen. »Ich weiß gar nicht, warum deine Klamotten so nass waren. Es hat doch gar nicht geregnet.«

»Nass?« Herbie versuchte, möglichst unschuldig zu klingen. »Keine Ahnung.« Ihm fiel etwas ein: »Vorhin, da hatte ich einen Schlafanzug an.«

»Ein alter von meinem Bruder. Ketchen bewahrt immer Klamotten auf, um Schuhputzlappen draus zu machen.«

Herbie starrte in die Kaffeetasse. Er sah das Planschbecken vor sich, und er sah tumultartige Szenen. Und mit einem Mal sah er auch Zorro und den Schmal und das Schlafzimmer. Zorro hatte ihm etwas gesagt, etwas erklärt. Sehr wichtig und mit ernster Miene. Sie hatten unheimlich geheimnisvoll getan.

»Du bist der Erste seit zig Jahren, der im Gästezimmer übernachtet hat«, erklärte Fee. »Da schläft nie einer, stimmt doch, oder, Ketchen?«

»Ja, es war schon lange kein Besuch mehr da. Aber das Bett wird immer frisch bezogen. Mindestens einmal im Monat.«

Fee hatte ihr Ei und den Speck bereits verputzt. »Was ist, sollen wir raus auf die Terrasse? Die Sonne scheint so schön. Wir können den Kaffee doch draußen weitertrinken.«

Herbie reagierte nicht gleich. Er wühlte verzweifelt in den bruchstückhaften Erinnerungen an die letzte Nacht herum. Er hatte den beiden Männern irgendwas schwören müssen. Was war das nur? Sie hatten es richtig feierlich gemacht.

Julius zuckte mit den Schultern. *Mich darfst du nicht fragen.*

»Sollen wir?« Fee stand auf und sah ihn auffordernd an. Als er immer noch nicht begriff, rollte sie bedeutsam die Augen in Richtung ihrer Tante, die zwar mit dem Abwasch beschäftigt war, aber ohne Zweifel jede Silbe ihrer Unterhaltung mithörte.

»Oh, äh … ja.« Herbie nahm seine Tasse und folgte ihr.

Die Terrasse war groß, mit Bruchsteinplatten ausgelegt und wurde von einer Markise mit orange-braunem Streifenmuster überspannt.

Fee warf sich auf eine Liege und rekelte sich genüsslich in der Sonne. Herbie betrachtete ihren schlanken Körper, der in einem schlabbrigen Herrenhemd und einer entzückend kurzen Hose aus Jeansstoff steckte.

»Hier in der Eifel kann ich immer so richtig Energie tanken! Man kann so allein sein, wie man es möchte.«

Herbie schielte zu Julius hinüber. Ihm war das nicht vergönnt.

»Du hast sonst viele Menschen um dich rum?«, fragte er.

Sie lachte. »Kann man wohl sagen. Ich bin Executive Housekeeper in einem Hotel in Frankfurt.«

»Oh.« Herbie hatte nur eine ungefähre Vorstellung davon, worum es sich bei dieser Tätigkeit handelte.

»Im Moment arbeite ich Überstunden ab. Das könnte ich jetzt bis nächstes Jahr Ostern so machen.«

Ich finde, auf Englisch klingt so was gleich nach einem gut bezahlten Job. Wie würdest du dich bezeichnen? Unskilled Low Budget Temporary Petrol Station Manager?

Herbie schrak aus seiner Lethargie auf. »Job! Mist, ich muss zur Tanke.«

Fee beugte sich zu ihm herüber und legte ihm die Hand auf den Unterarm. »He, langsam, chill mal ein bisschen. Ich hab den Praktikanten schon angerufen und gesagt, dass du später kommst.«

»Okay, was hat er gesagt?«

»Habe ich nicht verstanden. Jedenfalls weiß er Bescheid.«

Herbie nahm einen Schluck Kaffee. Der sorgte zwar noch nicht so recht dafür, dass seine Lebensgeister langsam wach wurden, aber er zog schon mal den Wecker auf.

Herbie fragte sich, warum Fee ihn gebeten hatte, mit ihm rauszugehen.

Sie will dich mal ganz für sich haben, merkst du das nicht?

»Schön, dass wir mal allein sind«, sagte Fee und wand sich auf der Liege hin und her, bis sie eine bequeme Stellung gefunden hatte, in der sie ihn ungehindert beobachten konnte.

Frag sie doch, ob sie einen Freund hat!

»Sag mal, Herbie, hast du irgendwen … irgendwen, mit dem du … eine Freundin oder so? Hast du eine Freundin?«

Zu spät.

Herbie schüttelte scheu den Kopf.

»Schon lange her?«

Sag jetzt nichts Falsches!

»Hm, ja. Paar Jahre.«

Julius seufzte. *Grundgütiger!*

Sie lächelte. »Verstehe ich gar nicht.«

»Und du?«, traute sich jetzt auch Herbie zu fragen.

»Es ist gerade erst etwas zu Ende gegangen.« Ihr Tonfall kühlte in Sekundenschnelle ab. Sie wandte den Kopf zur Seite und blickte in die Ferne.

Der Garten mit seinen wenigen Sträuchern und Staudenbeeten ging nahtlos in eine große Wiese über, die kein Ende zu haben schien. Am Horizont tauchte ein Trecker auf. Selbst auf die große Distanz wirkte er gewaltig. Es schien das Monstrum von Hepp Kaltwasser zu sein. Das Motorengeräusch wurde von einer sanften Sommerbrise zu ihnen herübergeweht.

Herbie hätte gerne mehr über Fees kürzlich beendete Beziehung erfahren, traute sich aber nicht zu fragen. Stattdessen flüchtete er sich in einen Gemeinplatz: »Du findest schnell wieder wen.« Und mehr für sich murmelte er: »Und du hast wenigstens eine Familie.«

»Du nicht?«

»Doch, eine Tante.«

»Die hab ich auch«, sagte sie wonnig.

»Ja, aber wenn deine so der Typ Mutter Teresa ist, dann ist meine eher so der Typ Stalin.«

Fee lachte laut und richtete sich halb auf. Sie umschlang ihre Knie mit den Armen und begann, an ihren Zehennägeln herumzuzupfen. »Unser Ketchen ist ein richtiger Goldschatz.«

So, und wann erwähnst du mich? Julius verschränkte empört die Arme. *Bin ich dir nicht all die Jahre guter Vater, ulkiger Onkel und nerviges Geschwisterkind gewesen?*

»Sie scheint mir ein echtes Finanzgenie zu sein.«

»Oh, allerdings! Mit ihren Börsenspekulationen verblüfft sie uns alle. Da sind auch die Zeitungen drauf angesprungen. Immer in der Sauregurkenzeit klingeln hier wieder die Fernsehmagazine an. Ich weiß nicht so richtig, ob ihr der ganze Medienrummel gefällt. Dafür macht sie das alles jedenfalls nicht. Es ist ihr wahnsinnig wichtig, eigenes Geld zu verdienen.«

»Ist eben emanzipiert.«

»Oh ja, das sowieso. Sie ist als junges Mädchen schon früh an den Niederrhein gegangen, um in einem Privathaushalt zu arbeiten. Das machte man früher so. Aber von da kam sie ganz schnell zurück, hat sie uns immer erzählt. Sie hat gesagt, sie will nie wieder in so einer Position arbeiten. Geld verdienen, das war ihr wichtig. Sie wollte immer richtig, richtig Geld verdienen. Dabei gönnt sie sich selbst gar nichts. Sie verteilt es. Sie spendet Unmengen. An soziale Dienste, an Pflegeheime.« Fee senkte die Stimme. »Selbst mir gibt sie unanständig viel. Ich bin eine gute Partie. « Ein schelmisches Grinsen zaubert wieder die Grübchen in ihr Gesicht.

Herbie lachte säuerlich. »Meine Tante gönnt *mir* gar nichts.«

»Ketchen ist so großzügig, dass man glauben könnte, sie wollte mit ihren Geldspenden irgendwas gutmachen. Dabei hat sie nie auch nur irgendetwas getan, was ihrer Familie geschadet hätte. Im Gegenteil. Sie überweist auch meinem Bruder heimlich Geld, glaube ich.

Jedenfalls sind da regelmäßige Zahlungen auf irgendein komisches Konto.«

»Heimlich?«

»Oh ja, mein Vater hat es verboten. Und was er sagt, ist hier Gesetz!« Sie rollte mit den Augen. »Herbert Kaltwasser, Legislative, Judikative und Exekutive in einer Person. Aber sie chattet mit Tom. Ich hab sie schon ein paarmal dabei erwischt. Ich glaube, er nutzt sie nur aus, um auf dem Laufenden zu bleiben. Ja, die liebe Tante Ketchen hat so ihre kleinen Geheimnisse. Die versteckt sie vor uns, dabei interessieren sie eigentlich keinen.«

»In ihrem Safe?«

»Uh, uh, uh, der supergeheime Geheim-Safe.« Fee lachte spöttisch. »Guck mal hier.« Sie zog umständlich das Handy aus der Tasche ihrer kurzen, engen Hose, und Herbie betrachtete aufmerksam die geschmeidigen Bewegungen ihres Körpers.

Immerhin das dringt bis zu den wenigen Gehirnzellen durch, die du letzte Nacht nicht hast ausrotten können.

Sie tippte auf dem Display herum und zeigte ihm schließlich das Foto eines jungen Mannes, mit dunkelbraunem Haar, kräftigen Augenbrauen, azurblauen Pupillen und langen Wimpern. Herbie glaubte, den inzwischen erwachsenen kleinen Jungen wiederzuerkennen, den er schon auf Ketchen Kaltwassers Familienportrait gesehen hatte.

»Das kleine Arschloch sieht doch aus, als könnte es kein Wässerchen trüben, oder?«

»Und du folgst dem Boykott-Aufruf?«

»Hm?«

»Ich meine den Eisernen Vorhang, den dein Vater zugezogen hat. Du hast keinen Kontakt zu deinem Bruder?«

»So gut wie keinen mehr. Zu meinem Geburtstag kommt vielleicht mal eine SMS. Als Ketchen vor ein paar Jahren achtzig wurde, hatte ich gehofft, dass er das vielleicht zum Anlass nimmt, doch noch mal heimzukommen. Wir haben das groß gefeiert, der ganze Hof war geschmückt, es waren sicher zweihundert Leute da. Es wäre anständig gewesen, wenn Tom sich wenigstens da mal hätte blicken lassen. Hätte ja nicht gleich wieder einziehen müssen. Wer weiß, wie lange es dazu noch Gelegenheit gibt. Ketchen ist zwar noch rüstig, aber das Herz macht ihr immer öfter Probleme. Nein, Tom ist auch da nicht aufgetaucht. Er hat sich einfach gegen uns entschieden. Vor allen Dingen gegen Papa. Die beiden sind vom gleichen Schlag. Jähzornig, aufbrausend ... Ich wüsste nicht, was Tom tun könnte, um mit unserem Papa Frieden zu schließen. Und auf der anderen Seite kann ich mir nicht vorstellen, dass Tom so etwas überhaupt tun möchte. Er ist gemein. Seine Freundinnen hat er immer richtig scheiße behandelt. Zwei davon waren Klassenkameradinnen von mir. Was die mir erzählt haben ...«

Julius räusperte sich vernehmlich, und Herbie wandte ihm den Kopf zu.

Eine Bewegung, die Fee nicht entging. Sie musterte ihn einen Moment lang irritiert.

Du solltest jetzt aber so langsam mal die Initiative ergreifen. Das Fräulein steht auf dich, wenn ich das mal so salopp formulieren darf. Ihr habt jetzt lange genug über sämtliche Familienmitglieder geplauscht!

Herbie holte tief Luft, bevor er sagte: »Deine Mutter ist gestorben, hat deine Tante mir erzählt.«

Julius atmete geräuschvoll aus, ließ die Schultern hängen und den Kopf nach vorne sacken. *Ich geb's auf.*

Eine ausdruckslose Leere legte sich auf die Gesichtszüge der jungen Frau. »Ein Autounfall. Das hat unsere Familie zerstört. Ich hatte gerade mein Studium begonnen.«

»Ist sie das auf dem Foto im Büro? Die Frau im Krankenbett?«

Fee sah ihn kurz irritiert an. »Krankenbett? Ach so, nein, das ist irgendeine alte Bekannte vom Niederrhein. Meine Mutter war auf der Stelle tot.«

»Genau wie bei meiner Mutter«, sagte Herbie.

Sie wandte ihm mit einem Ruck den Kopf zu. »Wirklich?«

»Ja.«

»Etwa auch ... ein Autounfall?«

»Ja.« Er hatte das große Bedürfnis, ihr mehr zu erzählen, aber der Kopfschmerz verformte seine Gedanken. Dies war jetzt nicht der richtige Moment für die traurigen Wahrheiten des Lebens, weil er sich nicht in der richtigen Verfassung befand.

»Weißt du, dass ich dich gut leiden kann«, sagte Fee jetzt unvermittelt. Ihr Tonfall war sanft und warm.

Herbie spürte, dass ihm die Röte ins Gesicht stieg.

Oho, da ist ja doch noch Leben drin! Julius schlug beglückt die Hände zusammen. *Die Bäckchen glühen, die Ohren leuchten!*

»Dabei habe ich mich heute Nacht wahrscheinlich benommen wie ...«

Sie schwang die Beine von der Liege, beugte sich zu ihm hin und legte ihm den Finger auf die Lippen. »Heute Nacht, das war eine Ausnahmesituation. Ich weiß gar nicht, warum du mit diesen Typen durch die Gegend ziehst.«

Julius warf gepeinigt die Arme in die Luft und rief: *Ich ja auch nicht! Wenn ich nur wüsste, was ihn immer zu diesen Dingen treibt.*

»Ich vertrage eben nicht viel«, sagte Herbie mit einem schiefen Lächeln.

»Du warst voll süß. Hast dauernd was von einem gewissen Julius erzählt.«

»Julius?« Herbie tat ahnungslos. »Du musst dich verhört haben.«

Na, hör mal!

»Jedenfalls hast du ununterbrochen gekichert wie ein kleiner Junge und *Sunshine Reggea* gesungen und so ein Zeug. Und warst überhaupt irgendwie sehr anhänglich.«

Herbie stand auf und beschloss, die immer peinlicher werdende Situation aufzulösen. »Jajaja, ich weiß gar nicht, ob ich das alles hören will, ich bin …«

Fee lachte hell auf und erhob sich ebenfalls. »So ein Absturz ist doch nichts Schlimmes.« Sie legte ihm eine Hand auf die Schulter. Ernst fuhr sie fort: »Die Jenny von gegenüber, die hat da schon deutlich größere Probleme.«

Herbie nickte. »Hm, ja, den Eindruck habe ich auch.«

»Hab sie auch schon mal am Bahnhof in Urft aufgesammelt. Da kam sie von einer Einkaufstour in Köln und ist eine Station zu früh ausgestiegen, so rotzevoll war sie. Die hat nur geheult, wie schlimm ihr Leben ist und all so was. Und dass sie längst Schluss mit allem gemacht hätte, wenn ihr Kind und der Jogi nicht wären.« Plötzlich beugte sie sich vor und drückte Herbie einen Kuss auf die Wange. »Mach dir keinen Kopp. Du bist voll in Ordnung.«

Eine heiße Welle brandete durch Herbies Körper. Diese wunderbare Frau hatte ihn berührt. Mit ihren Worten, ihren Händen, ihren Lippen. Mit ihrem ganzen Wesen.

Julius rang verzweifelt die Hände. So, jetzt aber! *Umarme sie! Jetzt! Küss sie! Sie wünscht es sich!*

Aber Herbie war noch nicht bereit. Noch nicht. Er wusste nicht, was er noch brauchte, was ihm noch fehlte, um dem Drängen nachzugeben, das ihn bis in die kleinste Faser seines Körpers füllte.

»Okay«, sagte er stattdessen und schluckte schwer. »Ich muss dann jetzt mal los. Nachher verpasse ich noch den einzigen Kunden des Tages.«

»Verstehe.«

Dann kratzte er all seinen Mut zusammen und sagte: »Vorgestern Morgen, bevor ich an dieser seltsamen Tankstelle gestrandet bin, da hatte ich eigentlich vor, schwimmen zu gehen. Zülpich, Freilingen, Rursee, Maare ... irgendwo. Das mit dem Sommer war's ja jetzt auch so ziemlich. Na ja, wir könnten ja vielleicht später ...«

»... zusammen ...?«

Er nickte. »... schwimmen gehen.« Er hörte gar nicht mehr auf zu nicken.

»Ich geb dir meine Handynummer«, sagte Fee mit einem strahlenden Lächeln.

»Das wäre toll. Aber da wäre noch was.«

»Was denn?«

»Hättest du wohl so etwa fünfzehn bis zwanzig Kopfschmerztabletten für mich?«

15. Kapitel

Die Erklärungen für all die vielen unerklärlich scheinenden Dinge folgen fast immer unerwartet, häufig ungefragt und vor allen Dingen meistens zur Unzeit.

Das erklärt einiges. Julius legte nachdenklich den Kopf schief. *Vermutlich wärst du sonst einfach weiter nach Hause gefahren. Vielleicht hättest du dir vor der Weiterfahrt noch einen Flachmann aus dem Shop gegönnt. Zur Vorsicht, bevor der Pegel zu stark sinkt.*

Herbie legte den Kopf in den Nacken und ließ sich die Sonne ins Gesicht scheinen. Den kurzen Weg vom Hof bis zur Tankstelle war er zu Fuß gegangen. Er hatte gehofft, die frische Luft würde ihm guttun. Ein Trugschluss.

Wahrscheinlich hatte Julius recht. Er hätte Zorro einfach rausgelassen und hätte dann alkoholbenebelt, quasi als sein eigener Autopilot, die Heimfahrt nach Hillesheim im Blindflug fortgesetzt. Aber die verdammte Diesel-Zapfsäule war leer. Das wusste er ja schon. Aber erst jetzt tauchte langsam die Erinnerung daran auf, dass auch der Tank seines klapprigen Kangoo mitten in der Nacht beschlossen hatte, leer zu sein.

Buchstäblich mit dem letzten Tropfen Sprit waren sie vor der Tankstelle zum Stehen gekommen.

Ein echter Diesel-Skandal!

»Und jetzt?«

Julius zuckte mit den Schultern. *Du kannst zur Tankstelle in Engelgau laufen und dir was ausleihen. Unter Kollegen.*

Herbie schleppte sich in den Shop, wo der Praktikant neben der Kaffeemaschine saß und gar nicht erst von seinem Handy aufblickte.

»Morgen«, knurrte Herbie.

»Mblmbljaschonfastmittag«, kam es kaum hörbar zurück.

Herbie suchte den Kanister, dessen Inhalt er erst am Vortag einem Kunden angepriesen hatte. Als er ihn fand und aufschraubte, wurde ihm bei dem Geruch, der ihm entgegenstieg, ganz blümerant. Ihm wurde heute bei jedem Geruch übel. Und das half ihm nicht gerade dabei herauszufinden, ob das nun Super oder Diesel war.

Ein Menschenjahr sind sieben Autojahre. Sagt man nicht so? Dann ist deine Karre ein Methusalem, den es auf der Stelle zerreißt, wenn du ihm was Falsches einflößt.

Herbie beschloss, das Risiko nicht einzugehen. Aber ihm kam eine Idee. Hinter der Halle standen die Schrottfahrzeuge. Mit etwas Glück hatte der Rost-Horst es noch nicht geschafft, den Sprit überall abzuzapfen. Einen Versuch war es jedenfalls wert.

Er trottete nach draußen.

Ohne Sprit kam er hier nicht weg. Und das war kein schöner Ausblick. Zu blöd, dass sein Kumpel Köbes auf

Island war. Köbes kannte sich mit verbeulten Autos, Rost, Sprit, Öl und Werkzeug aus. Und Herbie hatte das Gefühl, sich seit Tagen in einem Labyrinth von Werkzeug, Öl, Sprit, Rost und verbeulten Autos verlaufen zu haben.

Julius schien ernsthaft zu grübeln. *Wie heißen die Ureinwohner von Island?*

»Lass mich mit deinem Nonsens in Ruhe.«

Auf dem Dach des Überseecontainers saß eine Schar grüner Sittiche und diskutierte lautstark aktuelle Themen aus der Vogelwelt. Im Inneren des Metallklotzes schlief Zorro vermutlich immer noch seinen Rausch aus.

Isen?

»Hoffentlich sind die Karren nicht abgeschlossen. Wenn ich nämlich da drinnen in dem ganzen Chaos nach den Schlüsseln suchen muss, kann ich auch gleich selbst nach Öl bohren und es raffinieren.«

Islandisten?

Fünf Autos in verschiedenen Stadien des Verfalls standen nebeneinander bereit für die letzte Reise in die Schrottpresse.

Du traust dir zu, einen Diesel von einem Benziner zu unterscheiden? Im Leben nicht!

»Irgendwo wird da schon ein Hinweis sein.«

Der Erste war ein Honda Civic. Ein Diesel, wie ihm der Hinweis an der Tanköffnung verriet. Herbie warf Julius einen triumphierenden Blick zu. Aber die Benzinklappe war aufgeknackt, und der Schraubdeckel fehlte. Das war schon mal kein gutes Zeichen. Er schnüffelte an der Öffnung. Da war nichts mehr drin.

Der Kofferraum ließ sich öffnen, war aber restlos leer. Verärgert warf Herbie ihn wieder zu.

Der Fiesta hatte erst gar keinen Tank mehr. Die gesamte linke Seite war komplett zerstört.

Herbie ging weiter.

»Das eine will ich dir sagen, Julius. Ich bin raus!«

Raus? Woraus denn?

»Ich bin raus aus dieser ganzen verdammten Kleinganoven-Nummer. Der Rost-Horst hat wahrscheinlich recht. Diese Leiche ist irgendwann vor ein paar Jahren hierhergekarrt worden. Von weit her womöglich, über die Autobahn.«

Die letzte Reise führt in die Eifel. Das wäre doch mal ein knackiger Tourismus-Slogan.

»Wie auch immer, es ist lange her. Da sind nur noch Knochen übrig. Ich bin raus!«

Er untersuchte den nächsten Wagen, einen verbeulten Toyota Kombi. Der Tankdeckel war verschlossen. Herbie packte die Dachreling und schaukelte das Gefährt hin und her. Da war nichts zu hören, was darauf hoffen ließ, dass noch etwas im Tank war. Er spähte ins Heck des verschlossenen Wagens. Eine rote Klappbox voll Altglas und eine Alditüte, aus der schmutzige Unterwäsche hervorquoll. Kein Reservekanister.

»Nein, im Ernst, das hat nichts mit der Tanke zu tun und auch nicht mit diesen abgehalfterten, kleinkriminellen Opas. Die sind alt und müde und murksen sich nicht mehr gegenseitig ab.«

Die Rheumaliga der außerordentlichen Gentlemen. Julius kicherte vergnügt.

Der nächste Wagen war ein anthrazitfarbener Peugeot mit zerborstenen Scheiben. Auch hier war der Tank bereits geleert worden. Und im Kofferraum …

Herbie öffnete ihn und schlug ihn sofort wieder zu.

Er hielt den Atem an.

Was hast du denn?

Herbie drehte sich zu Julius um und starrte ihn mit entsetzt aufgerissenen Augen an. »Was immer ich auch gestern Abend gesoffen habe. Es war zu viel.«

Langsam, ganz langsam wandte sich Herbie wieder um und legte ein zweites Mal die Finger um den Griff der Kofferraumklappe. Er zögerte einen Moment, bevor er den Deckel langsam wieder öffnete.

Der Kofferraum wurde fast vollständig von einem unförmigen Paket ausgefüllt. Ein großer Gegenstand war in Plastikfolie verpackt und mit Unmengen von Klebeband umwickelt worden. Man hatte ihn offenbar mit Gewalt in den Kofferraum gezwängt. Gekrümmt lag er da, und Herbie konnte nur an einigen Stellen undeutlich erkennen, was es war, das dort so aufwendig umwickelt und fest verzurrt vor ihm lag. Entfernt erinnerte das Bündel an eine Mumie, und an der einen Seite des Kopfendes sah man unter der Folie mit fast obszöner Deutlichkeit ein unnatürlich großes Ohr.

Es sah schrecklich aus.

Aber für Herbie roch es in diesem Moment noch viel schrecklicher.

* * *

»Ketchen!«, rief jemand durchs Treppenhaus. Hier unten in der Waschküche hörte sie es nur undeutlich. Sie richtete sich auf und rückte mit dem Handrücken die Brille zurecht. Ihre Hände waren feucht. Sie hatte die nasse, schwere Wäsche aus der runden Öffnung der Maschine gezerrt und in den Korb plumpsen lassen.

»Ketchen, bist du da?« Es war Jogis Stimme, die von oben kam.

»Hier unten! Warte, ich komme rauf!«

Sie verließ die Waschküche und beeilte sich, die Stufen zur Diele hinaufzusteigen.

Jogi steckte den Kopf zur halb offenen Haustür herein. »Entschuldige, wenn ich störe. Die Tür stand auf. Ist Jenny bei dir?«

»Die Jenny? Nein, die ist heute noch nicht hier gewesen.«

»Ich dachte nur …« Er klang ratlos.

»Ja, ist sie denn nicht zu Hause? Wo ist denn der Kleine?«

Inzwischen war sie oben angekommen. Jogi zog die Stirn kraus.

»Das ist es ja. Er ist alleine in seinem Bettchen und schläft. Ich dachte, sie ist vielleicht nur mal schnell zu dir rüber. Sie lässt ihn doch sonst nie allein.«

Ketchen knetete ihre Hände. »Hm, ja, wo kann sie denn sein?«

Gemeinsam traten sie vor die Tür und blickten zum Ferienhaus hinüber.

»Ich suche mal ums Haus rum«, sagte Jogi und sprang schon die Stufen der Eingangstreppe hinunter.

»Jogi!«

»Ja?« Er hielt inne.

Ketchen wischte ihre feuchten Hände an der Kittelschürze ab und kam ihm eine Stufe entgegen. »Hör mal, Jogi, deine Jenny, die …«

»Was ist denn mit ihr?«

»Sie ist manchmal … weg. Ganz kurz nur.«

»Weg?«

»Ja, immer nur ein paar Minuten. Sie läuft dann nur ganz schnell runter zur Tankstelle. Meistens wenn sie beim Einkaufen was vergessen hat.«

In seinem Gesicht las sie, dass er sofort erkannte, worum es sich bei diesen kleinen Ausflügen handelte. »Ah, okay. Ich verstehe.«

»Es ist nicht so, dass ich den ganzen Tag aufpasse, was deine Frau tut oder lässt. Ich sehe sie nur eben ab und zu, wenn ich oben am Fenster sitze und arbeite.«

Sein Blick folgte ihrem knochigen Finger, der zur Dachgaube hinaufdeutete.

Seine Gedanken waren deutlich zu erahnen. Sie hatte seinen Verdacht bestätigt. Es tat ihr auch schon leid, und sie wünschte, sie hätte nichts gesagt.

»Hast du eine Minute Zeit?«, fragte er.

»Aber sicher.« Sie folgte ihm die Stufen hinunter. »Wofür denn, Jung?«

»Könntest du vielleicht nach Jonte sehen. Nur ganz kurz.«

Das Unwohlsein breitete sich augenblicklich in ihrem Körper aus wie ein Blitzeis, das ihr in alle Glieder fuhr und sie erstarren ließ. Nur das nicht!

»Warte, Jogi. Ich gehe mal schnell gucken, wo Fee ist. Ich glaube, sie ist oben im Badezimmer und …«

»Nein«, sagte Jogi knapp. »Ich habe keine Zeit. In einer Dreiviertelstunde muss ich schon wieder in Blankenheim sein.« Er sah sie flehentlich an. »Bitte.«

Sie nickte ergeben und überquerte hinter ihm den Hof. Während er auf sein Mofa stieg, schob sie langsam die Eingangstür des Ferienhauses auf.

Dahinter war es sehr still. Wenn das Kind schlief, war es eine beruhigende Stille.

Das Mofa wurde gestartet und fuhr davon.

Sie trat ein.

Schlafende Kinder sind still. Sehr still.

Sie konnte das Gesicht des kleinen Jonte regelrecht vor sich sehen. Erhitzt und mit kleinen, verschwitzten Löckchen, die sich auf der Stirn kringelten.

Ganz, ganz still.

Ketchens Finger fuhren unentwegt nervös umeinander.

Stille Kinder schlafen nicht immer.

Ängstlich bewegte sie sich durch das Halbdunkel vorwärts. Sie sah ihre eigene, kleine, gebeugte Gestalt im Spiegel am Ende des Flures.

Sie strengte sich an, um zu lauschen, ob da nicht doch etwas zu hören war. Ein Geräusch. Irgendein Geräusch.

Plötzlich sah sie im Spiegel hinter sich einen langen Schatten über das Hofpflaster näher kommen.

Da waren Schritte! Fee? Das war nicht Fee.

Sie fuhr zusammen und fasste sich ans Herz, das in diesem Moment in einem stechenden Schmerz zu zerspringen drohte.

Ketchen fuhr herum und hörte jetzt deutlich eine Stimme, die sehr unmelodisch etwas sang. Die Stimme kannte sie!

Zu einem tiefen Seufzer entspannte sich ihr Körper, und sie fasste in die Kittelschürze, um ihre Tabletten hervorzuholen.

16. Kapitel

Herbies Hände zitterten noch immer. Unter anderen Umständen hätte vielleicht ein Schnaps geholfen, aber der würde ihn jetzt um Stunden zurückwerfen.

Vorhin hast du dich noch beschwert, dass von dem anderen Toten nur noch Knochen übrig sind. Bitte schön, der hier ist frisch.

Langsam öffnete Herbie ein weiteres Mal die Kofferraumklappe und starrte wie paralysiert auf den grausigen Inhalt.

Du kannst das Ding noch ein Dutzend Mal auf- und zuklappen. Es ist dieser Dumbo, kein Zweifel. Und noch viel weniger Zweifel würde ich an die Tatsache verschwenden, dass er ganz und gar mausetot ist.

Herbie nickte. Er sah grau melierte Haare, eine leichenblasse Schläfe und vor allen Dingen ein großes Ohr …

»Hallo Herbie!«

Herbie glaubte, sein Herz bleibe stehen. Die Kofferraumklappe zuwerfen und sich ruckartig herumdrehen war eins.

Jogi kam vom Shop auf ihn zu. Wieso tauchte der hier plötzlich wie aus dem Nichts auf? Warum hatte Herbie sein Mofa nicht gehört?

Das Rauschen in Herbies Ohren erklärte es eigentlich. Und der heftige, dumpfe Puls, der ihm in den Schläfen hämmerte.

Julius zog scharf die Luft ein. *Fein, da kommt ja Hilfe. Der kann doch flugs den Kofferraum zulöten, und dann kräht kein Hahn mehr danach.*

»Hallo Jogi«, rief Herbie heiser und ging instinktiv auf ihn zu. »Suchst du was?«

Sein Gegenüber wandte den Kopf hin und her und wischte sich die braunen Locken aus der Stirn. Er ließ suchend seine Blicke über den Platz wandern. »Was meinst du?«

Mit ausgebreiteten Armen ging ihm Herbie entgegen. Fast sah es so aus, als wollte er ihn einfangen wie ein entlaufenes Schaf. »Ob du was suchst?«

»Ich? Nein«, sagte Jogi stockend. »Nein, ich dachte nur …«

Herbie hätte gerne über seine Schulter zu dem Peugeot zurückgeschaut, aber er verbot es sich. Er musste Jogi ablenken.

Und wenn du ihn einfach um Hilfe bittest? Das wäre doch auch mal eine hübsche Idee, oder?

Herbies Gedanken tobten durch seinen schmerzenden Schädel. Sollte er Jogi vielleicht wirklich ins Vertrauen ziehen? Würde der ihn aber nicht sofort verdächtigen? Was würde das alles nach sich ziehen? Und vor allen Dingen: Was würde Fee von ihm denken?

»Hast du Mittagspause?«, fragte er in gequältem Plauderton.

»Ja, und ich wollte ...« Jogis Augen waren immer noch auf der Suche. »Ich wollte ... wollte nur rasch nach den Löchern für die ausgeschlagenen Bolzen an der Waschanlage gucken. Ich habe vorgestern vergessen, mir die Maße aufzuschreiben und ...«

Mit sanfter Gewalt schob ihn Herbie in Richtung Tankstellengebäude. »Ah, gut, dann lass uns ...«

Ihr solltet euch mal sehen: tanzt umeinander wie zwei nervöse Hühner und sprecht keinen Satz ordentlich zu Ende. Julius stapfte hinter ihnen her und rieb sich das bärtige Kinn. *Feine Sache, in die du da wieder reingeraten bist, Herbert Feldmann. Wirklich erstklassig!*

Als sie die Hausecke erreichten, gab Herbie schließlich doch seinem Drang nach und warf einen kurzen Blick zurück. Dort stand der dunkelgraue Wagen, in einer Reihe mit den anderen Autowracks. Gänzlich unauffällig und dem Untergang geweiht, aufgegeben und vergessen. So wie er schon seit Tagen dort gestanden hatte.

Sie bogen um die Ecke und gingen in die offen stehende Waschanlage hinein.

Auch hier blickte sich Jogi noch einmal auffällig um, spähte in jede Ecke und jeden Winkel, aber schließlich gab er auf.

»Na dann: die Bolzen«, sagte Herbie, halb, um seine wild herumwirbelnden Gedanken zu ordnen, halb, um seinen Gast anzutreiben. Jogi musste so schnell es ging wieder verschwinden. Er würde die Polizei anrufen. Daran führte kein Weg vorbei.

Da erklang gedämpft eine kurze Tonfolge mit rasselnden Beats. Hastig holte Jogi sein Handy aus der Tasche seines Blaumanns, und Herbie konnte auf dem Display einen Namen lesen: *Jenny*.

»Hallo!«, rief Jogi eine Spur zu laut in das Gerät, als er das Gespräch annahm. »Wo bist du denn?« Die Antwort schien ihn zu beglücken, denn sein Gesicht hellte sich von einem Moment auf den nächsten auf. »Hinter … Ach so! Echt, hinterm Haus! Was? Wäsche?« Er lachte befreit. »Kopfhörer, ach so!« Er lachte erneut. Nein, ich hatte dich gesucht, und Ketchen war da, und ich … Ich? An der Tankstelle … Ach so, nein, weil ich die Waschanlage … Muss nur schnell was messen … Okay, okay, klar, ich komme noch schnell rüber, bevor ich zurückfahre. Ja, lecker. Super! Gerne! Bis gleich!«

Er strahlte übers ganze Gesicht, als er das Handy zur Seite legte und eilig begann, zwischen den alten, abgenutzten Werkzeugen, die er sich beim letzten Besuch auf einem Stuhl zurechtgelegt hatte, nach einer Schieblehre zu suchen. Als er sie fand, huschte er mit schnellen Schritten zu dem abmontierten Metallarm hinüber, der an die Wand gelehnt stand. »Bin gleich wieder weg!«, rief er gut gelaunt. »Jenny hat noch was zu essen für mich. Ich schreibe mir nur schnell die Maße auf.« Er wandte sich zu Herbie um und zeigte ein befreites Lachen. »Lass dich nicht stören. Ich komm schon zurecht.« Er kritztelte etwas auf ein Stückchen Pappe.

Herbie nagte nervös mit den Zähnen an der Unterlippe und nickte ihm zu. Er hatte in der Tat Wichtigeres zu tun.

Ich wiederhole mich ja nur ungern … begann Julius.

»Du tust es ausgesprochen gern und oft!«, raunte Herbie verärgert.

Du brauchst Hilfe. Und damit meine ich nicht deine üblichen Macken. Der tote Typ im Auto ist eine Nummer zu groß für dich. In mehrfacher Hinsicht.

»Ist ja gut, Julius!«, zischte Herbie. »Ich hab's ja kapiert. Wenn er weg ist, wähle ich sofort die 110!« Gerade wollte er sich umdrehen und die Waschhalle verlassen, als Jogis Handy auf dem Stuhl kurz, aber deutlich hörbar vibrierte. Das Geräusch wurde von der hölzernen Fläche verstärkt und setzte sich in einem Rasseln der rostigen Werkzeuge fort.

Das Display leuchtete auf, und ein Chat wurde sichtbar. Kurze Texte, mal nach rechts und mal nach links gerückt. Und kleine Fotos.

Julius sah ihn empört an. Wo bleibt dein Anstand? Das ist privat!

Herbie wollte den Kopf abwenden, aber da erkannte er jemanden auf den Bildern.

Er starrte einen Moment lang etwas zu intensiv auf das Handy, als dass Jogi seine Reaktion hätte entgehen können. Mit zwei großen Sätzen war er bei dem Stuhl, nahm das Gerät an sich und ließ es in seine Tasche gleiten.

Herbie hatte Mühe, seine Gedanken zu sammeln. Dass da draußen eine Leiche in einem Kofferraum auf ihn wartete, hatte bis jetzt jede Windung seiner Gedanken beansprucht. Aber für einen kurzen Moment schob das, was er gerade gesehen hatte, alles andere in den Hintergrund. »Habe ich das richtig erkannt? Das Bild, das ist doch …«

Jogi holte tief Luft und nickte. »Ja, das ist er. Tom Kaltwasser.«

»Aha.« Herbie sah ihn mit gerunzelter Stirn an. »Und was hast du mit ihm zu tun? Woher kennt ihr euch?«

Jogis Wangenmuskeln zuckten. Man sah deutlich, dass er einen einfachen Weg suchte, die Sache zu erklären.

»Ich kenne Tom von früher. Er hat mir damals von seiner Familie in der Eifel erzählt. Vom großen Hof, von der Natur und allem. Und als ich vor ein paar Jahren zufällig einen Fernsehbericht über Kelchen Kaltwasser gesehen habe … Aktien und so, weißt du?«

Herbie nickte. »Ja, schon klar.«

»Tja, da habe ich mich gleich an ihn erinnert. Jenny und ich wollten mit dem Kleinen weg von da, wo wir früher gelebt haben. Jonte war gerade ein halbes Jahr alt. Das war eine Scheißgegend mit Scheißleuten, verstehst du. Ein Kaff direkt am Flughafen. Lärm bei Tag und Nacht. Und so sind wir hier gelandet. Ab und zu schreiben Tom und ich uns.« Er fasste Herbie beim Arm und senkte die Stimme, so als wäre das, was er sagte, ein großes Geheimnis. »Die wissen das aber nicht. Hepp und seine Familie. Weißt du, die haben einen Riesenknatsch miteinander. Ich musste Tom versprechen, dass ich ihnen nicht erzähle, dass wir Kontakt haben.«

»Okay, verstehe.«

»Sag ihnen bitte nichts.«

Herbie deutete ein Nicken an.

»Das gibt nur unnötigen Ärger.« Jogi fixierte Herbie prüfend. Er schien seine Skepsis nur mühsam unterdrücken zu können.

»Ich werde das für mich behalten«, beteuerte Herbie noch einmal mit Nachdruck. »Geht ja auch keinen was an.«

Warum muss ich daran denken, dass er dich vorgestern erst wegen seiner kleinen Schnapsdrossel ins Vertrauen gezogen hat? Julius zog die Nase kraus.

Immer noch in mattem Tonfall setzte Jogi hinzu: »Weißt du, manchmal habe ich den Eindruck, dass er mir ziemlich viele Fragen stellt. Was hier los ist und so.«

»Das heißt, du bist sein Beobachtungsposten?«

»So würde ich es nicht unbedingt ausdrücken. Aber er will immer alles wissen. Wer was macht und so.«

»Verstehe.«

»Bleibt unter uns?«

»Ja, okay.« Herbie sah ihm direkt in die Augen. Wie oft wollte der das denn noch hören? Jogi musste endlich verschwinden. Er konnte jetzt keine Zuschauer gebrauchen.

Sie gingen ins Freie, und Jogi stieg auf sein Mofa, das er neben dem Metallrost abgestellt hatte, an dem die Fußmatten ausgeklopft wurden.

Als er losfuhr, winkte er Herbie noch einmal zu. Dann verschwand er mit seinem kleinen Gefährt hinter der nächsten Wegbiegung.

»Puh, der wäre weg.« Herbie presste die Finger gegen die Schläfen. »Jetzt kommt der nächste Schritt.«

Den ersten habe ich ja noch gar nicht mitgekriegt.

Herbie warf im Vorübergehen einen Blick in den Shop. Cedric-Maurice hatte sich keinen Millimeter bewegt. Von dort lauerte keine Gefahr.

Am besten würde er bei der Polizei gleich nach diesen beiden Beamten fragen, die ihn angesprochen hatten. Brummer und … Wie hieß der zweite noch?

Er bog um die Ecke.

Der Kofferraum des Peugeot stand offen.

Zorro stand mit dem Rücken gegen die Seite des Wagens gelehnt und drehte sich eine Zigarette. Über ihm drehten ein paar Sittiche ihre Runden.

Er ist bestimmt begeistert, wenn du ihm das mit der Polizei erzählst.

Herbie war es, als hätte das letzte bisschen Energie schlagartig seinen Körper verlassen. Kraftlos setzte er einen Fuß vor den anderen, während er langsam auf Zorro zutrottete.

Der sah gar nicht zu ihm herüber, sondern leckte stattdessen das Papier an, rollte die Zigarette, steckte sie zwischen die Lippen, zündete sie an, inhalierte tief und strich sich das graue Haar zurück. Es dauerte eine halbe Ewigkeit, bis der Qualm irgendwann wieder hervorkam und sich in der Sommerluft verflüchtigte.

Herbie hatte den Peugeot erreicht. Er kam gerade so nah heran, dass er über den Rand des Kofferraums die obersten Zipfel der Plastikplane erkennen konnte.

Einer der grünen Vögel ließ sich auf der hochstehenden Kofferraumklappe nieder.

Jetzt überleg dir bitte ganz genau, was du sagst.

»Ich war das nicht.«

Julius hob an, um etwas zu sagen, winkte aber doch nur ab.

»Wie hast du es gemacht?«, fragte Zorro mit gefährlich ruhiger Stimme. »Ich weiß nicht, was ich dir zutrauen soll. Du wirst ihn nicht erschossen haben. Einer wie du kann nicht mit Waffen umgehen. Erschlagen? Nein, das kriegst du auch nicht hin. Ich sehe keine große Wunde, keine Verfärbungen der Haut … Natürlich müsste man die Folie entfernen, um herauszufinden, wie er elaminiert wurde.«

Julius lachte auf. *Elaminiert – das ist ja nachgerade genial! Zuerst gekillt und dann in Folie verpackt.*

»Ich sehe ihn heute zum ersten Mal, ehrlich!«

Zorro stieß sich vom Auto ab und kam langsam auf ihn zu. Breitbeinig stellte er sich vor ihn, ganz in Schwarz gekleidet. Die vergangene Nacht schien bemerkenswert spurlos an ihm vorübergezogen zu sein. »Also?«

»Wirklich, Zorro, er lag schon da im Kofferraum, als ich vorhin hineingeguckt habe, das musst du mir glauben! Ich habe nach einem Reservekanister gesucht, und da lag er. Die Folie … das Ohr … Es ist Dumbo, nicht wahr?«

Zorro ging gemessenen Schrittes einmal um ihn herum. Der Schotter knirschte unter den Sohlen seiner schwarzen Stiefel.

Schließlich stand Zorro wieder vor ihm, und ihre Nasenspitzen berührten sich fast.

Julius legte den Kopf in den Nacken. *Guck mal, von hier unten kann man die Sittiche kaum von Geiern unterscheiden.*

»Warum hast du das getan?«, fragte Zorro. »War er dir im Weg, als du versucht hast, dich bei uns einzuschleichen?«

»Einzuschleichen?« Herbie warf gestikulierend die Arme in die Höhe. »Warum soll ich mich denn bei euch einschleichen wollen?«

»Du hast wohl vergessen, was wir gestern Abend besprochen haben!«

Herbie hatte Sorge, dass Zorro das Rattern seines Gehirns hören könnte. Es quietschte und zischte in allen Windungen, es knarrte und klapperte, aber es gelang ihm nicht, die Erinnerung an die letzte Nacht auf seine geistige Leinwand zu projizieren. Alles blieb dunkel und unscharf, war ein Schattenspiel vor schwarzem Hintergrund.

»Wie soll ich dir vertrauen?«, knurrte Zorro. »Wie soll ich dir verdammt noch mal vertrauen?«

Vertrauen! Julius hob beschwörend die Hände. *Bei diesem Wort müsste dir doch jetzt langsam wieder was einfallen!*

Und da war er plötzlich, der winzig kleine Funke, von dem ein schwaches Leuchten ausging. Vertrauen! Das Licht wurde heller, zuckte, flackerte, warf Bilder auf die Leinwand, grobkörnig und verzerrt, aber doch erkennbar.

»Wir vertrauen dir!«, hatte Zorro in der Nacht feierlich gesagt. Wir vertrauen dir … Vertrauen … Sie hatten ihn eingeweiht … nein, »eingewiehen«! Hatten ihm etwas anvertraut! Etwas sehr Geheimes …

»Der Bruch in Zülpich«, stieß Herbie hervor. Das war es! Sie hatten ihm den Plan für einen Einbruch dargelegt. Haarklein, in allen Einzelheiten. Wie hatte er das nur vergessen können?

Julius klatschte in die Hände. *So, und das wäre jetzt doch ein famoser Zeitpunkt, um dem guten Mann deinen jüngsten Entschluss mitzuteilen: dass du nämlich nicht mehr mit von der Partie bist.*

Zorro nickte bedächtig. »Der Bruch in Zülpich, ganz genau. Du, der Schmal und ich.« Er wandte sich um und ging zum Kofferraum. Mit gesenktem Kopf blickte er hinein.

»Hör zu, Zorro, das alles wird mir ein bisschen zu … zu …«

»Zu was?«

»Ich habe wirklich nichts mit eurem toten Kumpel zu tun, das musst du mir glauben! Hör zu, ich wollte gerade die Polizei anrufen.«

Zorro schrak hoch. »Die Polizei? «

»Aber ja! Für gewöhnlich ruft man die, wenn …«

Zorro kam auf ihn zu. Mit schnelleren Schritten als gewöhnlich.

»Könnte es vielleicht sogar sein, dass du uns unseren toten Freund unterjubeln wolltest?« Zorros Augen funkelten.

»Unterjubeln?«

»Du willst uns in die Pfanne hauen!«

»Pfanne?«

»Um uns den Bruch zu versauen!« Zorros Stimme war lauter und lauter geworden. »War es das? Hast du ihn deshalb ans Jenseits beordnet?« Er stach mehrfach energisch mit dem dünnen Zeigefinger durch die Luft, als er auf den Kofferraum des Peugeot deutete.

»Aber nie im Leben, Zorro!«

»Pass mal gut auf! Wir werden den Spieß einfach umdrehen, Freundchen! Dann bist nämlich du derjenige, den die Bullen bei den Eiern packen! Du glaubst, das kriegen wir nicht hin?« Er lachte bitter und schnippte mit den Fingern. »Ein Kinderspiel, kann ich dir sagen! Eine Prettytesse! Du wanderst in den Knast für …«

»Nein, nein, nein!«, jammerte Herbie.

Zorro ließ langsam den ausgestreckten Arm sinken. Er schien sich wieder zu beruhigen. »… oder du bist morgen Abend mit von der Partie. So wie besprochen.«

Herbie senkte ergeben den Kopf. »Ich bin ja dabei«, murmelte er schwach.

Na großartig.

»Nur dieses eine Mal, Zorro, hörst du? Nur ein einziges Mal. «

Zorro betrachtete ihn prüfend, und dann nickte er. »Gut. Morgen Abend kriegst du deine Chance. Da wird sich zeigen, was du für ein Kerl bist.« Er wandte sich abrupt um und schlug mit einem lauten Knall den Kofferraumdeckel zu. Der Sittich flatterte zeternd davon.

Dann näherte sich das Geräusch eines Motors. Ein Transporter kam um die Kurve und hielt auf die Tankstelle zu. Als er stoppte, breitete sich auf der Stelle ein würziger Geruch von knusprigen Grillhähnchen auf dem Gelände aus.

17. Kapitel

Sie saßen einträchtig nebeneinander in der Sonne auf der Bank.

Die drei von der Tankstelle. Julius schüttelte amüsiert den Kopf.

Herbie wandte den Kopf ab, um Zorro und dem Schmal nicht dabei zusehen zu müssen, wie sie sich mit fettigen Fingern und schmatzenden Geräuschen die Grillhähnchen einverleibten. Alles tropfte und glänzte, und alles roch so, wie es Herbie in seinem Zustand jetzt nun wirklich überhaupt nicht gebrauchen konnte.

Julius sprach mit den Sittichen, die wieder auf dem Klettergerüst Position bezogen hatten. *Guckt es euch gut an, Kinder! Das machen wir mit unartigen Vögelchen, wenn sie auf anderer Leute Autos kacken.* Er zeigte auf »Hajo Huthmachers heiße Hähnchentheke«, in der zahlreiche Grillhähnchen mit langsamen Drehungen ein Seniorenballett ohne besondere choreografische Finesse aufführten. *Wir stecken sie auf einen Spieß und lassen sie so lange schmurgeln, bis sie das auch ganz, ganz sicher nicht noch mal machen!*

»Das fing schon vor ein paar Monaten an.« Der Schmal rülpste seine Sätze mehr, als er sie sprach. »Der Rost-Horst ist in letzter Zeit immer komischer geworden. Der will keinen von uns sehen. Spricht doch für sich, oder?«

Zorro warf einen Hähnchenknochen hinter sich. »Aber warum legt er Dumbo in einen Kofferraum? Im Shop steht eine geräumige, ausgedierte Eistruhe. Die hätte sich doch viel besser geeignet.«

Das fand auch Julius. *Ich finde, zwischen Calippo, Solero und Cornetto hätte sich Dumbo doch ganz gut gemacht.*

»Na ja, wenn die Truhe so gut funktioniert wie der Rest da drin, wäre das ein noch schlechterer Platz.« Herbie winkte ab. Er versuchte schon die ganze Zeit, seine Gedanken zu sortieren. Zuerst die Leiche und dann die Erinnerung daran, dass er sich in der vergangenen Nacht in einen durch und durch miesen Plan hatte einspannen lassen. Dem miesen Plan zweier abgehalfterter Schmalspurganoven.

Zorro schnippte mit den fettigen Fingern, und der Schmal reichte ihm eine Papierserviette. Er kniff konzentriert die Augen zusammen. »Wir dürfen uns davon jedenfalls nicht durch unser Konzept bringen lassen. Wir müssen einen Schritt vor dem ersten machen.«

»Morgen Abend«, schmatzte der Schmal. »Morgen Abend steigt das Ding! Wir ziehen das durch, Zorro! Ich bin dabei, und Herbie ist auch dabei! Bist du doch, oder, Kleiner?«

Herbie wollte etwas Ausweichendes antworten, aber Zorro sagte kategorisch: »Wir haben sein Wort!«

Herbie verkniff sich jede Widerrede.

»Und dein Plan ist ziemlich gut, Schmal. Richtig ausgefuchst. Wenn ich ehrlich bin, hätte ich dir so was gar nicht zugetraut.«

Der Schmal strahlte. »Extra für dich, Zorro.«

»Dumbo muss so schnell wie möglich verschwinden, da sind wir uns wohl einig«, konstatierte Zorro mit ernster Miene. »Verdammt, ich war fast zehn Jahre weg. Hier hat sich so viel geändert. Ich wüsste gar nicht, wo …«

»Ich habe eine Idee!«, platzte es aus dem Schmal heraus.

Zorro musterte ihn überrascht. »Schon wieder?«

Der Schmal nickte heftig und zeigte mit seinem dicken, paprikafarbenen Finger in Richtung des Kaltwasserhofs. »Wenn die da oben einen Toten ausgebuddelt haben, dann ist doch da jetzt Platz für …«

Zorro holte tief Luft und hob an, um die Idee in Bausch und Bogen abzulehnen, aber dann hielt er doch inne. Seine Wangenmuskeln zuckten, und der Anflug eines Lächelns erschien. »Obwohl, das ist vielleicht gar nicht so schlecht«, murmelte er. Er ließ das fettige Hähnchenpapier zu Boden gleiten und erhob sich. Breitbeinig schritt er über den Vorplatz.

Wie auf ein Kommando standen auch Herbie und der Schmal auf und folgten ihm.

Dort hinten, verborgen vor allen neugierigen Blicken, lag die Stelle, die der Schmal meinte.

Zorro schritt jetzt schneller aus. Die vage Idee seines Kumpels schien in seinem Kopf bereits zum Plan heranzureifen. Sie folgten der Straße, die sich leicht ansteigend zwischen hohem Buschwerk hindurchwand. An der Spitze Zorro, gefolgt vom Schmal, der schon nach kurzer Zeit so keuchte und schnaufte, dass es sogar Herbie hören konnte, der den Schluss bildete.

Julius trabte munter neben ihm her und sang ein Liedchen: *Im Magen vor mir gärt ein halbes Hühnchen ...*

Nur wenige Minuten später hatten sie die Stelle erreicht, an der noch am Vortag mehrere Polizeifahrzeuge beiderseits des Wegesrands gestanden hatten. Das Gras war zertreten, das Gestrüpp zu Boden getrampelt.

Zorro zeigte nach rechts, den Hang hinunter. »Hier?«

Der Schmal stützte die Hände auf die Knie und japste nach Luft. »Ja«, stieß er hervor.

Sie verließen die Straße und stiegen einige Meter hinunter. Eine Grube tat sich vor ihnen auf. Größer und tiefer als Herbie sie in Erinnerung hatte. Die Spurensicherung hatte nicht nur die Gebeine geborgen, sondern auch großflächig nach weiteren Indizien gesucht. Von ihrer Arbeit war nichts mehr zu sehen als diese Verwüstung und ein Streifen rot-weißes Flatterband, das sich ein Stück weiter in einem Gesträuch verfangen hatte.

Zorro nickte nachdenklich. »Gar nicht mal schlecht, mein Dickerchen. Die Polizei hat hier wahrscheinlich jeden einzelnen Stein mehrmals umgedreht. Die sind hier fertig. Wir graben einfach nur noch ein bisschen tiefer.«

Wäre ja auch schade um das schöne, leere Grab. Julius schob die Hände in die Taschen seiner edlen Tuchhose. *Ich fange langsam an, die beiden zu mögen. Sie haben genauso beknackte Ideen wie du.*

»Also, um wie viel Uhr legen wir los?«, fragte Zorro und fischte seinen Tabak hervor.

Herbies Handy klingelte. Es war Fee.

»Kann ich kurz ...?«

»Jetzt nicht!«, beschied Zorro mit scharfem Tonfall.

Es klingelte ein paar Mal, und dann gab sie auf. Fee, die vermutlich schon längst abfahrbereit auf ihn wartete, die jetzt vermutlich einen Bikini unter ihrer Sommerkleidung trug, Handtücher eingepackt und Getränke in eine Kühlbox gelegt hatte.

»Es muss auf jeden Fall dunkel sein«, begann Zorro, und dann begann er, Aufgaben zu verteilen.

Als kurze Zeit später ein Auto vom Kaltwasserhof kam und oberhalb von ihnen auf der Straße vorbeifuhr, wusste Herbie, dass es Fee war. Er hätte sich am liebsten selbst in das Grab gelegt.

* * *

Der Rest des Nachmittags zog sich wie ein alter Kaugummi. Herbie versuchte verzweifelt, sich auf seine Aushilfstätigkeit an der Tankstelle zu konzentrieren.

Ich war an der Tanke. Du warst nicht da, schrieb ihm Fee irgendwann. Er überlegte lange, was er ihr antworten konnte. Es sollte so vage wie möglich klingen: *Musste kurz weg.*

Ohne Sprit? Zwinkersmiley.

Er antwortete nicht.

Und? Wann fahren wir los?

Nach zwanzig Minuten schickte sie drei Fragezeichen hinterher.

Er konnte jetzt unmöglich mit ihr zum Schwimmen fahren. Dreißig Schritte entfernt von ihm lag eine Leiche im Kofferraum!

Der Schmal hatte ihm den Reservekanister des Hähnchenwagens dagelassen. Wenigstens das Diesel-Problem war also schon mal aus der Welt geschafft worden.

Dafür hatte der Schmal Zorro mitgenommen. Mit geheimnisvollen Andeutungen hatten sie ihn wissen lassen, dass sie ein paar Dinge für den Abend zu besorgen hatten.

Kerzen, Blumen und ein Holzkreuz, vermutete Julius. *Und vielleicht noch einen Mann mit einer Heimorgel.*

Herbie saß hinter der Tankstellenkasse und kritzelte ziemlich inakkurat ein paar grob geschätzte Uhrzeiten auf ein Blatt, das er in großen Druckbuchstaben mit *Arbeitszeiten H. Feldmann* überschrieben hatte. Da kam ja bis jetzt noch so gut wie überhaupt nichts zusammen. Er radierte hier eine Zahl weg und ersetzte sie durch eine größere, er strich dort eine Uhrzeit durch und verlängerte seinen Arbeitstag mutig um eine halbe Stunde. Das Ergebnis war immer noch ernüchternd.

Gegen vier Uhr kam überraschend ein Kunde mit einem Sierra in Grün-Metallic. Er tankte Super!

Das allein wäre schon einen Tusch wert gewesen. Als der Mann, ein sehr seriös wirkender Mittfünfziger mit diagonal gestreiftem Schlips und Goldrand-Brille, bezahlen wollte, wurde dieser Besuch endgültig zur Sensation: Er entdeckte auf dem unteren Brett des Süßwarenregals eine lange vergessene Schachtel.

»Ich werd verrückt!«, rief er, schnappte nach Luft und zückte ohne nachzudenken einen weiteren Fünfzig-Euro-Schein, den er Herbie mit einem »Stimmt so« auf den Tresen warf. »82er-Hanuta-Sammelbilder! Kaltz, Immel, Stielike … die ganze Serie!« Seine Stimme wurde immer schriller, als er im Inhalt des kleinen Kartons rumfingerte. »Nein! Das gibt's nicht! Karl-Heinz Rummenigge!«

Herbie beugte sich mit verwirrtem Gesichtsausdruck vor. »Die wollen Sie doch nicht mehr essen, oder?«

»Essen?«, schrie der Mann schrill. »Essen? Junge, allein der Rummenigge ist sicher fünf- bis sechshundert Euro wert! Hurra!«

Er tanzte aus dem Shop und schwenkte die Schachtel über seinem Kopf. Bevor er einstieg, wirbelte er noch dreimal ausgelassen um seinen Wagen herum und sang dazu lauthals einen Schlager aus den Achtzigern, der es aus vielerlei guten Gründen nicht zum Evergreen gebracht hatte:

Rummenigge, Rummenigge –
I'm a fan.
Karl-Heinz Rummenigge –
He's so strong.
Rummenigge. Rummenigge –
All night long.

Dann brauste er mit lautem Hupen davon.

Diesmal blickte sogar der Praktikant von seinem Handy auf.

Es dauerte eine ganze Weile, bis Herbie dieses Intermezzo emotional verarbeitet hatte.

Dann kam eine neue Nachricht von Fee: »Hallo?« Und Herbie kehrte mit seinen Gedanken sofort wieder zu dem toten Dumbo zurück.

»Das geht nicht«, sagte er verzweifelt. »Nicht heute.«

Julius stimmte ihm ausnahmsweise einmal zu. *Du würdest sowieso nur die ganze Zeit an ihn denken. Spätestens wenn du Toter Mann auf dem Wasser machst.*

Aber wie sollte er das diesem wunderbaren Wesen klarmachen? Nichts, aber auch gar nichts würde er lieber tun, als mit ihr den Rest des Tages zu verbringen, aber …

Er hatte eine Idee.

Jetzt bin ich aber gespannt. Immer wenn du so aussiehst, als hättest du eine Idee, kommt irgendein Murks dabei raus.

Herbie wühlte sich durch das Süßigkeitenregal. Schließlich fand er, was er suchte.

»Bounty 1999.« An den Praktikanten gewandt, sagte er: »Hier, iss das.«

Cedric-Maurice blickte auf. »Mblmblwasislos?«

»Du sollst das essen. Geht auf mich.«

Der Praktikant zwang sich, sein Handy wegzulegen, entpackte den Schokoriegel und biss zögernd hinein. Er hatte keine Ahnung, was Herbie im Schilde führte.

Ebenso wie Julius, der sich verständnislos am Hinterkopf kratzte.

»Und?«, fragte Herbie. »Spürst du schon was? Wird dir schlecht?«

»Mblmblspürnix.«

»Wenn dir schlecht wird, musst du nach Hause.« Er beugte sich zu dem jungen Mann hinunter und sah ihm sehr tief in die Augen. »Dir wird schlecht, oder?«

Zwei Minuten später bat Cedric-Maurice seine Mutter telefonisch darum, ihn abholen zu kommen.

Mit einem grimmigen Nicken nahm Herbie sein Handy zur Hand und schrieb eine Nachricht an Fee: »Der Praktikant ist krank. Ich kann hier nicht weg.«

Wenige Minuten später versuchte sie, ihn anzurufen, aber er ging nicht ran.

Er kam sich vor wie ein Verräter.

Ich finde, Feigling trifft es besser.

18. Kapitel

Es war zehn Uhr geworden, bis man halbwegs von Dunkelheit sprechen konnte. Zwei Stunden lang hatte Herbie Zorro und dem Schmal zugehört, wie sie sich ihrer kriminellen Heldentaten erinnerten. Er hielt dabei die ganze Zeit eine Dose Bier in den Händen, ohne dass er auch nur einen Schluck daraus getrunken hätte.

Die beiden waren bereits beim zweiten Sixpack, wobei Zorro seine Kumpels mit bedeutsam erhobenem Zeigefinger beschworen hatte, man müsse einen scharfen Kopf bewahren.

Als es zu dämmern begonnen hatte, waren sie von der Bank in Zorros Wohncontainer umgezogen. Herbie fühlte sich wie in einem Sarg. Und das war kein gutes Gefühl, wenn ein paar Stunden später eine Bestattung anstand.

Zorros Kumpels hatten die Wände mit dünnen Resopalplatten in Mahagoni-Optik beklebt. Ein Schrank und eine Kommode aus fünfter oder sechster Hand boten Stauraum für Zorros Habseligkeiten, die bislang in eine Sporttasche gepasst hatten. Es gab einen laut brummenden Kühlschrank, einen gewaltigen Flatscreen-Fernseher und ein großes, französisches Bett mit Achtziger-Jahre-Muster in Grau und Pink. Die Dekoration bestand aus einigen sehr künstlerisch gestalteten Postern mit sehr künstlich gestalteten Brüsten. Und während der ganzen Zeit schnurrte der grell leuchtende Chinapalast-Wasserfall vor sich hin.

Julius legte sich ungeniert neben Zorro auf das Bett und faltete die Hände über dem dicken Bauch. Herbie irritierte dieser Anblick ungemein.

Der Schmal und Zorro tranken weiter und schwelgten in Erinnerungen.

Ein Einbruch beim Juwelier in Euskirchen, ein Überfall auf einen Geldtransport in Meckenheim, der Raub eines Geldautomaten in Rheinbach … Dass heutzutage Geldautomaten mit Gas gesprengt wurden oder dass man mit dem Auto gleich ins Schaufenster des Schmuckgeschäfts fuhr, war aus Sicht der beiden nicht in Ordnung. Das war roh und unzivilisiert.

»Letztenendlich geht es ja auch ohne diese Zerstörungswut«, sagte Zorro. »Wir sind da filigraner. Schießen lieber mit dem hinteren Auge durch die Brust, wenn du verstehst, was ich meine.«

Wer könnte hinter diesen poetischen Sätzen wohl nicht den tieferen Sinn erkennen? Julius unterdrückte ein Gähnen.

Und dann kam irgendwann die Rede auf Spanien, und Zorro wurde zusehends leiser.

»Tja, Schmal, wenn ich der Napoleon der Einbrüche bin, wie du immer sagst, dann war Spanien mein Watergate«, murmelte er.

Er hatte, so berichtete er, einen Vetter besucht, der sich an der Costa Blanca zur Ruhe gesetzt hatte. Aber sein Verwandter konnte offenbar mit dem Rentnerdasein nicht viel anfangen und hatte längst Anschluss an eine lokale Bande gefunden. Und bei diesen Typen hatten Waffen eine große Rolle gespielt. Beim Überfall auf eine Spielhalle kam es zum Schusswechsel. Zorros Vetter starb, und ein Wachmann wurde von einer Kugel aus Zorros Pistole schwer verletzt. Zwei Mann konnten fliehen, und Zorro landete im Knast.

»Und da hatte ich es nicht so schön wie hier.« Er machte eine ausschweifende Bewegung mit der Hand. Dann trank er seine Bierdose leer – und sie schwiegen.

Als Zorro spürte, dass er mit seinem Bericht die Stimmung bedenklich nach unten gefahren hatte, lachte er auf und rief: aber das größte Ding hat ja er hier vollbracht!« Er deutete auf Herbie. »Die Sache mit dem Räumfahrzeug von der Straßenmeisterei!«

Herbie winkte bescheiden ab. »Ach das. Kleinigkeit.«

Erzähl doch mal!, feixte Julius. *Ich könnte es immer wieder hören!*

Schließlich hielt Zorro die Zeit für gekommen, das finstere Werk anzugehen, und sie verließen den Container.

Nachdem Herbie sich zunächst geweigert hatte, seinen Kangoo für den Leichentransport zur Verfügung zu stellen, hatte ihm der Schmal deutlich gemacht, wohin er ohne seinen Reservekanister kam, nämlich nirgendwohin.

Also hatte er leise maulend nachgegeben.

Es war schwer gewesen, den in Folie gewickelten Körper aus dem Kofferraum des Peugeot zu zerren. Diese kleine, metallene Hürde, vielleicht zwei Handbreit hoch, stellte ein gigantisches Hindernis dar. Der Schmal und Herbie erledigten das. Zorro beschränkte sich auf mäßig hilfreiche Kommandos.

Trotz der Folie entströmte dem Paket ein widerlicher Geruch.

Lange konnte er noch nicht in dem Kofferraum gelegen haben, denn trotz der warmen Witterung hatten sich offenbar noch keine Fliegen um den Leichnam kümmern können. Wer immer ihn verpackt hatte, hatte das mit Sorgfalt erledigt. Herbie verdrängte den Gedanken daran, wie sich das alles wohl entwickelt hätte, wenn der tote Dumbo noch bis zur nächsten Woche in dem Schrottwagen gelegen hätte.

»Ist euch das hier schon aufgefallen?«, fragte Herbie und deutete auf braune Schlieren und Flecken, die sich überall auf der Oberfläche des Pakets befanden. Er fuhr vorsichtig mit dem Finger darüber.

»Dreck«, vermutete der Schmal.

»Getrockneter Schlamm«, sagte Zorro. »Na und?«

Herbie betrachtete seine staubige Fingerspitze.

»Ob das beim Transport passiert ist? Oder war die Folie schon vorher schmutzig?«

»Lass uns weitermachen«, knurrte Zorro.

Sie bugsierten den Körper ins Heck des Kangoo und deponierten ihn dort, wo früher einmal Fliesen, Mörtel und Werkzeug gelegen hatten.

Dann fuhr Herbie den Wagen mit ausgeschalteten Scheinwerfern zu dem Platz, den sie am Nachmittag dafür auserkoren hatten. Zorro saß auf dem Beifahrersitz, während der Schmal hinten bei der Leiche kauerte. Zorro drehte den Rückspiegel so, dass er ins Heck sehen konnte, und als er sich eine Zigarette anzündete, glaubte Herbie im gedämpften Schein des Feuerzeugs so etwas wie ein schadenfrohes Lächeln auf seinem Gesicht zu erkennen.

Auch Julius hockte im hinteren Teil des Wagens. Er klammerte sich an die Vordersitze und summte Herbie den Trauermarsch von Chopin ins Ohr.

Herbie hatte jetzt keinen Sinn für solche Späße. Ihn machte der Gedanke nervös, dass ausgerechnet jetzt jemand vom Kaltwasserhof kommen könnte. Seine Fantasie reichte nicht aus, um sich vorzustellen, wie er diesen Transport erklären konnte.

Als sie auf der Höhe der Grabstelle angehalten hatten, dirigierte Zorro ihn im Rückwärtsgang rechts von der Fahrbahn herunter, sodass das Auto schließlich zwischen den Sträuchern zum Stehen kam. Herbie hatte Mühe, überhaupt auszusteigen, so dicht war das Gestrüpp um sie herum.

Sie hatten nach dem Verladen des Toten inzwischen wieder Kräfte gesammelt.

»Also jetzt herzhaft zugepackt«, kommandierte Zorro.

Was natürlich viel leichter klang, als es sich in der Realität darstellte. Die Sommernacht war nicht mehr besonders warm, aber der Angstschweiß ließ die Folie unter ihren Händen wegrutschen. Die Kabelbinder, die straff um den Hals und die Füße der Leiche gespannt waren, boten ihnen zwar etwas Halt, schnitten ihnen aber schmerzhaft in die Finger.

Dann kam schließlich der Moment, in dem sie den Körper so nah an die Heckklappen herangezerrt hatten, dass ein letzter kleiner Ruck genügte, um ihn endgültig in die Tiefe stürzen zu lassen.

Es war ein fürchterliches Geräusch, als der Körper auf dem staubigen Boden der sommerlich dürren Wiese aufschlug. Vielleicht brach einer der Knochen dabei, womöglich sprang ein Gelenk auseinander …

Er spürt von alldem nichts mehr. Julius' Worte waren als Trost gemeint, verfehlten jedoch ihr Ziel um mehrere Meter.

Als das Geräusch verklungen war, das sich in der Stille der Nacht wie eine gewaltige Explosion vernommen hatte, wurden wieder die flüsternden Grillen hörbar. Herbie hielt noch immer den Atem an. In weiter Ferne rief leise ein Nachtvogel. Ein Käuzchen womöglich. Ein Fuchs bellte heiser. Das kannte er doch alles aus dem Fernsehen. Er hätte sich allerdings nie vorstellen können, eine solche Situation einmal selbst zu durchleben. Schaurig war das, richtig schaurig.

So, nun darf aber langsam wieder geatmet werden. Niemand hat was gehört. Außer den Tieren natürlich. Aber die erzählen es nicht weiter.

Jetzt wurde es erneut laut. Die Folie schleifte zischend und schmirgelnd über den Boden. Zum Glück war das Gelände ein wenig abschüssig.

»Schön, dass irgendetwas mal leichter geht als erwartet«, keuchte der Schmal. »Ich wollte schon vorschlagen, ihn zu zerteilen.«

»Quatsch nicht so unquasifiziert«, zischte Zorro.

Der Schweiß lief Herbie in die Augenwinkel. Er rann zwischen den Schulterblättern hinab. Überhaupt war er am ganzen Körper. Ob es Angstschweiß war oder ob die ungeheure Anstrengung ihn aus den Poren trieb, war völlig egal.

Nach wenigen Metern hatten sie den Toten dort, wo sie ihn hinhaben wollten.

Zorro ließ den Blick über das mondbeschienene Feld schweifen, das sich vor ihnen ausbreitete. »Es ist der ideale Platz«, sagte er. »Das nächste Dorf ist schön weit weg. Wenn man sich nicht kerzengerade aufrichtet, sieht einen keiner. Hier ist kein Mensch unterwegs. Der nächste Hochsitz steht erst hinter der Hügelkuppe. Dumbo hätte den Platz auch gemocht.«

Das Schnauben vom Schmal klang fast verächtlich, aber er versuchte nur, sich den Schweiß aus dem Gesicht zu prusten und zu reiben.

Zorro ging zum Auto zurück und kehrte wenige Momente später mit drei Spaten zurück.

»Ich sehe gar nix«, schimpfte der Schmal und stolperte im nächsten Moment so, dass er der Länge nach hinfiel. »Verdammt, ist das duster!«

»Kein Licht«, beschied Zorro knapp.

Er stieg in die Grube und setzte seinen Spaten an. Der Boden war trocken. Von dem Gewitter, das drei Nächte zuvor über die Eifel gezogen war, war nichts mehr zu spüren. Was immer der Boden in dieser Nacht an Regen aufgesogen hatte, war längst wieder an die warmen Sommertage abgegeben.

Herbie stieß nun ebenso mit dem Spaten zu. Er hatte das dringende Bedürfnis, so schnell wie möglich von hier wegzukommen. Auch der Schmal hatte sich wieder aufgerappelt und fing an zu graben.

Aus den Augenwinkeln beobachtete Herbie, wie Zorro schon nach einer kurzen Weile seine Tätigkeit einstellte, als er merkte, dass sie beide endlich mit dem nötigen Eifer zu Werke gingen.

So funktioniert Motivation. Julius hockte am Rand der Grube und achtete darauf, dass er seine Kleidung nicht beschmutzte. *Erst so tun, als würde man kräftig mit anpacken, und dann klammheimlich die anderen weitermachen lassen.*

Das mit dem trockenen Boden hatte Vor- und Nachteile, wie Herbie bald feststellte. Zwar klebte nicht der feuchte Lehm faustdick unter den Sohlen, aber dafür war das Erdreich fest, kompakt, und es staubte gewaltig.

Glücklicherweise hatte der Schmal auch an eine Spitzhacke und eine Schaufel gedacht. Eine Grabschaufel mit rund geformter Vorderkante.

Der Schmal hackte, und Herbie schaufelte. Und Zorro unterstützte sie mit guten Gedanken. Es war nichts zu hören außer dem Schnaufen, dem Eindringen der Hacke in den Boden und dem schabenden Geräusch des Spatens.

Dir werden maultaschengroße Blasen an den Fingern wachsen. Julius hatte noch nie ein gesteigertes Interesse an Motivation gehabt.

»Und? Was meint ihr? Wer war das?«, fragte Herbie zwischen zwei Schaufelschwüngen. »Wer hat Dumbo auf dem Gewissen, was meint ihr?«

»Hacky«, stieß der Schmal hervor. Es kam exakt gleichzeitig mit dem Geräusch der Spitzhacke. »Jede Wette, es war Hacky.«

Herbie hielt inne. Er musste verschnaufen.

»He«, reagierte Zorro auf der Stelle.

»Geht gleich weiter.« Herbie ging in die Hocke und atmete tief durch. »Nur mal kurz durchatmen.« Dann fragte er: »Hätten wir nicht besser zuerst das Loch graben und dann erst die Leiche holen sollen?«

»Quatsch!« Zorro »Du sollst nicht denken, sondern graben.«

Herbie wurde es plötzlich zu bunt. Er erhob sich und hätte fast trotzig mit dem Fuß aufgetreten. »Wer macht dich denn hier eigentlich zum Chef?«

»Verdammt, was ...« Zorro sprang mit einem Satz in die Grube und riss ihm die Schaufel aus den Händen. Er erhob sie, wie um zum Schlag auszuholen, und der Schmal war sofort an seiner Seite.

»Halt bloß dein Maul, du kleiner Arsch!«, rief der Dicke. »Der Zorro sagt hier, was Sache ist, klar? Das ist immer so!«

»Ich dachte, der Rost-Horst war immer der große Planer!«, erwiderte Herbie schwach.

»Ach, Scheiße, Rost-Horst! Der Zorro war immer der, der den Überblick hatte. Immer!«

Zorro ließ die Schaufel sinken und legte dem Schmal die Hand auf die Brust, um ihn zurückzuhalten. »Immer mit der Ruhe. Lass dich nicht produzieren, Schmal.« Dann begann er langsam wieder zu schaufeln, und sie verrichteten ihre Arbeit eine Weile lang schweigend.

Herbie ließ sich von Zorro irgendwann wortlos wieder die Schaufel geben und grub weiter. Und nach einer Weile waren sie in stummer Eintracht der Meinung, das Loch sei nun tief genug.

Sie standen um die schwarze Öffnung herum.

Two in one. Ein Grab im Grab. Das solltet ihr euch patentieren lassen. Julius hockte immer noch am Rand der Grube.

Das sah tatsächlich schon sehr nach einem Grab aus. Wie tief mochte es wohl sein? Es war bei diesen Lichtverhältnissen nicht so leicht, das zu schätzen. War es schon anderthalb Meter tief? So tief hatten sie graben wollen, wobei sie die Vorarbeit der Polizei schon mit einkalkuliert hatten. Auf jeden Fall schien es jetzt tief genug für den nächsten Teil des Plans.

Zorro zog ein Messer hervor, auf dessen Klinge sich tatsächlich kurz das kränkliche Licht des abnehmenden Mondes widerspiegelte. Er beugte sich über das lange Paket und vollführte ein paar Schnitte. Sie hatten sich überlegt, dass die Leiche ohne Folie deutlich schneller verwesen würde. Das Verpackungsmaterial wollten sie hinter der Tankstelle in einer alten Tonne verbrennen. Zusammen mit Dumbos Kleidung. Es war nicht nötig, dass sie ein Risiko eingingen, was eine mögliche Identifikation anging.

Zur Sicherheit müsstet ihr ihm eigentlich die Ohren abschneiden. Julius beugte sich neugierig vor und verfolgte aufmerksam jeden von Zorros Handgriffen. Dieser zertrennte gerade die Kabelbinder ebenso sorgfältig wie das Paketband und die Folie.

Augenblicklich breitete sich mit Wucht der üble Geruch aus, den die Folie bisher halbwegs zurückgehalten hatte.

Herbie wandte sich würgend ab. Er taumelte ein paar Schritte beiseite.

Man kann sich aber auch anstellen.

Zorro begann, dem Toten das Hemd aufzuknöpfen. Der Schmal machte sich an den Schnürsenkeln der Schuhe zu schaffen.

»He, mach mit!«, blaffte Zorro, dem das, was er da tat, auch keine Freude zu bereiten schien.

»Gleich. Kleinen Moment noch.«

Du kannst ja die Unterwäsche übernehmen, schlug Julius vor.

Herbie ließ die beiden ihre Arbeit machen. Es war ihr Kumpel, nicht seiner. Er hatte diesen Typen ja nicht mal gekannt.

Dann sah er, wie Zorro sein Feuerzeug aufflammen ließ.

»He, kein Feuer!«, zischte Herbie panisch. »Ich dachte, wir machen kein Feuer!«

Aber Zorro ließ sich nicht aus der Ruhe bringen. Bedächtig untersuchte er mit seinen Blicken den Kopf des Toten. Dann ließ er den Schein des Feuerzeugs einmal den Körper entlang vom Kopf bis zu den Füßen und wieder zurück wandern.

»Kein Einschuss, keine Stichwunde, nichts zu sehen«, sagte er mit zusammengebissenen Zähnen. »Aber das hier …« Sein Finger wies auf die linke Schläfe. Es war die Seite des Kopfes, die Herbie im Kofferraum des Renault nicht hatte sehen können. Als er sich jetzt reckte, um aus der Entfernung zu erkennen, was Zorro dort entdeckt hatte, sah er undeutlich ein hässliches Gemisch aus Haut, Fleisch und verkrustetem Blut.

»Hammer oder großer Schraubenschlüssel oder so was.«

»Schraubenschlüssel? Das sieht dem Rost-Horst ähnlich«, grummelte der Schmal.

»Ihr denkt, es war der Rost-Horst?« Herbie blickte von einem zum anderen.

»Wer denn sonst?« Der Schmal wischte sich mit dem Ärmel den Schweiß von der Stirn. »Denkst du, wir würden das für wen anders machen?«

»Kann gut sein, dass er's war«, sagte Zorro grimmig. »Finden wir vielleicht nie raus. Wenn ja, wird er schon seinen Grund gehabt haben. Los, pack an, Schmal.«

Das Feuerzeug erlosch, und Herbie sah zu, wie sie den Leichnam mit einer anscheinend mühelosen Bewegung zur Seite drehten, sodass er wie von selbst in die Grube rollte.

Herbie machte noch ein paar Schritte weiter weg.

Vor ihm lag nur die Nacht in all ihren Schattierungen. Er hatte sich schon immer im Dunkeln gefürchtet. Nachtwanderungen und Heimwege im Dunkeln waren ihm seit früher Kindheit ein Graus. Immer fürchtete er sich vor dem, was da in der Finsternis auf ihn lauerte.

Aber ich bin's doch nur. Herbie fuhr zusammen. Die Stimme von Julius war plötzlich ganz nah bei seinem Ohr. *Der gute, alte Julius lässt dich nie allein.*

»Meine Nerven halten das nicht durch, Julius«, wisperte er. »Ich glaube, ich würde jetzt lieber durch den Wald gehen und mich von den Wölfen anknabbern lassen, als weiter hier mitzumachen.«

Die beiden anderen hatten damit begonnen, den Körper mit Erde zu bedecken. Die Erde pladderte auf das nackte Fleisch. Bei einem hölzernen Sarg wäre das zweifellos lauter gewesen.

Herbie stieg noch ein paar Schritte die Böschung hinauf.

Dann sah er in der Ferne den Bauernhof. Der alte Siloturm ragte in den Nachthimmel. Da war ein kleines, helles Rechteck in der Dachschräge des Hauptgebäudes. Es war noch ein gutes Stück entfernt, und doch erkannte er verblüffend deutlich die Silhouette einer einzelnen Person, die am Fenster saß.

Das war Ketchen Kaltwassers Bürofenster. Vermutlich analysierte sie gerade an ihrem Computer das Börsengeschehen des zu Ende gehenden Tages.

Wahrscheinlich stößt sie gerade Kinderschokolade ab und kauft dafür Hanuta-Aktien, weil wieder Sammelbildchen auf den Markt geworfen worden sind.

»Sie sieht von dort oben alles«, flüsterte Herbie.

Julius nickte zustimmend. *Nur nicht das, was sich hier hinten gerade zuträgt. An diesem idealen Platz.*

Im nächsten Moment wurde das Licht gelöscht, und hinter dem Fenster war es dunkel.

Herbie blickte auf seine Uhr. Halb elf.

Er stieß einen leisen Seufzer aus. Irgendwo da im Haus war auch Fee. Fee, die ihm am Morgen so nah und vertraut gewesen war und jetzt doch schon wieder so unerreichbar fern zu sein schien.

Er hatte ihr noch eine SMS geschickt, bevor sie mit Dumbo losgelegt hatten: *Morgen Nachmittag vielleicht? Da könnte ich früher Schluss machen.*

Geantwortet hatte sie noch nicht.

Er wäre jetzt so gerne bei ihr.

Und bei eurem morgigen Date kannst du ihr dann stolz erzählen, dass du eine waschechte Leiche verbuddelt hast und unbedingt zeitig losmusst, um rechtzeitig zum Einbruch nach Zülpich zu kommen. Das wird sie ganz ungemein für dich einnehmen.

Herbie seufzte leise. Warum schickte ihn das Schicksal nur immer auf solche abenteuerlichen Irrwege, die in diesen Himmelfahrtskommandos endeten?

Das kann ich dir sagen, alter Freund: weil das Schicksal weiß, dass du diese Irrwege brauchst.

»He!«, rief Zorro von der Grube her mit unterdrückter Lautstärke. »Komm wieder hier runter, bevor dich da noch einer sieht!«

Murrend machte sich Herbie auf den Rückweg.

Die zwei hatten das Loch erstaunlich schnell wieder zugeschaufelt. Nicht mehr viel, und es würde ungefähr wieder in dem Zustand sein, in dem es die Polizei am Vortag zurückgelassen hatte. Vermutlich würde Hepp Kaltwasser demnächst irgendwann mit seinem Riesentrecker kommen und die restliche Erde hineinschieben, und Dumbo würde für immer verschwunden sein.

Herbie musste plötzlich an Lisbeth denken, die Freundin von Dumbo, die es seltsamerweise nicht für nötig hielt, die Polizei einzuschalten, obwohl ihr Partner spurlos verschwunden war. War sie es vielleicht sogar gewesen, die ihm mit irgendeinem schweren Gegenstand den Schädel zertrümmert hatte? Waren das auf der Party vielleicht nur Krokodilstränen gewesen?

Zorro riss ihn aus seinen Gedanken. »Eine große Hilfe warst du ja nicht gerade.« Sie standen um das zugeworfene Loch herum.

»Komisch«, sagte Herbie. »Jetzt liegt er da in einem Grab, in dem bis vorgestern noch ein anderer gelegen hat.«

Der Schmal grunzte belustigt. »Ja, stimmt. Hab ich so noch gar nicht gesehen.«

»In einem Grab, von dem Hepp Kaltwasser zuerst gedacht hat, dass es ein ganz anderes gewesen ist. Eins von den Römern.«

Die Schlammspuren auf der Plastikfolie konnten auf vielerlei Arten gedeutet werden. Erst jetzt kam Herbie noch eine weitere Möglichkeit in den Sinn.

Zorro schüttelte den Kopf und stieß ebenfalls einen amüsierten Laut aus. »Ist auch egal, ob Römergrab oder wessen Grab auch immer ... Jetzt ist es Dumbos Grab. Los, komm, gleich sind wir so weit. Nur noch das, was wir auch rausgeholt haben. Die restliche Erde muss liegen bleiben.«

Plötzlich sah Herbie die Gruppe von Archäologen vor seinem geistigen Auge, die hier vor ein paar Jahren in der Erde rumgebuddelt hatten. Die Löcher in das Brachland gegraben hatten. Vielleicht sogar genau hier. Er konnte es sich vorstellen. Man kannte das ja aus Filmen. Hier und da und dort hatten sie Erde ausgehoben. Auf einem Stück Land, das schon seit längerer Zeit nicht mehr genutzt wurde.

Wie hieß dieser Grabungsleiter noch, der angeblich bei Nacht und Nebel abgehauen war? Nach einem heftigen Streit mit Hepp Kaltwasser.

Schichler? Schindler? Dr. Schircher!

Hm, denkst du auch, dass drei Jahre reichen müssten, um eine Leiche zum bleichen Skelett werden zu lassen? Julius schob nachdenklich die Unterlippe vor.

»Komm, los, zur Vorsicht noch ein paar Schüppen drauf«, sagte der Schmal. »Sicher ist sicher!« Er drückte Herbie eine Schaufel in die Hand und holte ihn in die Gegenwart zurück. Zu dritt brachten sie es zu Ende.

Dr. Schircher, dachte Herbie bei jedem Schaufelschwung. Dr. Schircher, Dr. Schircher … Wohin war der so plötzlich verschwunden?

»Halt!« Zorro hielt plötzlich inne und gebot ihnen mit einer Handbewegung Einhalt. »Einen Moment!«

»Was denn, Zorro, wir sind doch so gut wie fertig«, sagte der Schmal gequält.

Wortlos griff Zorro in die Innentasche seiner schwarzen Jacke. Als er seine Hand sehr langsam wieder hervorholte, hielt er etwas Helles darin, etwas, das im Mondlicht grünlich schimmerte.

Es war ein toter Sittich.

»Ich habe ihn heute Morgen an der Zapfsäule gefunden.« Er bückte sich und legte den kleinen Körper behutsam auf den unebenen Boden, ungefähr dort, wo er Dumbos Brust vermutete. »So ist keiner von beiden allein. Requiescat in Panem.«

Dann warf jeder von ihnen eine letzte Schaufel Erde darauf.

19. Kapitel

Als Herbie sich am nächsten Morgen in seinem eigenen Bett wiederfand, war es ihm, als wäre er gerade aus einem langen, bizarren Traum aufgewacht.

Julius saß auf dem Stuhl, über dessen Lehne Herbies verdreckte Wäsche hing. Aus dem Radiowecker kam beschwingte Musik zum Wachwerden, und durch das halb offene Fenster drangen die vielfältigen Geräusche des kleinen Hillesheimer Wochenmarkts herein.

Er stand auf, schob die Gardine eine Handbreit zur Seite und betrachtete gähnend das Geschehen auf dem Graf-Mirbach-Platz.

»Hier gehöre ich hin, Julius«, sagte er. »Nicht auf Garagendächer oder in finstere Geheimgrabstätten.«

Aber an deinen Arbeitsplatz gehörst du irgendwie auch, findest du nicht?

Herbie machte eine wegwerfende Handbewegung. »Ob ich da bin oder ob in Holland ein Fahrrad umkippt, wen kümmert das schon?«

Mit einem weiteren Gähnen, das ihm den Unterkiefer auszuhebeln drohte, schlurfte er in die Küche und machte sich an der Kaffeemaschine zu schaffen.

Er dachte an die gestrige Heimfahrt. In dem Moment, in dem er von der Tankstelle kommend auf die Hauptstraße abgebogen war, hatte er das Gefühl gehabt, eine gleichwohl massive wie auch unsichtbare Mauer zu durchbrechen und in die Realität zurückzukehren. Der Gegenverkehr, die Bäume am Straßenrand, die Markierungen, die Dörfer rechts und links – all das war irgendwie realer als der Kaltwasserhof und diese Tankstelle im Nirgendwo.

Er hatte Cedric-Maurice noch in der Nacht eine Nachricht geschickt: *Morgen bist du wieder gesund. Du wirst gebraucht! Ich komme später.*

Als er jetzt auf sein Handy blickte, sah er, dass der Praktikant auch mit dem geschriebenen Wort sparsam umging: *Yep.*

Und da war noch eine Nachricht. Von Fee: *Heute kann ich nicht. Fahre um halb sechs mit meinem Vater nach Köln. Vortrag und Gespräch mit einem Archäologen.* Ein trauriger Smiley.

Die Kaffeemaschine übertönte Herbies Seufzen. Immerhin. Dass sich Fee nach seinem Schweigen vom Vortag überhaupt noch zurückmeldete, war schon mehr als er noch zu hoffen gewagt hatte.

Der alte Kaltwasser war ein Sturkopf. Das mit der Römersiedlung war seine fixe Idee. Womöglich hatte der Fund des Skeletts sogar noch mal etwas in Bewegung gebracht.

Julius dachte offenbar dasselbe: *Sein Entdeckergeist ist allem Anschein nach wiedererwacht.*

Herbie dachte an Fees Worte: »Legislative, Judikative und Exekutive in einer Person.« Wenn Hepp Kaltwasser ein Treffen mit den Archäologen anordnete, dann fand das auch statt. Und seine Familie zog mit.

Er säuberte grob eine der fünf schmutzigen Tassen in der Spüle und schenkte sich Kaffee ein. Als er den ersten Schluck trank und dabei zu dem Metzgereiwagen hinunterblickte, musste er an den Schmal denken. Und sofort war er wieder mitten in dem bizarren Totengräberszenario und knüpfte an seine Gedanken vom zurückliegenden Abend an: Vor etwa drei Jahren war nach einem massiven Streit der Archäologe verschwunden, der sich in Kaltwassers Auftrag durch die Äcker und Felder gegraben hatte: Dr. Schircher.

Julius wusste wie immer, was ihm durch den Kopf ging. *Das wäre natürlich ein Knüller: Ein Archäologe, der sich sein eigenes Antikengrab buddelt und sich dann auch noch hineinlegt.*

Herbies Handy klingelte.

»Oh, das ist Fee!« Herbie sprang zum Küchenstuhl auf.

Im Leben nicht.

»Wieso denn nicht?«

Du weißt offenbar immer noch nicht, wie Frauen ticken.

Die Rufnummer wurde unterdrückt.

»Guten Morgen!«

»Hallo?« Es war eine Männerstimme. An Herbies Gesicht erkannte Julius, dass er recht behalten hatte, und grinste breit. »Spreche ich mit Herrn Feldmann? Dem Herrn Feldmann von der Tankstelle?«

»Ja-a.«

»Verzeihen Sie bitte, wenn ich Sie privat belästige, aber ich habe Ihre Nummer von Herrn ... Seinen Namen habe ich nicht richtig verstehen können. Von Ihrem Angestellten jedenfalls.« Die Stimme des Mannes klang leicht näselnd. Herbie sah vor seinem geistigen Auge einen schlecht frisierten Mittvierziger mit Nickelbrille und Pullunder. »Mit meinem Namen werden Sie nichts anfangen können: Ich heiße Schircher. Dr. Gerhard Schircher aus Trier.«

»Das gibt's doch nicht!«, entfuhr es Herbie. »So ein Zufall! Wir haben gerade von Ihnen gesprochen! Vor drei Minuten!«

Am anderen Ende blieb es einen Moment lang still. Dann kam wieder zaghaft die Stimme Schirchers: »Über mich? Mit wem haben Sie denn über mich gesprochen? Etwa mit ... Herrn ... Kalt...?« Er tastete sich mit seinen Äußerungen buchstäblich auf Zehenspitzen voran.

»Mit Herrn Kaltwasser? Nein. Nein, nein! Ist ja auch egal, mit wem.«

Julius brummte. *Na, hör mal.*

»Ich bin jedenfalls froh, Ihre Stimme zu hören, Herr Dr. Schircher. Sie sind gesund? Ihnen geht es gut?«

»Äh ... ja-a?«

»Alles heil? Knochen, Organe? Alles?«

»Eigentlich wollte ich mich bei Ihnen als ... na, sagen wir mal Anwohner ... erkundigen, ob es den Tatsachen entspricht, dass am Kaltwasserhof jetzt wieder gegraben wird.«

»Gegraben?« Herbie schrak zusammen und warf Julius einen panischen Blick zu. Dann ahnte er aber plötzlich, worauf der Mann hinauswollte.

»Ja, gegraben. Mir ist da etwas in dieser Richtung zugetragen worden.«

»Nun ja, es wurde kürzlich gegraben, das ist schon ganz richtig«, sagte Herbie bedächtig.

»An der Tatsache, dass Sie meinen Namen schon einmal gehört haben, glaube ich erkennen zu können, dass man Sie aufgeklärt hat über … mich … und über Kalt…«

»Kaltwasser? Ja klar.«

»Er hat Ihnen erzählt, was …?«

Kann der denn keine ganzen Sätze? Ob das daran liegt, dass der normalerweise nur mit hundertjährigen Gebeinen plaudert?

»Sagen wir mal so: Herr Kaltwasser hat mir seine Sicht der Dinge geschildert.«

Die Stimme am anderen Ende wurde eisig. »Das dachte ich mir. Herr Kaltwasser ist nun mal … wie soll ich das ausdrücken … unbelehrbar. Ja, das ist er, genau. Un-be-lehr-bar! Und ich möchte Sie bitten, ihm das nicht zu hinterbringen, denn dieser Mann wird nicht davor zurückscheuen, mich wegen übler Nachrede anzuklagen.« Hatte der Archäologe zu Beginn des Gesprächs noch aufgeräumt und sachlich geklungen, hörte er sich jetzt regelrecht erbost an. »Ich habe deswegen ja auch zuerst bei der Tankstelle angerufen. Da war damals so ein älterer Herr. Ein bisschen grob vielleicht, aber er hatte stets gute Sandwiches und immer Sprit für unseren Generator. Ich wollte eigentlich mit ihm sprechen, aber der Herr … also, dieser junge Mann hat gesagt, dass Sie jetzt die Leitung übernommen haben.«

Gute Sandwiches, ha! Aus Archäologensicht brandneu und taufrisch!

»Ja, das ist richtig, ich leite jetzt die Tankstelle. Und ich kann Ihnen versichern, dass alles, was Sie mir erzählen, unter uns bleibt.«

»Das ist gut. Kein Wort zu Herrn Kaltwasser.«

»Kein Sterbenswort.«

»Herr Kaltwasser hat uns damals zu Rate gezogen. Also, er ist bei der Universität Trier vorstellig geworden, wo ich als Dozent fungiere. Seinerzeit leitete ich an der Mosel eine Ausgrabung im Rahmen eines Forschungsstipendiums. ›Romanisierung und Akkulturation in den römischen Nordwestprovinzen‹. Ich arbeite seit elf Jahren selbstständig, wissen Sie. Und als Herr Kaltwasser sich an mich wandte, machte er gleich deutlich, dass er bereit sei, eine stattliche Summe für eine Grabung auf seinem Areal zur Verfügung zu stellen. Ich hätte damals gleich absagen sollen, hören Sie. Gleich absagen!« Er hatte sich jetzt richtiggehend in Rage geredet.

»Hatte er Sie denn davon überzeugt, dass auf seinem Land Funde zu erwarten wären?«

»Nicht so richtig, wissen Sie. Es wird vermutet, dass die Ahekapelle auf der anderen Seite der Autobahn im elften oder zwölften Jahrhundert auf den Überresten einer römischen Villa Rustica errichtet wurde. Dafür gibt es zahlreiche Anzeichen. Und dann soll gleich nebenan noch eine solche Anlage gewesen sein? Ehrlich, ich war von Anfang an skeptisch. Er zeigte mir zwar seine Funde, aber ich bitte Sie … haben Sie gesehen, was er hat?«

»Habe ich«, sagte Herbie. Wenn er ehrlich war, hatten ihn Kaltwassers mickrige Münzen auch nicht sehr beeindruckt.

»Sehen Sie! Aber ich habe mich überreden lassen. Meine Studenten haben nichts bekommen. Nur Kost und Logis. Ich habe das Ganze buchstäblich für ein Butterbrot gemacht. Das ganze Geld wurde von der Materialbeschaffung und den Gerätschaften verschlungen. Und was haben wir gefunden?«

Herbie sah zögernd zu Julius hinüber. »Nicht viel?«

»Nichts!«

»Oh.«

»Ja, oh. Ganz genau, oh!«

»Und dann haben Sie das Unternehmen abgebrochen.«

»Ich habe versucht, es Herrn Kaltwasser zu erklären. Glauben Sie mir, ich habe mit ihm geredet wie mit einem kranken Pferd! Und er hat mir doch tatsächlich unterstellt, ich hätte mich persönlich bereichert! Können Sie sich das vorstellen?«

»Wenn ich ehrlich bin, ja.«

»Was? Dass ich mich bereichert habe?« Schirchers Stimme wurde schrill.

»Nein, dass Kaltwasser Ihnen das vorwarf!«

»Dieser Mann ist ein übler Choleriker! Ein grober, ungehobelter Bauernlümmel! Er hat mir … hat mir … Er hat mir mit der Faust! Ins! Gesicht! Geschlagen!«

»Nein!«

»Doch!«

Immerhin hat er ihn aber nicht kaltgemacht und dann nach Römerart bestattet. Im Römertopf, ha!

»Mit der Faust! Ich hatte zwei Wochen ein zugeschwollenes Auge!«

»Haben Sie ihn angezeigt?«

»Ach was! Dieser Mensch hatte doch Zeugen! Zeugen, die bereit waren zu beeiden, dass ich zuerst geschlagen hatte. Das müssen Sie sich mal vorstellen. Seine Familie war zwar nicht da, aber dieser Elektriker, der da auf dem Hof Lichterketten aufgehängt hat. Irgendein runder Geburtstag stand da wohl an.«

»Ein achtzigster?«, fragte Herbie.

»Das weiß ich nun wirklich nicht mehr. Dieser Kerl sagte mir doch tatsächlich dreist ins Gesicht, dass er jeden Eid schwören würde, dass ich Kaltwasser bedroht hätte! Ich! Bedroht!«

»Ein Elektriker?«

»Ja, und dann war da noch so ein junger Mann von gegenüber. Der hat aber eigentlich gar nichts mitgekriegt.«

»Wie sah dieser Elektriker denn aus?«

»Was?«

»Wie er aussah? Der Elektriker?«

Genau, er hat ihn doch gesehen. Sein Auge ist doch erst danach zugeschwollen!

»Na, hören Sie mal, das ist gut drei Jahre her!«

Herbie hielt den Atem an. Ihm war ein Gedanke gekommen. »Hatte er vielleicht besonders große Ohren?«

Am anderen Ende wurde es still. Dann sagte Dr. Schircher plötzlich mit ahnungsvollem Tonfall: »Ich glaube, Sie haben recht! Oh ja, das stimmt, er hatte sehr große Ohren!«

»Dumbo«, entfuhr es Herbie.

»Wie bitte?«

»Ach, nichts.«

»Aber deshalb habe ich Sie doch eigentlich gar nicht angerufen!«

»Sie wollten wissen, ob wieder gegraben wird.« Herbie dachte immer noch an Dumbo, der in Kaltwassers Haus gearbeitet hatte.

Warum sollte er auch nicht dort arbeiten?

Dr. Schircher räusperte sich. »So ist es. Das hat mich doch ein wenig gewundert.«

»Wo haben Sie das denn gehört?«

»Ich begleite zurzeit eine Grabung in Weiermühle, in der Nähe von Duppach bei Gerolstein. Eigentlich ein ganz ähnlicher Fall. Da ist auch jemand, der glaubt, dass da etwas aus grauer Vorzeit im Boden verborgen ist, das ans Tageslicht gehört. Auch eine römische Siedlung. Der große Unterschied ist aber, dass dort in Weiermühle überaus kluge Köpfe am Werk sind. Besonnene Menschen, die gemeinsam an etwas glauben und ihre ganze Energie in dieses Projekt stecken. Und gestern Nachmittag erzählte dort jemand, dass beim Kaltwasserhof angeblich wieder gegraben worden sein soll.«

Herbie atmete hörbar erleichtert aus. »Ach, das meinen Sie!«

»Ja, es heißt, dass es jetzt sogar Knochenfunde gibt.«

»Oh ja, die gibt es, aber ich kann Sie beruhigen. Diese Knochen sind erst ein paar Jahre alt. Wenn das ein Römer war, dann arbeitete er bei Fiat und war auf Sommerurlaub in der Eifel.«

»Ich verstehe. Keine antiken Fundstücke?«

»Nein. Nur eine Constantin-Münze.«

»Die findet man überall.«

»Ich weiß.«

Jetzt klang Schircher wieder ganz aufgeräumt. »Gut, dann bedanke ich mich bei Ihnen. Ich muss sagen, dass mich der Gedanke daran, dass dort doch etwas gefunden worden sein sollte, ziemlich um den Schlaf gebracht hat.«

»Kann ich mir vorstellen.«

»Kommen Sie doch mal in Weiermühle vorbei. Wenn Sie Lust haben, können Sie ja sogar mal selbst ein bisschen mitgra…«

»Nein!«, fuhr Herbie harsch dazwischen. »Auf keinen Fall!«

Schircher schwieg. Herbie schien ihn erschreckt zu haben. Daher schickte er noch mit freundlichem Tonfall hinterher: »Das Graben überlasse ich lieber den Fachleuten.«

»Hm, gut, dann wünsche ich Ihnen noch einen schönen Tag.«

Herbie erwiderte den Gruß und beendete das Gespräch.

Na, das war ja eine höchst muntere Plauderei. Julius zog seine Taschenuhr aus der Weste hervor und drehte sie auf. *Hat dir aber nichts weiter gebracht als ein bisschen Klatsch und Tratsch über Kaltwasser, den alten Haudrauf.*

»Oh, ganz im Gegenteil, Julius.« Herbie machte die Kühlschranktür auf und spähte hinein. Er erspähte nichts Verzehrbares. »Ich bekomme langsam immer mehr über diesen Dumbo heraus.«

Ein Mettwürstchen vom Markt würde das Frühstück ersetzen. Auf dem Weg ins Badezimmer streifte er seinen Schlafanzug ab. »Bevor wir zur Arbeit fahren, werden wir noch einen kleinen Umweg machen, Julius!«

Da bin ich aber mal gespannt.

»Wir besuchen jemanden, der uns mit Sicherheit noch ein paar mehr Dinge über den toten Dumbo erzählen kann.«

20. Kapitel

Herbie brauchte eine Weile, um sich an das zu erinnern, was der Schmal zwei Tage vorher über Hacky, den Fünften im Bunde, erzählt hatte. Nach und nach fielen ihm »Effelsberg« und »Nagelstudio im Souterrain« ein. Das waren zwei wertvolle Hinweise, denn der kleine Ort Effelsberg war nicht groß genug für mehr als ein Nagelstudio.

Zuerst fuhr er nach Blankenheim und füllte dort seinen Tank randvoll. Dazu noch den Reservekanister, den er eigentlich noch nie befüllt hatte, seit er das Auto besaß. Hätte er leere Flaschen im Auto gehabt, hätte er auch die vollgemacht. An Rost-Horsts Tankstelle hätte er das spielend wieder zu Geld machen können.

Beim Anblick der ratternden Ziffern auf der Zapfsäule beschlich ihn ein saures Gefühl der Missgunst. Warum hatten andere Tankstellen Sprit in Hülle und Fülle – und seine nicht?

Im Shop ließ er beim Bezahlen neidvoll den Blick über die schier endlos scheinenden, chromglänzenden Regale wandern, über die appetitlichen Schokoriegel, über die druckfrischen Zeitungen und die randvoll gefüllte Eistruhe.

Das Leben ist mitunter ungerecht, wie das Sprichwort sagt. Oder wie Zorro wahrscheinlich sagen würde: Die Ungerechtigkeit lebt mitten drunter.

Herbie fuhr die gleiche Strecke, die er schon am ersten Tag in Richtung Tankstelle genommen hatte, allerdings bog er heute nicht in Tondorf links ab, sondern fuhr weiter nach Holzmühlheim und hielt sich dort am Kreisverkehr rechts. Über Schönau und Mahlberg erreichte er irgendwann sein Ziel.

Julius saß an seiner Seite, sie hörten Musik von Radio Euskirchen, und das schöne Wetter vermittelte das Gefühl einer unbeschwerten Landpartie unter Kumpels.

Während sie durch Effelsberg rollten, holte Herbie das zweite Mettwürstchen aus der Papiertüte und biss herzhaft hinein. Von einigen Stellen aus konnte man im Tal ein Stück der gewaltigen, weiß strahlenden Schüssel des berühmten Radioteleskops sehen, die heute fast senkrecht positioniert war. Herbie war schon lange nicht mehr hier gewesen. Einen Schulausflug hatten sie mal hierhin gemacht, und den Polterabend eines Schulfreunds hatte er mal besucht. Der war inzwischen schon zweimal geschieden.

Als er das Würstchen vertilgt hatte, wurde er unweit der Kirche fündig: *Nails & More* stand auf einem Schild vor einem schmucklosen Zweifamilienhaus.

Könnte auch ein Eisenwarenhandel sein. Oder ein Shop für Kruzifixe. Julius genoss den Ausflug offenbar.

Der Seiteneingang fungierte als Ladentür. Herbie fand ihn, als er und Julius ein paar Meter die abschüssige, seitlich am Haus verlaufende Einfahrt hinuntergingen.

Es handelte sich um das Nagelstudio von Rosi Hackenbroich, wie Herbie der Folienbeschriftung auf der Glastür entnahm. Als sie eintraten, schepperte ein kleines Glöckchen-Sammelsurium in zahllosen Tonlagen.

Das Ladenlokal war eine Explosion in Lila: eine kleine, fliederfarbene Sitzgruppe, ein verspiegelter Tresen und zwei blasslila umrahmte Türen. Aus einer unsichtbaren Quelle säuselte indianisch anmutende Panflötenmusik durch den kleinen Raum, die Luft war blütenduftschwanger.

Eine von den beiden Türen stand offen, und Herbie sah in dem Raum dahinter eine Frau im veilchenfarbenen Kittel, die einen Fuß mit hochgereckten Zehen in ihrem Schoß liegen hatte. Sogar die Adern auf der bleichen Haut waren von einem satten, dunklen Violett.

Die Frau hatte eine sehr dominante, leuchtend lilafarbene Strähne in ihrem platinblonden Pony. Sie hielt mit den Bewegungen des Hornhauthobels inne. »Guten Morgen«, krähte sie fröhlich. »Haben Sie einen Termin?«

»Nein, eigentlich suche ich den Hacky.« Es war ein Schuss ins Blaue, aber er traf mitten ins Schwarze: »Der Hacky ist hinterm Haus, Holzhacken.«

»Finde ich, danke!« Herbie beeilte sich, den Laden wieder zu verlassen. Er hatte das Gefühl, eine Dose Febreze auf Ex inhaliert zu haben.

Als er ganz tief die frische Eifelluft einatmete, hörte er deutlich ein lautes Schlagen, das von weiter unterhalb kam.

Da hackt er, der Hacky.

Sie umrundeten das Haus und landeten auf einer Terrasse. Frau Hackenbroich ließ sich auch bei der Auswahl ihrer Gartenmöbel von ihrer Vorliebe für Lila leiten.

Anhand der Geräusche, die durch das Tal schallten, das sich vor ihnen auftat, ahnten sie, welchen Teil des unübersichtlichen, zum Tal hin abfallenden Gartens sie ansteuern mussten. Als sie einem Weg aus Terracottaplatten zwischen Blumenrabatten und blütenreichen Sträuchern hindurch folgten, entdeckten sie irgendwann einen Schuppen aus Holz. Ein spindeldürrer Mann mit eisgrauer Stoppelfrisur und ärmellosem T-Shirt kehrte ihnen den Rücken zu und schwang eine große Axt durch die Luft. Als er sie niedersausen ließ, traf sie mit einem hohen Knall auf einen Holzscheit, und zwei Hälften sprangen durch die Luft.

»Hallo Herr Hackenbroich!«, rief Herbie. »Nicht erschrecken!«

Hacky Hackenbroich erschrak sich fast zu Tode. Mit einem Aufschrei wirbelte er herum, wobei ihm die Axt entglitt. Sie flog durch die Luft und landete zwischen ihnen im Gras.

Das wiederum ließ Herbie vor Schreck zusammenfahren.

»Hast du sie noch alle?«, brüllte der Mann. »Mich so zu erschrecken! Was willst du? Wer bist du?«

Herbie hatte sich auf der Fahrt hierher eine besonders ausgefuchste Taktik zurechtgelegt, aber die wollte ihm jetzt angesichts der Axt, die Hacky vom Boden auflas, partout nicht mehr einfallen.

»Ich komme von der Tankstelle.«

»Von welcher Tankstelle?«

»Vom Rost-Horst.«

Hacky Hackenbroich hatte eng beieinanderstehende Augen. Er kniff sie zu Schlitzen zusammen und presste die Lippen aufeinander, sodass sein Mund zu einem dünnen, breiten Strich wurde.

Ist das Schaum in seinen Mundwinkeln?

Hacky packte die Axt mit beiden Händen. Es war eine große, mattschwarze Spaltaxt mit einem alarmierend roten Signalstreifen und einer wie neu glänzenden, höllisch scharf aussehenden Klinge.

Denk dran, sie haben dir erzählt, dass er noch einen Granatensplitter im Schädel stecken hat.

»Schickt dich der Horst, oder was? Was willst du? Was willst du von mir?« Seine Stimme hatte einen gefährlich drohenden Unterton.

»Es sind die Jungs. Der Schmal, Zorro …«

»Zorro ist raus, habe ich gehört.«

»Ja, richtig, er ist da, und er ist ein bisschen traurig, dass du … Sie nicht mehr mit…«

»Ich hab's dem fetten Schwein doch deutlich genug gesagt: Ich bin nicht mehr dabei!« Seine Finger um den Axtstiel bewegten sich unaufhörlich, als wären sie auf der Suche nach der richtigen Position. Der Position, in der sie ihre Kräfte vereinen und gemeinsam zum verheerenden Schlag ausholen konnten.

»Sie meinen den Schmal.«

»Oft genug hab ich es dem gesagt! Ich hab 'ne hübsche junge Frau mit 'ner Eins-A-Figur, die gute Kohle verdient. Wir haben das Haus von Rosis Eltern geerbt und so umgebaut, wie wir das haben wollten. Und ich hab jeden Monat meine Unfallrente!«

Herbie glaubte, Julius' Zähneklappern zu hören. Oder waren das seine eigenen? *Der Splitter, der Splitter! Vielleicht wandert er gerade durch das Hirn. Davon hört man doch immer wieder.*

»Ich bin raus! Uns fehlt nichts! Der Marvin lernt in Euskirchen Trockenbau, und die Celina arbeitet beim Edeka in Eicherscheid. Ich werde demnächst Opa, und wir machen jedes Jahr zwei Wochen Urlaub!«

Die Schritte, mit denen er auf Herbie zukam, waren langsam, aber extrem groß.

»Ich will Sie ja auch gar nicht überreden …«

»Und du siezt mich nicht, du Arsch, hörst du? Mich nicht!«

»Klar, du. Dich. Also ich dich. Ich will dich nicht überreden!«

Und wenn du jetzt einfach mal den Mund hältst?

»Überreden kannst du mich auch nicht! Mich überredet keiner mehr zu so was! Keiner!«

Herbie war langsam zurückgewichen und stieß jetzt mit dem Rücken gegen den Lattenzaun, der den Garten zum Nachbargrundstück hin begrenzte.

Im nächsten Moment war Hacky Hackenbroich mit seiner Axt so nah, dass Herbie seinen schlechten Atem roch.

»Der Dumbo hat auch schon versucht, mich wegen irgendeinem Ding zu bequatschen! Was wollt ihr denn alle von mir? Ich will meine Ruhe!«

Das Wort *Ruhe* schallte so laut übers Tal, dass es als leises Echo zurückklang.

»Der Dumbo?«, fragte Herbie so unschuldig wie möglich. Eigentlich flötete er die Worte fast. »Der ist doch weg.«

Hacky fasste sich mit der Linken an die Schläfe und verzog schmerzvoll das Gesicht. Er stöhnte laut. »Hab ich gehört. Weg, einfach so. Der Drecksack hat noch meine Hilti, und ich kann ihn nirgendwo erreichen.«

»Wenn Sie … wenn du sagst ›Ding‹, was könnte das denn sein, das Ding?«

Hacky kniff die kleinen Augen zu noch kleineren Schlitzen zusammen. »Sag mal, wer bist du denn überhaupt, dass du hier so doofe Fragen stellst, hä?«

»Ich bin ein Verwandter vom Rost-Horst.«

Hacky musterte ihn mit einem prüfenden Blick. »Du bist doch nicht etwa der, der mit dem Räumfahrzeug von der Straßenmeisterei …?«

Herbie lachte nervös. »Eigentlich spreche ich ja nicht so gern darüber.«

Schlagartig veränderte sich alles. Hacky ließ die Axt sinken und warf den Kopf in den Nacken. Ein lautes, dröhnendes Lachen platzte aus ihm heraus. »Die Sache mit dem Räumfahrzeug!«, brüllte er. »Legendär!«

Julius schien sich jetzt ebenso zu entspannen wie der bewaffnete Sprengstoffexperte. *Wegen dieser Sache werden sie dir sicher irgendwann ein Denkmal setzen.*

Hacky wandte sich um und ging in den Schuppen. Er kehrte mit zwei Dosen Bier zurück und deutete auf ein paar große Holzklötze. »Hier, setz dich.«

Er selbst ließ sich umständlich nieder und öffnete sein Bier. Herbie tat es ihm widerwillig nach.

Julius stellte seinen rechten Fuß im blank polierten Lederschuh auf einen anderen Klotz, beugte sich vor und legte lässig den Ellenbogen aufs Knie.

»Pass auf, Typ«, sagte Hacky ruhig und rieb sich wieder die Schläfe.

»Herbie.«

»Ist mir egal, will ich gar nicht wissen. Ich will nur, dass du Zorro, Horst und dem Schmal erklärst, dass ich keinen Bock mehr hab. Der Zorro ist für fast zehn Jahre in den Bau gewandert, das war ein Schock, kann ich dir sagen. Ich hab Rücken wie Sau, und überhaupt gucke ich nachts lieber Boxen, als irgendwo durch Fenster in Häuser reinzuklettern.« Er trank, und sein riesiger Adamsapfel tanzte dabei rauf und runter. »Ich bin seit Ewigkeiten nicht mehr an der Scheiß-Tanke gewesen. Das ist endgültig Geschichte für mich, verstehst du.« Dann schickte er einen donnernden Rülpser zu Tal.

»Aber der Dumbo ist doch schon ausgestiegen. Und der Horst ist im Krankenhaus.«

»Krankenhaus? Was Schlimmes?«

Julius verdrehte die Augen und machte eine Leierkastengeste mit der rechten Hand.

»Sagen wir mal so: Sie mussten ihn nicht aufmachen.«

»Ah, okay. Der ist zäh, der steht bald wieder wie 'ne Eins. Aber der Dumbo, der ist mir auch egal. Er kam vorige Woche erst und sagte, da wäre so ein Ding mit einem Ausverkauf im Pelzladen, und er erzählte von der fetten Kohle, die jetzt vier Wochen lang immer freitags abgeholt wird. Superplan, Superkohle, supereasy, sagte er! Wörtlich: ›Superplan, Superkohle, supereasy!‹ Er hat da wohl mal den Strom gemacht und hat einen Plan gezeichnet mit allem Drum und Dran. Aber ich will einfach nicht mehr, hörst du? Ich will nicht mehr!«

Mit dem nächsten Zug leerte er die Dose restlos und zerknüllte sie mit der Rechten. »Und auf die alte Bande hat der Dumbo übrigens auch keinen Bock mehr.« Jetzt wurde sein Blick glasig. »Zorro war einfach zu lange weg, und der Horst ist ein Wrack. Die alten Zeiten sind vorbei. Heute sind andere dran. Jüngere. Solche wie du.« Er seufzte und prüfte mit dem Daumen die Schneide der Axt. Leise murmelte er vor sich hin: »Leck mich am Arsch, was waren das alles für geile Dinger, die wir damals gedreht haben!« Einen Moment lang war es still. Nur irgendwo oben im Dorf dröhnte eine Kreissäge.

»Räumfahrzeug …« Er grunzte belustigt. »Dich hab ich mir immer anders vorgestellt.«

Julius grinste. *Du bist auch eigentlich eher der Typ Schneeschaufel als der Typ Räumfahrzeug.*

Herbie nippte noch einmal am Bier. »Schade«, sagte er. »Ich dachte, ich könnte dich vielleicht doch noch umstimmen.«

Hackenbroich schüttelte den Kopf. »Bestell den anderen an der Tanke bloß keine Grüße.«

»Keine Sorge.« Herbie lachte leise. »Mache ich bestimmt nicht. Da oben ist ansonsten noch alles beim Alten.«

Es ist alles nur noch ein bisschen rostiger geworden.

Hacky grunzte. »Der Horst maggelt mit allem, was der in seine Gichtfinger kriegt. Und obwohl da keiner tankt, kommt der immer parat. Zahlt ja auch kaum Miete für das Ding.«

»Hepp Kaltwasser hat ja da gewissermaßen seine eigene Ölquelle vor der Haustür.«

»Ja, genau, der weiß, was er am Rost-Horst hat. Dabei hat der eigentlich Asche ohne Ende! Seine Schwester, die alte Schabracke, die hat mir mal an der Tanke was vom Nasdaq und vom Dow Jones und so erzählen wollen. Ich denk zuerst, wen meint die? Die Typen kenn ich doch gar nicht. Aber dann hat die mir das erklärt, das mit der Börse. Hat mir auch mal 'nen Tipp gegeben. Irgendwas vom Renditedreieck hat sie gequasselt. Renditedreieck? Was soll das denn sein? Und wovon hätte ich denn Aktien kaufen sollen, bitte schön? Vom Dosenpfand etwa?« Er schlug sich lachend auf die Schenkel. »Wer weiß, vielleicht probier ich demnächst mal Bitcoins.«

Finger weg. Schmecken nicht und verursachen Sodbrennen.

Herbie schien der Zeitpunkt passend, um wegen einer anderen Sache nachzufragen. »Sag mal, weißt du, ob Dumbo auch am Kaltwasserhof die Elektroinstallation gemacht hat?«

Hacky zog nachdenklich die Augenbrauen zusammen und nickte langsam. »Ja, schon.«

Herbie schickte einen triumphierenden Blick zu Julius. Er hatte Dr. Schirchers Worte also richtig gedeutet!

»Im Hof zwar nicht, da ist ja schon viel früher alles renoviert worden«, fuhr Hacky fort. »In den Siebzigern, glaube ich. Aber vor ein paar Jahren haben die ja dann noch den Stall zur Ferienwohnung ausgebaut. Da hat der Dumbo den Strom gelegt.«

»Ach ja, die Ferienwohnung.«

»Wohnen die zwei mit ihrem Kind noch da drin?«

»Jenny und Jogi?«

»Ja, genau. Säuft die immer noch?«

Herbie nickte. »Ich glaube schon.«

»Mann, die kam früher fast jeden Tag zum Rost-Horst und hat gebechert. Immer wenn das Kind schlief. Zuerst brachte die ihren eigenen Stoff mit, damit der Horst den für sie versteckte. Harte Sachen, echt. Asbach. Kannste mich mit jagen. Und Osborne! Und Singani, so ein Sauzeug, das sie mal von irgendwo mitgebracht hat. Fies! Die war manchmal so knülle, Jungejunge.«

»Weißt du eigentlich, warum sie trinkt? Hat die mal was erzählt?«

Hacky zuckte mit den Schultern. »Wer weiß. Ist vielleicht unglücklich. Der Typ ist eigentlich okay, finde ich. Versteht was vom Schrauben und so. Aber …« Er beugte sich vor und grinste dreckig. »Der fährt jede Woche in den Puff.«

Herbie zog die Augenbrauen hoch. »Jede Woche?«

»Echt! Die Nichte von Rosi arbeitet in so 'nem Ding in Deutz. Weiß hier keiner, aber so finanziert die sich ihr BWL-Studium. Finde ich okay, muss jeder selber wissen. Die hat den mal beim Tanken beim Horst gesehen und hat es der Rosi erzählt. Jede Woche mindestens einmal!«

»Ist ja allerhand.«

»Da fragt man sich doch, ob der das macht, weil sie säuft, oder ob die säuft, weil er das macht.« Er lachte rasselnd und schüttelte den Kopf. »Dumbo sagte sogar mal, die hätten getrennte Schlafzimmer!«

Plötzlich kehrten seine Gedanken also zu ihrem ursprünglichen Gespräch zurück. Er fixierte Herbie, und ein winziges Fünkchen von Interesse tauchte in diesem Moment in seinen Augen auf. »Ihr habt was vor? Was ganz Konkretes, richtig?«

Herbie wackelte unbestimmt mit dem Kopf. »Kann schon sein.« Er dachte an den vor ihm liegenden Abend.

Du erinnerst dich wirklich an gar nichts, stimmt's?

»Willst mir nicht erzählen, was?«

Du kannst ihm ja gar nichts erzählen!

»Jedenfalls ist es ein ganz dickes Ding«, formulierte Herbie vorsichtig.

Hacky nickte, und sein Blick wurde leer. »Genau das hat Dumbo auch gesagt.«

21. Kapitel

Es war Mittagszeit. Der Praktikant hatte sich offenbar überlegt, etwas Sinnvolles zu tun, und war auf eigene Faust mit der Herstellung von farbenfrohem Klopapier fortgefahren. Er hörte Herbie zuerst gar nicht, als dieser eintrat, denn er war mit seiner Arbeit bei einer bilderreichen Ausgabe des St. Pauli Magazins ins Stocken geraten.

»Oh, fein«, lobte Herbie. »Dann haben wir ja bald wieder Vorräte bis morgen Vormittag.«

Cedric-Maurice blickte auf. Seine Augen waren rot geweint. »Mein Handy-Akku ist leer.« Herbie erschrak regelrecht. So deutlich hatte der Kerl sich noch nie artikuliert.

Herbie sah ihm tief in die Augen. »Das tut mir sehr, sehr leid.«

Cedric-Maurice schluckte. Seine zart umflaumte Unterlippe zitterte.

»Dann schaust du dir eben heute ein paar Bildchen auf dem Papier an.« Er deutete auf die Zeitschrift. Als er zum Tresen ging, fiel ihm noch etwas ein: »Wo ist Zorro hin?«

»Mbmblwer?« Das klang schon wieder wie der alte Cedric-Maurice.

»Der Mann mit den schwarzen Klamotten.«

»Mblmblmitdemanderenweggefahren.«

»Mit dem Hähnchenwagen?«

»Mblmbldembäckereiwagen.«

Der gute Schmal hat ja so breit gefächerte Begabungen.

Plötzlich piepte es, und sein Handy vibrierte. Als er nachsah, schickte ihm der Praktikant einen kurzen, sehnsüchtigen Blick herüber.

Tatsächlich kam endlich die ersehnte Antwort von Fee. Allerdings war Herbie von ihrem Inhalt überrascht: *Hast du Ketchen gesehen? Kann sie nirgends finden. Mache mir Sorgen.*

Er schrieb zurück: *Bin gerade erst angekommen. Sehe mich mal um.*

Julius schnaubte verächtlich. *Wo willst du dich denn umsehen? Wieder in den Kofferräumen? In der Eistruhe? Gucken, ob die Sittiche sie in ihr Nest entführt haben?*

»Sie ist eine gebrechliche, alte Frau, Julius. Und Fee sorgt sich. Da werde ich doch versuchen zu helfen.«

Ein Rundgang um das Tankstellengebäude ergab nichts. Herbie spähte bei dieser Gelegenheit in das alte Ölfass, in dem sie noch in der Nacht die Plastikfolie und die Kleider von Dumbo verbrannt hatten. Am Boden war jetzt nur noch eine schwarze, unförmige Masse zu erkennen. Das hatte also auch geklappt.

Zorros Container war verschlossen, außer ihnen war weit und breit kein Mensch zu sehen.

Herbie holte sein Handy hervor und schrieb: *Hier ist sie nicht.*

Ich kenne da so eine Stelle, an der immer mal wieder Leute in der Erde liegen.

»Julius!« Die Empörung in Herbies Stimme war echt. Wie konnte dieser Kerl nur gleich an so was denken?

Aber schon war der Zweifel gesät. Ohne ein Wort der Erklärung machte sich Herbie auf den Weg zu der Grabstätte. Ein kurzer Blick konnte ja nicht schaden.

Herbie guckte immer wieder auf sein Handy, aber Fee schickte keine weitere Nachricht.

Als sie sich von der Straße her zwischen den Büschen durchschoben, fanden sie alles sonnenbeschienen und in friedlicher Mittagsruhe liegend vor. Das Gelände um die Grube herum war in demselben Zustand, in dem die Polizei es geräumt hatte. Die Sonnenstrahlen hatten die obere Schicht der in der Nacht frisch umgegrabenen Erde inzwischen in eine hellbraune Kruste verwandelt. Ein paar Greifvögel zogen träge ihre Schleifen am blassblauen Himmel über der weiten Ebene.

Und wenn du doch mal ein bisschen gräbst? Nur zur Vorsicht? So mit drei, vier Fingerchen?

Herbie kommentierte den Unsinn gar nicht.

Fee antwortete immer noch nicht.

Soll ich zu dir kommen?, schrieb er und wartete eine Weile, aber nichts geschah.

Er wollte gerade umkehren, als er jenseits des riesigen Maisfelds einen kleinen Punkt entdeckte, der sich langsam vorwärtsbewegte. Ein Mensch ging, offenbar dem Verlauf der Autobahn folgend, am Feld entlang. Wer immer das war, er konnte durchaus den Weg vom Kaltwasserhof genommen haben. Oder sie.

War das Fee? Herbie spähte angestrengt in die Ferne. Die Person war wirklich sehr weit weg, und es fiel ihm schwer, etwas Genaues zu erkennen. Nein, das war nicht Fee. Die Gestalt war viel zu klein. Ein Kind? Nein, er sah es jetzt: Das war Ketchen Kaltwasser!

Er wählte Fees Nummer. Diese gute Nachricht wollte er ihr lieber mündlich überbringen.

Du tust ja gerade so, als hättest du die Alte aus einer Gletscherspalte gerettet.

Fee ging nicht ran. Nicht einmal ihre Mailbox erreichte er. Herbie brummte verärgert und steckte das Gerät wieder in die Hosentasche. Als er aufblickte, war die alte Frau verschwunden.

»Komm, Julius, wir laufen da mal rüber. Weit kann sie noch nicht sein.«

Sag nicht »Komm, Julius«, ich bin doch sowieso immer bei dir. Warum willst du der alten Frau denn unbedingt den Spaziergang vermasseln?

»Wenn Fee sich Sorgen macht, geschieht das schon nicht ohne Grund. Zu blöd, dass ich sie nicht erreiche!«

Zuerst lief Herbie geradeaus über das große Brachland, unter dem in Hepp Kaltwassers Fantasie eine Römervilla mit Hundehütte und Gemüsegarten begraben lag. Dann folgte er einem Feldweg, der schnurgerade zwischen dem Maisfeld und einem abgeernteten Kornfeld verlief. Nach einer Weile erreichten sie einen kleinen Kiefernhain oberhalb der Autobahnböschung. Dies war ungefähr die Stelle, an der sie die alte Frau zuletzt gesehen hatten.

Das Gelände stieg hier leicht an. Links war eine Art Sendemast zu sehen, und zu ihrer Rechten erstreckte sich ein breiter Wiesenstreifen nordwärts entlang der Autobahn.

Der Verkehrslärm füllte die Luft. Ein stählerner Wildzaun begrenzte das gesamte Autobahnareal, so weit man gucken konnte. Herbie machte ein paar Schritte nach vorne und spähte hinunter. LKWs, offene Cabrios und Motorradkolonnen donnerten in beiden Richtungen über den Asphalt. Ein paar Meter weiter schwang sich die beeindruckende hölzerne Konstruktion der Wildbrücke über die vier Fahrspuren. Jemand hatte ein paar unansehnliche Graffiti-Kritzeleien auf dem hölzernen Zaun hinterlassen.

Einen Moment lang sah sich Herbie ratlos um.

»Was denkst du, Julius? Ist sie rechts oder links lang?«

Vielleicht ist sie über den Zaun gekraxelt und hat unten ein Auto angehalten. Mit einem Pappschild: Ich bin in der Eifel – bring mich hier raus.

»Links oder rechts? Sag schon!«

Ist doch egal. Dir hängt ja schon die Zunge aus dem Hals. Die hängt dich sowieso ab.

Herbie grub in seiner linken Hosentasche und förderte die römische Münze zutage.

»Kopf ist links und Zahl ist rechts. Hm, da ist ja irgendwie gar keine Zahl.«

Ich finde, auch der Kopf sieht nicht unbedingt nach Kopf aus.

Herbie warf die Münze in die Luft und versuchte sie zu fangen. Sie fiel ins Gras, und als er sie fand, sah das unproportionierte Gesicht des römischen Kaisers zwischen den Halmen zu ihnen herauf.

»Rechts«, murmelte Herbie, hob die Münze auf und lief weiter.

Und dann sah er sie wieder. Am Ende des langen Wiesenstreifens. Sie hatte immer noch einen großen Vorsprung.

Das ist ein altes Eifeler Mädchen. Die kennen jeden Flurnamen, jedes Astloch und jeden Schleichweg.

Es kostete Herbie einige Mühe aufzuholen. Sie bewegten sich jetzt sehr nah an der Autobahn entlang. Als Nächstes passierten sie einen Aussiedlerhof, und dann hatten sie plötzlich den Autobahnrastplatz erreicht, zu dem ein zweiflügeliges, verschlossenes Gittertor führte.

Ketchen Kaltwasser war jetzt nicht mehr so weit vor ihnen.

»Meine Güte, ist die zäh«, japste Herbie.

Wer weiß, vielleicht verfolgst du ja die ganze Zeit die falsche Oma. Das fände ich lustig.

Dann war sie plötzlich schon wieder verschwunden. Herbie beschleunigte seine Schritte. Als sich am Ortsrand von Engelgau zur Linken eine hohe Unterführung mit nackten Sichtbetonwänden auftat, blickten sie unter der Autobahn durch und sahen die alte Frau bereits am anderen Ende des Tunnels.

Ruf sie doch mal. Vielleicht ist sie ja ein bisschen wirr und hat sich verlaufen.

»Nein, Julius«, sagte Herbie leise. »Das scheint mir nicht der Fall zu sein. Ich möchte gerne sehen, was sie vorhat.«

Die Schritte der Frau hallten durch den hohen Raum. An ihrem rechten Arm baumelte eine Handtasche. Herbie erkannte sie an ihrem silbernen Haarknoten und ihrer gebeugten Haltung. Kein Zweifel, das war Ketchen Kaltwasser.

»Es sieht aus, als wäre sie zu einem Treffen unterwegs. So was macht mich neugierig.«

Oh ja, ich weiß.

Der Abstand betrug vielleicht noch hundert Meter. Ab und zu blieb sie stehen und verschnaufte.

Herbie ahnte allmählich, wohin der Weg sie führte: Nur noch ein kurzes Stück, dann würden sie weiter unten das Genfbachtal erreichen, und dort stand die Ahekapelle, von der Dr. Schircher am Morgen noch gesprochen hatte. Dies hier war wahrhaft römischer Boden.

Nach der nächsten Wegkehre sahen sie die Kapelle des Heiligen Servatius. Malerisch ruhte sie zur Rechten auf einer kleinen Erhebung. Die weiß getünchte Fassade leuchtete im Sonnenschein, und die sandsteinfarbenen Sockel und Fenstereinfassungen sahen frisch renoviert aus.

Herbie und Julius folgten Ketchen Kaltwasser mit dem nötigen Abstand den schmalen Weg hinauf. An der Ecke des Gebäudes blieb sie wieder stehen und stützte sich einen Moment lang ab.

Dann ging sie zum rückwärtig gelegenen Eingang.

Als Herbie vorsichtig um die Ecke spähte, sah er sie dort stehen. Sie hatte die Handtasche geöffnet und ein Portemonnaie hervorgeholt. Mit zitternden Fingern fischte sie einige Scheine heraus. Es waren Hunderter. Herbie zählte eins … zwei … drei … Einer davon flatterte zu Boden, und sie trat instinktiv mit dem rechten Fuß darauf, damit er nicht weggeweht wurde. Mit deutlich sichtbarer Mühe bückte sie sich danach und hob ihn auf. Fast wäre Herbie hervorgesprungen, um ihr zu helfen.

Fünf der grünlichen Scheine faltete sie zusammen und ging in die Kapelle hinein.

Als Herbie hinterherhuschte und vorsichtig nach innen blickte, sah er gerade noch, wie sie das kleine Bündel in das schmiedeeiserne Kästchen an der Seite des Kerzenhalters schob, das eigentlich für 50-Cent-Münzen gedacht war.

Hui, tausend Kerzen. Ich sehe nirgends eine Schubkarre.

Die alte Frau nahm ein einzelnes schlankes Kerzchen, entzündete es an einem weiteren, das bereits brannte, und steckte es in den Sand zu den anderen.

Dann ging sie zu einer kleinen Bank rechts von der Tür und kniete sich nieder. Ihren Verfolger hatte sie bislang nicht bemerkt. Niemand sonst war in oder um die Kapelle herum zu sehen.

Sie faltete die Hände, nein, Herbie war es so, als krallte sie die Finger regelrecht umeinander. Er hörte sie leise murmeln. Es war eine monotone Abfolge von Tönen und Zischlauten, heruntergeleiert ohne Punkt, Komma und Pause. So war das meistens üblich bei den alten Betschwestern.

Schämst du dich nicht ein bisschen, sie beim Beten zu beobachten?

Herbie sah seinen Begleiter an. Sein Blick sagte das, was er jetzt nicht laut aussprechen konnte: Oh doch, Julius, das tue ich.

Er beschloss, die Beschattung an dieser Stelle abzubrechen. Hier gab es nun wirklich kein Geheimnis zu lüften. 500 Euro im Opferstock waren vielleicht ungewöhnlich, aber unter Umständen normal, wenn man über ein Einkommen verfügte, das bei einem Vielfachen von dem liegen musste, was Herbie so verdiente.

Aber dann hörte er das Schluchzen.

Ketchen Kaltwassers Körper wurde plötzlich regelrecht von einem Weinkrampf geschüttelt. »Durch meine Schuld«, schluchzte sie. »durch meine Schuld, durch meine große Schuld!« Und sie heulte und jammerte nach Leibeskräften.

Das klingt aber so, als wäre ihr was ziemlich Dummes unterlaufen. Julius hatte die Arme hinter dem Rücken verschränkt und beugte sich vor, um auch etwas sehen zu können.

»Vergib mir, Herr Jesus Christus!«

»Los, wir gehen«, wisperte Herbie und wich langsam zurück. »Sonst muss ich am Ende noch mitheulen.«

So leise, wie sie gekommen waren, entfernten sie sich auch wieder. Den kleinen Weg hinunter und dann die schmale, asphaltierte Straße hinauf nach Engelgau.

Der Rückweg erschien ihnen länger als der Hinweg, und Herbie staunte jetzt erst recht, wie viel Energie die alte Frau aufbrachte, um sich in dieser Kapelle von ihren Sünden freizukaufen – oder was immer sie dort tat.

Du hättest sie mitnehmen können. Ab und zu ein Stückchen Huckepack. So eine kleine Greisin wiegt doch nichts.

»Was ist es wohl, was sie so bitterlich bereut, Julius?«

Sein Begleiter zuckte mit den Schultern. *Ein angebrannter Pfannkuchen, Schummeln beim Canasta, ein unkeuscher Gedanke an André Rieu … Es gibt für Seniorinnen ja so viele Verfehlungen.*

Endlich kam eine Reaktion von Fee: *Wo ist sie?*

Herbie blieb stehen, um tippen zu können: *Alles okay! Sie betet in der Ahekapelle. Ich bin auf dem Rückweg.*

Zu Fuß?

Ja, bin schon fast am Funkmast, schrieb er zurück.

Fee antwortete: *Ich komme dir entgegen.*

Augenblicklich trat das Erlebnis mit Ketchen Kaltwasser in den Hintergrund. Als sie die Kuppe erreicht hatten, begann Herbie, Ausschau zu halten. Das obere Ende des Siloturms ragte über die Spitzen eines kleinen Wäldchens hinaus. Zwischen den vor ihm liegenden Feldern sah Herbie die Wege. Der eine asphaltiert, der andere geschottert. Fee konnte er noch auf keinem von ihnen entdecken.

Er wählte den kürzesten Weg, diagonal über das große Brachland. Als er über den unebenen Boden stapfte, achtete er darauf, wohin er trat, damit er sich nicht womöglich noch in einem Kaninchenloch den Knöchel verknackste. Ihm kam der Gedanke an den Abend. Bis jetzt hatte er erfolgreich verdrängt, dass er bei seinen neuen Kumpels im Wort stand. Er hätte dieses Wort ohne zu zögern gebrochen, zumal es um ein Verbrechen ging, das sich anbahnte. Aber dann hätten sie ihm etwas gebrochen. Im günstigen Fall.

Ach was, die beiden haben doch noch nicht mal Waffen. Julius sah das offenbar deutlich entspannter. *Die haben den Killerinstinkt von dreiundzwanzigjährigen Cockerspanieln.*

Als Herbie aufsah, bemerkte er den Trecker, der sich unbemerkt genähert hatte. Ohne dass er etwas davon mitbekommen hatte, war er bereits auf halber Strecke zwischen ihnen und dem Kaltwasserhof. Der Autobahnlärm hatte das Motorengeräusch bis jetzt übertönt, aber nun hörte Herbie das deutlich anschwellende Knattern.

»Das ist doch nicht etwa Fee da in dem Monstrum?«

Warum nicht? Papis Liebling hat sicher schon als kleines Würmchen mit auf dem Bock gesessen.

»Das Ding hat einen ganz schönen Zahn drauf.«

Tatsächlich schien das Gefährt immer schneller zu werden.

Julius versuchte sich zu erinnern. *Ein Fendt 1050 Vario, wenn ich das richtig gespeichert habe.*

Herbie verlangsamte seinen Schritt. »Wie der über das Feld brettert … Der hat keine Angst vor Kaninchenlöchern oder so was.«

517 PS. Junge, Junge, der hat den Tiger im Tank.

Jetzt blieb Herbie irritiert stehen. Er wurde unsicher. Wenn das Fee war, wieso raste sie so? Wenn da ihr Vater im Führerhaus saß, was wollte der dann hier oben bei ihm?

Da donnern putzmuntere 14 Tonnen Leergewicht heran.

»Ich sehe es, Julius, ich sehe es. Und ›donnern‹ trifft es auch ziemlich gut.«

Herbie ging instinktiv ein paar Schritte rückwärts. Denn das Monstrum mit den Riesenrädern und der Motorhaube, die aussah wie ein mordgieriges Transformers-Gesicht, kam unaufhaltsam näher. Und beschleunigte noch mehr.

Mittlerweile war der Autobahnlärm gar nicht mehr zu hören. Das dunkle Röhren des Kolosses füllte die Luft. Wer da im Führerhaus saß, war nicht zu erkennen. Die Gestalt am Steuer war vermummt, unförmig.

Und jetzt machte Herbie einen Satz zur Seite. Erst einen, dann mehrere große Schritte nach links. Mit angehaltenem Atem verfolgte er, was passierte.

Der Trecker wechselte im selben Moment die Richtung.

Herbie rannte nach rechts.

Das Monstrum folgte ihm wie ein Jagdhund dem Karnickel.

»Scheiße, Julius, das ist nicht Fee!«, schrie Herbie gegen den Motorenlärm an. »Und das ist auch kein Spaß, glaube ich!«

Ich würde ja vorschlagen, dass wir uns trennen, damit sich das Ding nicht entscheiden kann, wem es folgen soll, aber das ist wahrscheinlich ziemlicher Quatsch.

Nur noch etwa zweihundert Meter trennten sie von dem Trecker. Noch hundertfünfzig …

»Hilfe!«, schrie Herbie, mehr um sich selbst aus der Erstarrung zu lösen, als um wirklich irgendwen herbeizurufen. »Hilfe, Hilfe, Hilfe!« Dann rannte er schreiend in das Maisfeld hinein.

Der Motor brüllte wütend auf.

Herbie stolperte vorwärts, immer weiter vorwärts, ohne Ziel und ohne einen Plan, welche Richtung er einschlagen sollte. Er warf panische Blicke über die Schulter. Über die rechte. Über die linke. Der giftgrüne Koloss legte sich in die Kurve und donnerte ungebremst hinter ihm in das Maisfeld hinein. Dreck und entwurzelte Pflanzen flogen durch die Luft.

Er will mich töten, dachte Herbie. Wer immer das ist, er will mich mit diesen riesigen Rädern zu Brei zermalmen.

Er zog den Kopf ein, um irgendeine Chance zu haben, sich unentdeckt vorwärtsbewegen zu können. Der Mais war noch nicht reif. Schulterhohe Pflanzen peitschten ihm ins Gesicht. Maiskolben prallten gegen seine Stirn und seine Wangen.

Das Dröhnen war so laut, dass Herbie das Gefühl hatte, das motorisierte Raubtier habe die Muskeln angespannt, setze zum Sprung an und habe schon die Krallen ausgefahren. Er erwartete schon den Schatten, der im nächsten Moment alles um ihn herum verfinstern würde.

Links zwischen den Maispflanzen tauchte Julius auf. Er schrie etwas, das Herbie nicht verstehen konnte. Aber er machte eine winkende Geste, die *Hierhin!* bedeutete. Und Herbie schlug einen scharfen Haken nach links.

Das Donnern rauschte ungebremst weiter geradeaus, und Herbie hörte für einen kurzen Moment seinen Herzschlag lauter durch seinen Kopf dröhnen als den Treckermotor. Er bückte sich jetzt noch etwas mehr, als er vorantaumelte.

Das Fahrzeug schien stehen geblieben zu sein. Der Motor grollte übellaunig im Leerlauf.

Herbie konnte seinen Triumph nicht auskosten, denn schon im nächsten Augenblick stieß das Fahrzeug wieder ein grausames Gebrüll aus und wendete auf kleinster Fläche. Eleganz, Präzision und unbändige Kraft arbeiteten in diesem seelenlosen Koloss aus Metall, Fiberglas und Hartgummi in perfektem Einklang.

Herbie rannte wieder los und versuchte, eine Art von Taktik zu entwickeln. Alle zwanzig Schritte schlug er einen Haken, mal nach rechts, mal nach links. Sicher hätte es sogar geholfen, in einem Überraschungsangriff direkt auf seinen Verfolger zu und dann nur ganz knapp an ihm vorbeizurennen, aber diesen Mut brachte er nicht auf.

Er wurde von der nackten Angst angetrieben, wie ein flüchtender Hase im Feld. Von der Angst und von dem Wissen, dass wer auch immer in diesem Ding saß, ihn auch trotz der gebückten Haltung mühelos würde verfolgen können. Aus der erhöhten Position konnte der Jäger deutlich die verräterischen Bewegungen der Maispflanzen erkennen.

Das Grollen flog wieder heran. Herbie warf sich instinktiv nach rechts, schlug auf dem trockenen Boden auf und spürte den Luftzug, der durch die Halme wirbelte. Er sah die feuerroten Räder nur eine Armlänge entfernt an sich vorüberfliegen.

Und dann wusste er plötzlich, wo sein Ausweg war!

In diesem Feld würde er nicht überleben. Die breiten Reifen walzten gnadenlos jeden Schutz platt. Es würde nach und nach nichts mehr bleiben, wo er sich verstecken könnte. Und jeder der Feldwege drumherum würde dem Raubtier ebenfalls freie Bahn bescheren. Auch dort würde er verlieren.

Er sammelte alle Kraft, die er aufbieten konnte, und rannte los. Schnurgerade, ohne Haken und Kurven, voll konzentriert auf den Punkt, den er in seinen Gedanken anvisiert hatte, ohne ihn wirklich zu sehen. Da er keine Gelegenheit hatte, die Gegend auszuspähen, musste er sich auf seine Orientierungsgabe verlassen. Dort hinten musste es sein! Dort musste er hin! Da lag seine Rettung!

Der Trecker folgte ihm mit dem Getöse eines entfesselten Orkans. Er kam näher und näher.

Und im nächsten Moment wurde Herbie regelrecht aus dem schützenden Maisfeld ausgespien. Jetzt, wo die Sicht frei war, erkannte er, dass die Richtung, die er eingeschlagen hatte, die einzig richtige war!

»Julius!«, schrie er und überquerte den Feldweg. »Julius, bleib bei mir!« Er rannte eine sanfte Steigung hinauf, über Brachland, stolperte atemlos über Felsbrocken und Grasbüschel, spürte die todbringende Maschine mittlerweile nur noch zwei, drei Meter hinter sich und erreichte schließlich die Büsche, die er anvisiert hatte. Ginster und anderes wildes Gesträuch reihten sich aneinander wie ein mannshoher grüner Wall. Sie waren nicht dazu geeignet, einen 500-PS-Trecker aufzuhalten, aber dahinter ging es ein paar Meter bergab. Da war eine schmale Lücke im Gesträuch, wie von Tieren hindurchgetrieben. Ein Schlupfloch, durch das sie auf die andere Seite wechselten. Herbie beschleunigte ein letztes Mal, sprang hindurch und registrierte dahinter im Sturz, dass das Fahrzeug abrupt abbremste. Er taumelte einen Abhang hinunter. Nicht sehr tief und nicht so abschüssig, dass er sich den Hals brechen würde, aber dennoch unüberwindbar steil für den Mörder in seinem Gefährt.

Herbie landete mit einem knirschenden Geräusch mitten auf der Wildbrücke über die A1. Er gönnte sich keine Pause, rappelte sich augenblicklich wieder auf und strauchelte weiter vorwärts.

Ein gejagtes Wild auf der Wildbrücke, seinem Jäger entkommen. Julius lief jetzt neben ihm her und jubelte wild gestikulierend.

Herbie hielt erst inne, als er die andere Seite erreicht hatte. Der Herzschlag donnerte durch seine Brust, als er sich auf den Boden fallen ließ. Er hatte das Gefühl, er müsse platzen.

Dann erlaubte er sich einen Blick zurück.

Auf der anderen Seite der Brücke wendete der Trecker. Er war immer noch gewaltig, sah immer noch angsteinflößend aus, aber jetzt war er mit einem Mal wieder nur noch ein großes, teures landwirtschaftliches Gefährt, das langsam und unaufgeregt davonrollte.

Herbies Keuchen mischte sich mit dem Herzschlag und dem gewaltigen Verkehrslärm. Er fiel auf die Knie, ließ sich kraftlos zur Seite sacken und schloss die Augen.

Mein Junge, du weißt, ich bin ansonsten ja eher kritisch, aber das war eine reife Leistung.

»So bin ich seit den Bundesjugendspielen nicht mehr gerannt«, presste Herbie zwischen den pumpenden Atemstößen hervor.

Er rollte sich auf den Rücken und führte langsam sein Handgelenk mit der Uhr vor die Augen. Dieser unmenschliche Wettlauf um sein Leben hatte gerade einmal fünf oder sechs Minuten gedauert. Minuten, die ihm rückblickend wie quälend lange Stunden vorkamen.

Dann hörte er mit einem Mal, wie eine zarte Stimme durch den Verkehrslärm drang: »Herbie! Herbie, bist du okay?«

Er richtete sich ein wenig auf, immer noch schwer atmend. Wahrscheinlich würde er für den Rest dieses Jahres nicht wieder zu einer vernünftigen Atmung zurückfinden. Er stützte sich auf die Ellenbogen.

Julius hob anerkennend die Augenbrauen. *Na, schau mal an, da kommt die Krankenschwester. Die war aber erstaunlich fix vor Ort.*

Es war Fee, die die Böschung heruntergesprungen kam und auf ihn zurannte. »Bist du verletzt? Herbie, sag doch was!«

Er rappelte sich mühsam auf und klopfte sich den Dreck von den Klamotten. »Ich bin heil, soweit ich das erkennen kann. Ist scheinbar noch alles dran.«

Sie hatte ihn erreicht und stand nun schwer atmend vor ihm. »Sag mal, was war denn das? Wer war das mit Papas Trecker, verdammt?«

Herbie hob hilflos die Arme und schüttelte den Kopf. »Frag mich bitte nicht. Ich habe keinen blassen Schimmer.«

»Jemand hat ihn gestohlen. Er steht jetzt da hinten am Maisfeld. Der Schlüssel steckt, und weit und breit ist keiner zu sehen.« Sie sah ihn intensiv an. »Hör mal, das warst du doch nicht etwa, der ihn geklaut hat, oder?«

Herbie lachte ironisch auf. »Na, hör mal, ich bin vor dem Drecksding weggerannt!«

Sie machte Anstalten, ihn in den Arm zu nehmen, aber irgendetwas hielt sie zurück. Herbie merkte zuerst gar nicht, dass er selbst es war, der unbewusst ein Signal aussandte, das sie auf Abstand hielt.

»Man könnte sagen, ich wurde in eine Falle gelockt«, sagte er nachdenklich und stopfte sich das Hemd in den Hosenbund. »Ich habe dir Nachrichten geschrieben. Wegen deiner Tante. Mehrere Nachrichten.«

»Ketchen?« Sie schrak hoch. »Wo ist sie? Hast du sie gefunden?«

Er lachte bitter. »Da musst du dir keine Sorgen machen. Sie kniet wahrscheinlich immer noch in der Kapelle und brabbelt Gebete vor sich hin.«

»Gebete?« Sie weitete die Augen und starrte ihn verständnislos an.

»Fee, deine SMS … Du kommst mir entgegen, hast du mir geschrieben.«

»Was redest du denn da? Ich wusste doch gar nicht, wo du warst!«

»Und warum bist du denn hier?«

»Weil ich Ketchen überall gesucht habe und weil ich plötzlich unseren Trecker gesehen habe, als er wie ein wild gewordenes … ein wild gewordenes … Weißichwas durch das Maisfeld gebrettert ist. Und dann laufe ich hierhin und finde dich hier!«

Herbie spürte, wie die Freude über seine Rettung einer langsam aufsteigenden Wut Platz machte. Er griff in die Hosentasche und holte sein Handy hervor. Hektisch flogen seine Finger über das Display. Er tippte und wischte, bis er schließlich fand, was er ihr zeigen wollte. »Hier«, sagte er giftig und streckte ihr das Mobiltelefon entgegen. »Hast du das etwa nicht geschrieben?«

Ein verzweifelter Ausdruck legte sich auf ihr Gesicht. »Nein! Ich habe dir geschrieben, dass ich Ketchen suche, aber das da …«

»Und das hier nicht?« Herbies Ton war inzwischen schroff und abweisend geworden, ohne dass er das richtig beabsichtigt hatte. Er war wütend. Wütend auf das, was gerade geschehen war, wütend auf alles, was sich in diesen Tagen um ihn herum abspielte, und wütend auf sich selbst, weil er all das wieder einmal mit sich geschehen ließ. »Willst du mir wirklich sagen, dass du mich nicht da hingelockt hast?«

Fee schwieg. Ihre Nasenflügel zitterten. Er sah, dass sie sich zur Ruhe zwang. Der Lärm der Autobahn war eine brutale Untermalung für ihr kleines Drama.

Aus den Augenwinkeln registrierte Herbie Julius' zerknirschtes Gesicht. Sein Begleiter litt offenbar ebenso unter diesem Disput wie er und Fee.

»Ich habe mein Handy irgendwo liegen lassen«, sagte sie so leise, dass er es kaum hören konnte. »Auf der Terrasse oder vorm Haus auf der Bank, ich weiß nicht. Jeder kann das geschrieben haben.«

Und in diesem Moment begriff Herbie, dass er völlig falsch reagiert hatte. Und er begriff auch, dass es ihm nicht gelingen würde, diesen Fehler wiedergutzumachen.

»Fee, entschuldige bitte«, sagte er und warf die Arme in die Luft. »Die Nerven sind einfach mit mir durchgegangen. Jemand hat gerade versucht, mich zu überfahren, und ich …«

»Ich weiß nicht, was hier los ist«, sagte Fee kühl. »Ich weiß nur, dass es erst los ist, seit du hier aufgetaucht bist.«

»Können wir nachher vielleicht mal in Ruhe …«

»Nein«, kam es knapp. »Ich muss mein Handy suchen. Und heute Abend muss ich mit meinem Vater nach Köln. Zuerst ein Vortrag im Römisch-Germanischen Museum und hinterher ein Abendessen mit diesem Dr. Soundso.« Sie setzte langsam einen Fuß hinter den anderen und wich zurück. »Du siehst, ich habe heute keine Zeit mehr für dich.«

Herbie wollte noch etwas sagen, aber sie schnitt ihm das Wort ab. »Und morgen fahre ich sehr früh zurück nach Frankfurt.«

Dann wandte sie sich um und ging mit gesenktem Kopf davon.

Julius räusperte sich leise. *Ich könnte jetzt eigentlich sagen, dass du dich ja dann heute Abend voll und ganz auf deinen heiklen Job in Zülpich konzentrieren kannst, aber das lasse ich mal lieber sein.*

»Job in Zülpich, Job in Zülpich … Der ist mir mittlerweile fast egal, verdammt noch mal!« Herbie fluchte mit mühsam unterdrückter Lautstärke. Er blickte Fee nach, die die kleine Böschung auf dem schmalen Trampelpfad hinaufkletterte, den er gerade eben noch im Sturzflug nach unten genommen hatte. Sie drehte sich nicht mehr zu ihm um. »Verflucht, Julius, mir ist jetzt alles egal! Außer …« Er drehte sich abrupt zu seinem Begleiter um, und der erschrak fast ein wenig bei dem wild entschlossenen Gesichtsausdruck, den Herbie aufgesetzt hatte. Sein Tonfall war ätzend. »… wer versucht hat, mich da oben im Mais unterzupflügen, das wüsste ich doch schon ganz gerne!«

Jemand, der es nicht gut mit dir meint.

»Jemand, der wahrscheinlich glaubt, dass ich zu viel weiß …«

22. Kapitel

Herbies Gedanken drehten Runde um Runde auf irgendeinem dieser Kirmesgeschäfte, denen er sich freiwillig niemals ausliefern würde. Wenn er an den großen Coup in Zülpich denken wollte, kam ihm Fee in den Sinn, und wenn er an Fee dachte, beschäftigte ihn das Rätsel um das Treckerattentat. Jemand hatte versucht, ihn zu töten!

Erfreulicherweise hast du schon eine ganze Weile nicht mehr über Ketchen Kaltwasser, den toten Dumbo und den dreijährigen Knochenmann nachgedacht. Julius sagte so was nie, um ihn aufzumuntern.

»Na, danke schön, Julius.« Jetzt waren diese drei Überlegungen also auch noch mit von der munteren Partie.

Herbie betrachtete sich im fleckigen Spiegel der Tankstellentoilette. Er musste sich auf Zehenspitzen stellen, um auch den unteren Teil seines Körpers begutachten zu können. Zorro hatte auf Schwarz bestanden. Sie sollten uniform zum Dienst antreten. Er besaß gar keine schwarzen Kleidungsstücke. Die würde er sich höchstens mal für die Beerdigung seiner Tante kaufen.

Zack – jetzt dachte er auch noch an Tante Hettie!

Also hatten die beiden Ganoven von ihrer Einkaufstour nicht nur allerlei Gerätschaften mitgebracht, von denen Herbie nie gedacht hätte, dass sie eine Rolle bei einem Einbruch spielen könnten, sondern auch ein tiefschwarzes Ensemble, bestehend aus Hose, Pullover und Sturmhaube. Die Hose rutschte, der Pullover kratzte, und die Sturmhaube stank nach gedünstetem Gummi.

»Ich kriege ja jetzt schon keine Luft mehr, Julius.«

Und das nur, weil Zorro diesen Schwarz-Fimmel hat.

Noch nie hatte man jemanden mit einer solch lässigen Eleganz auf einer Toilette sitzen sehen. Die Beine übereinandergeschlagen, den Arm locker auf dem Klopapierhalter abgelegt. Der Praktikant hatte sich redlich Mühe gegeben, sein selbstgebasteltes Papier auch ordentlich auf Rollen zu drehen, was sehr dekorativ wirkte und die schäbige Toilette enorm aufwertete.

»Wir sollen uns unsichtbar machen, hat er gesagt.«

Ja, und auch: Nachts sind alle Kerzen grau. Was immer er damit sagen will.

Jemand klopfte ungeduldig gegen die Tür.

»Bald fertig mit der Modenschau?«, rief der Schmal draußen ungeduldig. »Ich muss mal dringend kacken.«

Leise fluchend schloss Herbie die Tür auf und trat ins Freie.

»Sitzt doch«, log der Schmal und drängte sich an ihm vorbei.

Herbie ging zu Zorro hinüber, der in der Abenddämmerung auf der Bank saß und rauchte. Alle drei Schritte musste er die Hose hochziehen. Das konnte ja heiter werden.

Zorro musterte ihn und nickte anerkennend. Er war offenbar einer Meinung mit seinem Kumpel. »Sitzt doch tadellos. Ich habe nun mal ein gutes Auge für Kleidergrößen. Du hast dich noch nicht für die Klamotten bedankt.«

»Danke.« Herbie brachte in dieser Sache nur zwei Silben zustande.

»Schwarz ist Eleganz«, sinnierte Zorro.

Herbie setzte sich neben ihn und kratzte sich ununterbrochen am ganzen Oberkörper. »Wann fahren wir los?«

Zorro sah auf die Uhr. »Jetzt gleich, wenn der Dicke fertig ist. Der Wagen muss noch möglichst unauffällig irgendwo abgestellt werden. Da werden wir ein bisschen nach einem guten Parkplatz suchen müssen.«

»Unauffällig«, murmelte Herbie nachdenklich und blickte zu *Dümmels rollendem Kaufhaus* hinüber.

Zorro warf die Kippe weg und sagte leise: »Ich verstehe deine Bedenken. Auf den ersten Blick scheint dieser Verkaufsbus vielleicht ein bisschen auffällig, aber auf den zweiten Blick …«

… noch auffälliger. Julius vollendete den Satz und tippte sich an die hohe Stirn. *Ein Verkaufsbus als Fluchtfahrzeug. Auf so eine beknackte Idee muss man erst mal kommen!*

Zorro blickte Herbie über den Rand seiner Brille intensiv an. »Glaub mir, Herbie, das Ding läuft glatt. Aber so was von glatt. Der Verkaufsbus taucht gar nicht am Tatort auf. Er wird in der Nähe stehen und keinem auffallen, weil dort Firmenfahrzeuge aller Art rumstehen, die die Leute abends mit nach Hause nehmen. Tarnung ist die halbe Ernte. Es ist schon wahr, der Schmal ist nicht der Hellste, aber da hat er ausnahmsweise mal was richtig Gutes ausgeknobelt.«

Herbie kratzte sich unter der Achsel.

»Bist du nervös?«

»Ist mein erster Bruch.«

»Irgendwer ist immer das erste Mal.« Zorro seufzte. »Hör zu, Junge, wenn dir das zu heiß ist oder wenn du glaubst, du wärst noch nicht so weit, dann …«

Herbies Kopf fuhr ruckartig herum. Was kam denn jetzt? Würden sie ihn hierlassen? War er raus?

»… dann denk dran, dass du einen Eid geschworen hast! Du hast beim Leben deiner Tante geschworen, das darfst du nicht vergessen.«

Beim Leben von Tante Hettie …

Julius beugte sich zu ihm hinunter und flüsterte in sein rechtes Ohr: *Wenn das die Konsequenz wäre, könntest du zwei Fliegen mit einer Klappe …*

»Ein Wort ist ein Wort«, schloss Zorro seine Überlegungen kategorisch ab.

Im Hintergrund war eine Toilettenspülung zu hören, und der Schmal tauchte viel zu schnell wieder auf der Bildfläche auf, als dass er sich die Hände hätte waschen können.

»Es geht los«, sagte der Dicke strahlend. »Es geht endlich wieder los, Zorro!«

Dann stiegen sie in den Bus ein.

Wie selbstverständlich versuchte Herbie, mit den beiden ins Führerhaus zu steigen, aber Zorro, der bereits durch die Beifahrertür hineingeklettert war, streckte ihm abwehrend die flache Hand entgegen. »Dein Platz ist hinten drin.«

Der Schmal führte ihn zur Heckklappe und grinste ihn gehässig an. »Mach es dir bequem, aber lass die Flossen von der Ware, kapiert?«

Bevor er hinter Herbie die Klappe schloss, sagte er noch leise, sodass Zorro es nicht hören konnte: »Mach keinen Scheiß, hörst du?«

»Schon klar«, sagte Herbie. Dann ging die Klappe zu, und der Wagen wurde gestartet. Als er mit einem Ruck anfuhr, flog Herbie der Länge nach durch den Innenraum.

Irgendwann hatte er eine auf dem Boden kauernde Haltung gefunden, die ihn davor bewahrte, bei jeder noch so kleinen Kurve durch die Gegend geschleudert zu werden.

Der Schmal nahm sämtliche Kurven mit viel Schwung, und in den Regalen und Klappschränken raschelte, knisterte und klapperte es unaufhörlich. Bei jedem Schlagloch schwebte er für einen kurzen Moment eine Handbreit über dem Boden.

Er sah auf die Uhr. Die Leuchtziffern tanzten vor seinen Augen und zeigten 21.30 Uhr. Bis nach Zülpich würden sie eine gute halbe Stunde brauchen.

Bei dem Fahrstil vielleicht nur ein Viertelstündchen.

»Mir fällt ums Verrecken nicht ein, was wir in Zülpich vorhaben! Ich glaube, ich soll Schmiere stehen, das habe ich irgendwie im Ohr. Nur bei was? Bei was denn, verdammt noch mal?«

Julius zuckte mit den Schultern.

»Schmiere stehen ist gut, oder, Julius? Ich meine, so haftstrafenmäßig ...«

Mitgefangen, mithingerichtet.

Dann kam plötzlich so etwas wie eine Haarnadelkurve in Kombination mit etwas anderem, was sich anfühlte, als führen sie durch ein ausgetrocknetes Bachbett. Herbie kroch auf allen vieren, während Pappschachteln und Plastikpäckchen auf ihn niederprasselten. Irgendwann legte er sich ergeben auf den Bauch und faltete schützend die Hände über dem Kopf. Wenn er diesen Tag heil überstand, konnte ihn nichts mehr schocken.

Die Fahrt nach Zülpich dauerte gefühlte achtzehn Stunden. Obwohl der Schmal raste wie ein Gestörter, glaubte Herbie, er müsse den Umweg über St. Petersburg genommen haben.

Er nutzte die Zeit, um über das große Ganze nachzudenken, in das er sich heillos verstrickt hatte. Aber seine Gedanken blieben so wirr wie das Sammelsurium von Backwaren und Suppentütchen auf dem Boden um ihn herum. Zum Glück waren die Dosen in den Regalen geblieben.

Als der Motor des Busses schließlich erstarb, schüttelte sich das Fahrzeug noch einmal wie ein nasser Hund – und es herrschte endlich Stille.

Und zu guter Letzt kriegte Herbie doch noch eine Dose auf den Kopf.

Julius kicherte. *Pichelsteiner!* Es klang wie *Gesundheit!*

Einige Momente später wurde die Klappe aufgerissen, und der Schmal blaffte ihn mit gedämpfter Stimme an: »Was hast du denn da für 'ne Sauerei gemacht?«

Herbie rappelte sich mit schmerzenden Gliedern auf, und Julius sang dazu feierlich: *Auferstanden aus Rosinen …*

Als er aus dem Heck geklettert war, versuchte Herbie erst einmal, sich zu orientieren. Er war noch reichlich wacklig in den Knien.

Der Schmal drückte ihm eine schwarze Reisetasche in die Arme. »Hier, die trägst du!« Die Hose rutschte sofort wieder, aber er hatte keine freie Hand, um sie hochzuziehen.

Sie hatten das Auto in einer wenig belebten Seitenstraße abgestellt. Als sie um die Ecke bogen, wusste Herbie sofort, wo sie waren. Im Lidl gegenüber war noch Licht, aber der Parkplatz war bereits leer. Auf der Römerallee waren zu dieser Zeit alle Geschäfte geschlossen.

Julius seufzte. *Schon wieder Römer. Dafür, dass ihr Reich mit Pauken und Trompeten untergegangen ist, nerven sie immer noch ganz schön rum.*

Sie hielten sich rechts und spazierten betont unauffällig unter dem Blätterdach der Alleebäume die Straße entlang in Richtung Stadtzentrum.

»Ich finde, du hast vorhin ein bisschen zu sehr aufs Gas getreten«, sagte Zorro mit mildem Tadel, während er sich eine Zigarette anzündete. »Diese Geschwindigkeitsmesstafeln am Dorfeingang, wozu sind die wohl da? Damit man beschleunigt?«

»Es macht mir erst richtig Spaß, wenn das Leuchtmännchen bei 90 so ein trauriges Gesicht macht«, erklärte der Schmal feixend. Er zeigte nach vorne. »So, noch etwa zweihundert Meter, dann sind wir da.«

Zorro blieb für einen Moment stehen und rauchte. Sie sahen sich um.

Die Straße war immer noch belebt. Die Nacht war warm, es waren Ferien. Jugendliche lärmten an der Friedhofsmauer, vor einem Imbiss wummerten in getunten Autos die Bässe.

»Bisschen viel los, oder?«, meinte Herbie.

»Soll ja auch so sein. Je mehr Trubel, desto weniger fallen wir auf.« Zorro ließ sich nicht aus der Ruhe bringen.

Ich finde, ihr seht verdächtig genug aus. Wie die drei Musketiere auf der Beerdigung.

»Herbie, du weißt, was du zu tun hast?«

Herbie zauderte. »Äh … ja, schon. Schmiere stehen?«

»Bau keinen Scheiß!«, zischte der Schmal. »Du guckst, dass keiner kommt, wie besprochen. Sobald sich was tut, klingelst du bei uns durch.«

»Klar.«

»Wirklich klar?«

»Jaja.«

»Wir hätten auch diesen Cäsar-Dingens mitnehmen können.«

»Cedric-Maurice?«

»Genau den. Aber du wolltest ja unbedingt!«

Das hielt Herbie jetzt doch für leicht übertrieben.

»Los, wir gehen weiter«, befahl Zorro und warf die Kippe weg.

Sie setzten sich wieder in Bewegung. Ein später Bus rauschte vorbei, ein Mofa, ein paar Autos.

Sie schienen jetzt ihr Ziel erreicht zu haben, denn Zorro und der Schmal blieben mit einem Mal stehen und fixierten ein Gebäude auf der andere Straßenseite. Vor der sandfarbenen, alten Villa mit den verspielten Erkern stand ein indirekt beleuchtetes Schild: *Style in Fur – Pelze Outlet Triebel – Familienbetrieb seit 110 Jahren.*

Eine zusätzliche Schriftzeile in roten Neonbuchstaben war diagonal daruntergeklebt: *Ausverkauf wegen Geschäftsaufgabe.*

Das war es! Herbie hielt die Luft an. Das war das, worauf er sich im Suff eingelassen hatte! Ein alteingesessenes Pelzgeschäft mit exquisiter Auswahl, das Kundschaft aus dem ganzen Rheinland anlockte. Bei dem Gedanken an Pelze hatte er direkt wieder den Geruch eines Tosca-getränkten Persianerkragens irgendeiner Großtante in der Nase. Wieder so ein Ding aus einer anderen Welt.

Vor allem aber war dieses Pelzgeschäft genau das, wovon Hacky Hackenbroich gesprochen hatte!

Zorro stieß ihn grob an. »He, träum nicht! Hör gefälligst zu, was der Schmal zu sagen hat!«

Der Dicke fuhr mit dem Zeigefinger durch die Luft. »Da vorne teilen wir uns, wie besprochen. Zorro, du kommst von hinten durch die kleine Neubausiedlung, Herbie, du postierst dich in der Einmündung da vorne, und ich gehe durch den Hinterhof.« Er holte ein zusammengefaltetes Papier aus der Hosentasche. »So, hier, der Plan der Räume … die Tasche …« Er nahm ihm die Sporttasche ab. Im Inneren klapperten und klimperten Geräte unterschiedlichster Art gegeneinander. Vor der Abfahrt hatten die beiden alles noch einmal gecheckt. Zorro hatte beim Einräumen des Werkzeugs von Spezialschlössern gesprochen, und seine Augen hatten dabei vorfreudig gefunkelt.

»Und jetzt geht's los.« Der Schmal strahlte seinen Kumpel Zorro an.

»Warum haben wir das Auto denn nicht hier irgendwo abgestellt?«, fragte Herbie vorsichtig. »Wir können doch unmöglich alles da rüberschleppen.«

Die beiden sahen ihn an, als wäre ihm gerade eine Feder aus dem Hirn gesprungen.

»Schleppen?«, fragte der Schmal. »Was denn schleppen?«

Zorro erklärte es noch einmal in mühsam beherrschtem Tonfall: »Es geht um das Geld aus dem Ausverkauf. Die Pelze sind uns egal.«

Herbie war erleichtert. Sie würden Geld da rausholen, und er brauchte nur aufzupassen, dass ihnen keiner in die Quere kam. Keine Fingerabdrücke am Tatort, keine Hautschuppen, keine DNA, er war außen vor. Immerhin etwas.

»Also, dann mal los«, drängelte der Schmal.

»Moment noch«, sagte Herbie. »Ich stelle mich da aber nicht mit der Sturmhaube hin, oder?«

»Oh Mann, Quatsch, natürlich nicht!«, zischte der Schmal wütend. »Wir haben dir doch vorgestern alles genau erklärt, verdammt. Bist du blöd? Wenn du reinkommst, ziehst du sie über.«

»Reinkommst?«

Zorro konnte sich nur mühsam beherrschen. »Was soll das, du Idiot? Ist das zu viel für deinen hohlen Kopf? Du kommst rein, sobald wir dich anrufen!«

»Wenn die Alarmanlage tot ist, machen wir das mit dem Safe zu dritt.« Der Schmal sah aus, als würde er ihm am liebsten an die Gurgel gehen. »Mann, das hatten wir doch alles minutiös durchgesprochen!«

Herbie schluckte laut hörbar.

»Schön ruhig«, beschwor ihn Zorro. »Du bleibst zunächst mal schön ruhig und unauffällig auf deinem Posten da vorne beim Stromkasten und behältst alles im Auge.«

Julius kräuselte die Lippen. *Eine unerwartete Wendung – ich meine so haftstrafenmäßig …*

23. Kapitel

Der Pullover kratzte immer noch. Eigentlich sogar noch mehr als vorher, denn Herbie hatte zu allem Überfluss auch noch zu schwitzen begonnen. Mehr vor Angst als vor Hitze.

»Die reißen mich endgültig mit rein, Julius«, wimmerte er.

Oder sie machen dich reich. Pelze sind teuer. Wenn ihr euch nicht allzu blöd anstellt, kommt morgen früh der Geldtransporter, und es ist nichts da mehr außer ein paar Briefmarken und Büroklammern. Und Pelzen natürlich.

»Aber die zwingen mich, einen Einbruch zu begehen, Julius! Einen Einbruch!« Herbie ballte die Fäuste.

Ruhig Blut, es ist ja noch nichts passiert.

»Aber es wird gleich was passieren! Sobald sie mich reinrufen, hänge ich mit drin!«

Dann mach doch einfach die Mailbox an.

»Dann machen sie mich erst recht fertig! Egal, was ich tue, ich bin geliefert!« Er trat nervös von einem Fuß auf den anderen. Ein Blick auf die Uhr sagte ihm, dass es genau acht Minuten her war, dass sie sich getrennt hatten. Laut Plan konnte es nicht mehr lange dauern, bis die Alarmanlage ausgeschaltet war.

Und wenn du die Polizei anrufst?

»Die Polizei? Ich bin doch nicht bescheuert! Dann haben die doch meine Nummer!«

Julius stöhnte. *Rufnummernunterdrückung?*

»Was? Meinst du wirklich?« Herbie holte hastig sein Telefon hervor. Als es im selben Moment begann zu vibrieren, hätte er fast laut geschrien. »Da! Jetzt ist es so weit!«

Aber die Nummer, die angezeigt wurde, war die seiner Tante. Ausgerechnet jetzt! Herbie stieß gepeinigt einen stummen Schrei aus. Er drückte den roten Knopf. Anruf abgelehnt!

»Die Rufnummernunterdrückung … die Rufnummernunterdrückung …«, presste er zwischen den Zähnen hervor, während er fieberhaft danach suchte. »Verflucht, wo ist denn nur diese verdammte …«

Gleich würde es wieder vibrieren! Entweder seine Tante Hettie versuchte es erneut, so wie sie es immer mindestens ein Dutzend Mal hintereinander versuchte, oder er bekam den finalen Stellungsbefehl.

Er war verloren.

Und dann glomm plötzlich ein kleiner Funke auf. Ein Funke der Hoffnung. Er beleuchtete flackernd die groben Umrisse einer Idee.

Julius betrachtete ihn irritiert. *Du guckst so komisch.*

»Hm, ja, doch, das könnte funktionieren.«

Ach, du glaubst, du hättest mal wieder eine Idee!

»Kann schon sein«, murmelte Herbie und wagte sich zaghaft aus dem Schatten des Stromkastens hervor, hinter dem er sich bis jetzt halbwegs verborgen hatte. »Kann durchaus sein.«

Du weißt, wie so was meistens endet.

Unsicher machte Herbie ein paar entschlossene Schritte auf die Straßenecke zu und blickte suchend einmal die Römerallee rauf und runter.

Ein Taxi rollte, vom Gewerbegebiet kommend, vorbei, ein Mofa aus Richtung der Innenstadt, zwei Kleinwagen, ein SUV. Der Firmenwagen einer Werbetechnikfirma, ein Abschleppwagen, noch ein SUV.

Den SUV würde er nehmen!

Herbie spannte die Muskeln an und machte ganz unvermittelt einen großen Satz nach vorne. Er sprang dem Hyundai direkt vor den Kühler. Der Fahrer reagierte blitzschnell und zog links an ihm vorbei.

Kein Bremsenquietschen, kein Hupen …

Herbie strauchelte, vom eigenen Schwung getragen, auf die andere Straßenseite hinüber.

Da kam ein Pick-up mit Camouflage-Lackierung aus der Gegenrichtung. Dann eben der! Herbie sprang todesmutig darauf zu. Das Auto blieb abrupt stehen, auf der Ladefläche schepperte etwas, und eine bleiche Hand im Inneren des Fahrzeugs bedeutete ihm mit sanftem Schwung, er dürfe die Straße überqueren.

Kein Geschrei, keine Androhung von Prügeln …

Herbie war mehr als enttäuscht.

Und Julius ahnte mittlerweile, wie sein Plan aussah.

Jetzt war Herbie wieder zurück auf seinem alten Posten.

Angerufen hatte ihn immer noch keiner.

»He!«, brüllte er plötzlich laut quer über die Straße. »Ihr Arschgeigen da hinten! Ja, ihr!«

Die Jugendlichen an der Friedhofsmauer reagierten zuerst überhaupt nicht. Sie drehten sich nicht mal um.

Arschgeige ist aber auch ein antikes Schimpfwort. Das kennen die doch gar nicht.

»He, ihr Honks!«, brüllte Herbie aus voller Brust. »Ihr Vollidioten! Kommt doch her, und ich polier euch die Fresse!«

Aber sie dachten gar nicht daran, zu ihm herüberzukommen. Ein paar ausgestreckte Mittelfinger waren das Einzige, was er erntete.

Sogar zu faul, sich zu prügeln. Julius schüttelte den Kopf. *Diese Jugend. Alles verweichlichte Bettnässer.*

»Verweichlichte Bettnässer!«, krakeelte Herbie. »Hört ihr? Ihr seid verweichlichte Bettnässer!«

Dass sie nicht gelangweilt gähnten, war alles.

Herbie holte sein Handy hervor.

Nichts. Noch immer nichts.

Es konnte nicht mehr lange dauern.

Aus der Seitenstraße kam eine dicke, alte Frau mit zwei prall gefüllten Einkaufstüten auf ihn zugewackelt. Herbie zog sich ein wenig aus dem Lichtfleck der Gehweglaterne zurück und streifte sich die Sturmhaube über. Und im nächsten Moment sprang er schreiend auf die Frau zu.

»Was haben Sie gesagt?«, schrie die Frau zurück. »Ich höre schwer, müssen Sie wissen.«

Er brüllte aus Leibeskräften und näherte sich ihrem Ohr so gut es ging.

»Kann ich Ihnen nicht sagen. Ich bin auch nicht von hier.« Sie setzte schnaufend ihren Weg fort.

Drei junge Mädchen in knappen Sommerklamotten kamen näher gestöckelt. Herbie stürmte ihnen entgegen, ruderte wie ein Verrückter mit den Armen und schrie.

Sie kicherten und fotografierten ihn vor Vergnügen quiekend mit ihren Handys.

Herbie packte den Zaun und rüttelte daran. Er trat gegen einen Laternenmast, dass das Licht in der Höhe flackerte. Er riss Blumen aus Pflanztöpfen und versuchte, ein Straßenschild aus seiner Verankerung zu ziehen.

Julius rang verzweifelt die Hände. *Da vorne, ein Jogger mit Hund! Das muss klappen!*

Herbie rannte auf das Gespann zu, blieb stehen, und Herr und Hund liefen im nächsten Moment zu beiden Seiten an ihm vorbei. Dann spannte sich die Leine um seine Knöchel, der Läufer geriet aus dem Tritt, trudelte, stürzte, und der Hund wurde von den Beinen gerissen und jaulte laut auf.

»Du Arschloch!«, brüllte der Jogger, und Herbie hätte ihn dafür küssen können. Stattdessen rief er: »Selber Arschloch!«

Während der Mann sich fluchend aufrappelte, entdeckte sein Hund, dass sein Halsband gerissen war, und er feierte seine unerwartete Freiheit, indem er der alten Frau hinterherhechelte und nach ihren Einkaufstüten schnappte. Eine davon platzte auf, und was immer auch darin war, kullerte munter heraus und rollte auf die Fahrbahn. Ein Radfahrer wich aus und schoss auf ein entgegenkommendes Fahrzeug zu. Das bremste abrupt ab, und ein weiteres fuhr ihm hinten drauf. Es schepperte und klirrte.

Der Jogger wollte Herbie an die Kehle springen, stolperte aber über die Hundeleine und berührte eins der Mädchen zwar unbeabsichtigt, aber vor allem unsittlich. Das Filmen und Fotografieren fand ein jähes Ende, dafür wurde jetzt panisch gekreischt. Was nun auch die Jugendlichen von der anderen Straßenseite auf den Plan rief. Sie kamen endlich herübergerannt, und Herbie glaubte tatsächlich ein, zwei Baseballschläger erkennen zu können.

Der Verkehr staute sich überraschend schnell in beide Richtungen. Es wurde gehupt und geschrien.

Herbie tastete sich langsam rückwärts in den Schatten eines Lorbeerbuschs.

Julius nickte ihm anerkennend zu. *Bei den Marx Brothers kämen jetzt noch zwei Männer mit einer Glasscheibe, ein Känguru, vier Nonnen und ein Mann im Eisbärkostüm.*

Vom Stadtzentrum her näherte sich jetzt ein flackerndes blaues Leuchten.

Genau in diesem Moment vibrierte Herbies Telefon. Diesmal war es nicht Tante Hettie.

»Wir sind drin. Alarm ist aus. Alles okay da unten?«, fragte der Schmal.

»Bei mir schon«, flüsterte Herbie. »Aber hier um die Ecke ist irgendwas los.«

»Was los? Was sind denn das für Geräusche?«

»Keine Ahnung. Irgendwelche Leute. Bisschen viel Trubel plötzlich. Ach, und … da kommt gerade die Polizei!«

»Die Bullen?« Die Stimme am anderen Ende wurde schrill. »Abbruch, Zorro, Abbruch! Raus hier, die Bullen kommen!«

24. Kapitel

Einen einzigen Pelzmantel hatten sie erbeutet. Modell Natasha, Sonderpreis 4200 Euro.

Bis zum Tresor waren sie gar nicht erst vorgedrungen.

Zorro hockte vornübergebeugt in der Finsternis auf der Bank und murmelte ununterbrochen leise vor sich hin. Er biss die Zähne aufeinander und blies den Zigarettenqualm aus den Nasenlöchern. »Profilzylinder mit Freilaufschließnase … das war ein Kinderspiel. Ich kann das noch, Schmal.«

»Oh ja, du kannst das noch, Zorro!«

»Und den Visierbeschlag mit den Magnetschlüsseln hätte ich auch hingekriegt.«

»Aber klar.«

»Wir hätten den Tresor nicht mal ausbauen müssen. Hätten wir zu zweit spielend geschafft.«

Julius blies verächtlich die Luft aus den Backen. *Das hättet ihr euch vorher überlegen müssen, dann hättet ihr jetzt vielleicht eure Kohle.*

Herbie war erschöpft. Erschöpft, aber glücklich.

Sie waren wider Erwarten ungesehen entkommen. Der Schmal mit dem Pelzmantel überm Arm, Zorro mit der Sporttasche und er selbst mit ständig rutschender Hose, alle drei waren auf unterschiedlichen Wegen zum Wagen zurückgelangt. Der Tumult auf der Straße hatte ihnen dabei in die Karten gespielt.

Auch die Rückfahrt zur Tankstelle hatte Herbie natürlich wieder im hinteren Teil des Verkaufswagens verbracht.

Gerade war er dabei, die Kartoffeln aufzusammeln, die bei dem Ritt durch die Eifelnacht ihrem Netz entkommen und um ihn herumgekullert waren.

Er hörte die Stimmen der beiden Männer neben dem Wagen ganz deutlich.

»Modell Natasha, 100 % Langhaar-Nerzpelz mit Sablepelz-Spitze in Braun«, las der Schmal von einem Etikett ab. »Weißt du, was Sablepelz ist?«

»Säbelzahntiger«, sagte Zorro mit ernsthaftem Ton.

»Aber in Braun.«

»Kannst du deiner nächsten Freundin schenken«, knurrte Zorro. »So eine verdammte Pleite.«

Freundin – Herbie sah Fees Gesicht vor sich. Was für ein flüchtiges Glück. Ging nur ihm das immer so? Morgen früh war sie weg, und er verschwendete keinen Gedanken an die Hoffnung, dass er sie jemals wiedersehen würde.

Er guckte auf die Uhr. Fast elf. Die Rückfahrt war fast noch kürzer gewesen als die Hinfahrt.

Fee saß in Köln vielleicht gerade beim Dessert. Oder man trank bereits den Absacker, oder es wurde bezahlt. Vermutlich hatte ihr Vater den Archäologen längst so weit, dass er demnächst mit Spaten, Spitzhacken und Spezialwerkzeug hier anrücken würde.

Dann wäre er, Herbie, längst weg. An dieser Tankstelle würde er keinen einzigen Tag länger bleiben als nötig. Das, was er an diesem Tag erlebt hatte, reichte ihm.

Ihm war egal, wer Dumbo umgebracht hatte, ihn interessierte nicht mehr, wer der Knochenmann war. Er wollte nach Hause. In sein Bett. In sein richtiges Leben zurück.

Er blickte sich noch einmal in dem Verkaufswagen um. Alles war wieder an Ort und Stelle.

Sei froh, dass es kein Fischwagen war.

Julius hatte mitunter ein gutes Gespür für die richtige Perspektive.

Herbie kletterte aus dem Wagen.

»Wieder alles in Ordnung?« Der Schmal wandte ihm den Kopf zu.

»So gut es geht«, sagte Herbie.

»Hast deine Sache ganz gut gemacht«, murmelte Zorro. »Ohne dich hätten uns vielleicht die Bullen gekascht.«

Julius unterdrückte ein Kichern.

»Gern geschehen.« Herbie trottete zur Tankstelle. Im kalten Licht der Neonröhren warfen die Zapfsäulen lange Schatten. Herbie fühlte sich an eine Fritz-Lang-Kulisse erinnert.

Erst jetzt fiel ihm die herbe Schönheit auf, die sich hinter all dem verbarg. Der spröde Charme des Vergänglichen. Der Gegenentwurf zur ewigen Jugend. Dieses alte Fossil würde nicht mehr lange existieren. So wie der Rost-Horst unaufhaltsam auseinanderfiel, würde irgendwann auch sein natürliches Habitat dem Erdboden gleichgemacht werden.

Er bereute es nicht, all das kennengelernt zu haben, aber es wurde trotzdem Zeit zu verschwinden. Er hatte sein Versprechen eingelöst. Zorro gegenüber war er zu nichts mehr verpflichtet.

Der Vertrag, den er mit Ketchen Kaltwasser geschlossen hatte, war im Grunde genommen gar kein richtiger. Also hielt ihn hier nichts mehr.

In dem schmuddeligen Toilettenraum rutschte ihm die Hose fast von selbst zu den Knöcheln hinunter. Er stieg heraus und griff nach seiner Jeans, die er vorhin mit seinen anderen Kleidungsstücken über den Handtuchhalter gehängt hatte.

In diesem Moment glitt etwas aus der Hosentasche. Es fiel mit einem hell klingenden Geräusch auf den Fliesenboden und tanzte ein paar Sekunden auf der Stelle, bevor es schließlich flach liegen blieb.

Herbie bückte sich und hob das kleine Ding auf.

Nachdenklich betrachtete er die römische Münze von beiden Seiten.

Julius sah ihm dabei mit gerunzelter Stirn zu. *Was hast du damit vor?*

»Es macht mich völlig kirre, dass ich einfach immer noch keinen Schimmer habe, was sich hier eigentlich abspielt. Irgendwie habe ich das Gefühl, dass der Kaltwasserhof das Zentrum des Geschehens ist – und nicht die Tankstelle. Ich meine, guck dir diese traurige Bande doch an: Rost-Horst, Zorro, der Schmal … die sind doch so … die haben doch kein … Geheimnis.« Er sprach das Wort geradezu feierlich aus, so als handelte es sich um einen kostbaren Schatz. »Die verbergen doch nichts, die geben doch sogar noch damit an, wenn sie was ausgefressen haben! Nein, Julius, es ist der Hof. Dumbo hat dort den Strom verlegt. Ganz sicher hat er irgendwas mitgekriegt. Es geht um Geld, Grundstücke, Aktien! Da ist diese mehr oder weniger zerstrittene Familie, der missratene Sohn, der alle aus der Ferne ausspioniert, da ist der Trecker, mit dem man mich töten wollte! Jemand hat mich mit Fees Handy in diese verdammte Falle gelockt. Und da ist auch dieser Safe, von dem keiner weiß, was Ketchen darin versteckt hält! Glaub mir, Julius, wenn es irgendwo ein Geheimnis aufzudecken gibt, dann auf dem Hof!«

Tja, was soll ich sagen? Wenn ich dir jetzt rate, mit einem Glas heiße Milch ins Bett zu gehen, tust du es ja doch nicht.

Herbies Augen weiteten sich mit einem Mal. Er öffnete den Mund, um etwas zu sagen, schien aber noch nicht die rechten Worte finden zu können.

Immer wenn du so guckst, kommt was Fürchterliches.

»Ich habe eine Idee.«

Sag ich doch: fürchterlich.

»Eine Idee, wie ich der Sache vielleicht doch noch auf den Grund gehen kann!« Er klang auf einmal so entschlossen, dass Julius statt einer Erwiderung nur ergeben seufzte. »Mit etwas Glück kann ich dabei sogar diese beiden Kanaillen da draußen einspannen.«

So wie sie dich bis jetzt eingespannt haben?

»Sogar ganz genau so!« Herbies Lächeln war unsicher. Seine Mundwinkel zuckten. Es war deutlich, dass ihn bei dem, was er vorhatte, eher der Mut der Verzweiflung antrieb als das Vertrauen in seinen Plan.

Er zog die schwarze Hose wieder an. Dieses Mal dachte er auch daran, seinen eigenen Gürtel durch die Schlaufen zu ziehen. Er hängte die Jeans wieder auf und öffnete die Tür.

Während er auf die anderen beiden zuging, kam ihm zwar der Gedanke, dass er wahrscheinlich gerade im Begriff war, eine weitere kolossale Dummheit zu begehen, aber er folgte jetzt einzig seinem Instinkt. Seinem Instinkt, der ihm sagte, dass vielleicht doch noch eine winzige Chance bestand, diesen Tag zu retten. Zumindest eines der vielen Rätsel der letzten Tage würde er lösen können, wenn das, was er vorhatte, funktionierte.

Du denkst möglicherweise, du hättest nichts mehr zu verlieren, aber du irrst dich. Julius klang ein wenig besorgt, aber Herbie hörte nicht auf ihn.

Das Mondlicht schien durch das Gestänge des alten Klettergerüsts. Noch so ein Stummfilm-Schauerbild.

Herbie räusperte sich vernehmlich und streckte dem Schmal und Zorro seine flache Hand entgegen. Jetzt kam es auf die richtige Stimmlage an. Das musste fest und unerbittlich klingen, so wie es klang, wenn man Herr der Situation war. Ein Metier, das ihm eigentlich fremd war. »Okay, Leute. Wenn ihr wollt, könnt ihr bei meinem Ding mit dabei sein.«

Einen Moment lang herrschte Stille.

Zorro beugte sich vor und betrachtete den Gegenstand auf Herbies Handteller. »Und was soll das sein?« Mit spitzen Fingern griff er danach und führte es ganz nah vor sein Gesicht.

»Eine römische Münze. Kaiser Constantin der Zweite.«

»Ist die was wert?« Der Schmal grabschte danach. »Sieht ziemlich zerdellert aus.«

»Hat immerhin tausendsiebenhundert Jahre auf dem Buckel.«

»Was bringt die so?« Zorro sah mit schmalen Augen zu ihm auf.

»Etwa sieben- bis achthundert.« Herbie setzte sich neben sie auf die Bank. »Und ich weiß, wo davon noch mehr zu holen ist.«

Julius grunzte amüsiert. *Oh Mann, du hörst dich an wie ein drittklassiger Robert-de-Niro-Imitator.*

»Wie viel mehr?«, fragte Zorro lauernd.

»Sehr viel mehr.« Herbie schwieg einen Moment und weidete sich an ihren gespannten Mienen. »Etwa hundertfünfzig bis zweihundert Stück.«

Der Schmal sprang auf. »He, Momentchen mal, was soll das heißen? Wieso hast du so ein Ding bei dir? Was soll das?«

Herbie senkte die Stimme und versuchte, möglichst kaltblütig zu klingen. »Denkt ihr etwa, ich bin wegen dieser verkackten Tanke hier?« Er lachte ätzend.

»Bist du nicht?« Zorro sah ihn skeptisch an.

Herbie schüttelte den Kopf. »Ich bitte euch. Wegen der paar Kröten mache ich doch normalerweise keinen Finger krumm.«

Er vermied es, zu Julius hinüberzusehen, der bestimmt gerade wissend mit dem Kopf nickte.

Stattdessen wies er bedeutungsvoll mit dem Zeigefinger in die schwarze Nacht, in die grobe Richtung des Kaltwasserhofs.

»Ich bin hier, weil da hinten in einem Tresor zwei Putzeimer voll von diesen Dingern eingesperrt sind. Kein Mensch weiß davon, aber ich habe sie mit eigenen Augen gesehen. Der Hepp hat hier vor drei Jahren einen römischen Schatz gefunden.«

»Vor drei Jahren?« Diese Zeitspanne hatte offenbar in den letzten Tagen oft genug Erwähnung gefunden, dass Zorro sofort darauf reagierte.

Herbie nickte mit einem hintergründigen Grinsen. »Eigentlich hat ja dieser Archäologe das Zeug gefunden. Aber der konnte dann leider nichts mehr damit anfangen.«

»Warum?« Der Schmal hatte einen besonders verständnislosen Blick aufgesetzt.

Zorro hingegen begriff sofort. »Das Skelett?«

Herbie schloss die Augen und nickte langsam.

»Scheiße«, hauchte Zorro.

Der Schmal begriff immer noch nichts.

Auch Julius stand daneben und hörte mit staunendem Gesichtsausdruck der Lügengeschichte zu, die Herbie sich gerade aus den Fingern saugte.

»Hepp Kaltwasser hat diesem Dr. Schircher vor drei Jahren im Streit um die Münzen ordentlich einen verpasst, sodass dieser den Löffel abgegeben hat. Und dann hat er ihn verscharrt und überall rumerzählt, er wäre abgehauen. Und jetzt hatte er einen sensationellen Römerschatz, mit dem er aber leider nicht an die Öffentlichkeit konnte, weil sonst in Nullkommanix das ganze Gelände umgegraben worden wäre.«

»Und dann hätte man den toten Archäologisten gefunden, den Historier.« Zorro nickte heftig. »Verstehe!«

Herbie fuhr fort: »Aber jetzt ist das Skelett doch irgendwie aufgetaucht, und bevor die Polizei demnächst hier alles unter die Lupe nimmt, wird Hepp das Zeug wegschaffen wollen.«

»Das Zeug, von dem keiner etwas weiß.«

»Ganz genau.«

Trotz der Dunkelheit konnte Herbie das Leuchten in Zorros Augen sehen. »Ist ja allerhand«, hauchte der andächtig. Aber dann tauchte plötzlich eine steile Falte zwischen seinen Augenbrauen auf. »Sag mal, wieso weißt du denn eigentlich von dieser ganzen …«

Julius hielt den Atem an. Wie immer, wenn Herbie wieder mal auf ein Fangeisen zustolperte.

»Weil ich …«

Auch der Schmal kapierte jetzt endlich, worum es ging, und rettete die Situation mit seiner plötzlich aufwallenden Begeisterung.

»Super!«, rief er. »Das ist ja echt super! Zweihundert mal achthundert, das sind ja ungefähr … ungefähr … Geiles Ding, Herbie! Absolut geiles Ding!«

Herbie spürte, dass er auch noch Zorros allerletzte Bedenken zerstreuen musste, bevor sein Plan zum Erfolg führte. »Ich fand das ziemlich groß, dass ihr mich vorhin habt mitmachen lassen, obwohl ihr mich ja kaum kennt.«

»Ach komm!« Der Schmal winkte verlegen ab. »Du bist doch der, der damals mit dem Räumfahrzeug …«

Zorro stand auf und legte Herbie die Hand auf die Schulter. »Wie gesagt, du hast das gut gemacht, vorhin.«

Jetzt erhob sich auch Herbie. »Und das Ding ziehen wir auch zu dritt durch.« Der Schmal wollte etwas sagen, aber Herbie schnitt ihm das Wort ab. »Nach meinem Plan, unter meiner Leitung, und diesmal steht der Schmal Schmiere.«

»Aber was machen wir dann mit den Münzen? Ich meine, wer kauft denn so was?«, fragte Zorro.

Herbie winkte großspurig ab. »Keine Sorge, hab ich alles im Blick. Hepp ist heute Abend mit seiner Tochter in Köln. Ein Vorgespräch, um einen fetten Deal mit einem Sammler auszuhandeln. Einem Sammler, der nicht wissen will, wo die Sachen herkommen. Da haben wir doch gleich eine feine Adresse.«

»Ja, stimmt!«, rief der Schmal. »Vorhin sind sie mit Hepps Auto hier vorbeigekommen. Hepp hatte sogar einen Anzug an. Ich hab's gesehen.«

Herbie nickte ihm bestätigend zu.

»Und wann soll das Ding steigen?«, fragte Zorro.

Herbie sah auf die Uhr. »Jetzt.« Als er aufblickte, sah er in verblüffte Gesichter. »Ja klar, warum denn nicht? Wir dürfen nicht trödeln, sonst hat der Hepp die Münzen schon verscherbelt. Und die Gelegenheit ist heute günstig. Die beiden sind in Köln und werden nicht vor Mitternacht zurück sein. Die Alte schaltet pünktlich um halb elf das Licht aus und schläft nach eigener Aussage wie ein Stein, und Ute, Schnute und Kasimir von gegenüber kriegen sowieso nix mit, weil wir leise sein werden wie die Mäuse.«

Du meine Güte. Dass die wirklich auf dich reinfallen …

»Ohne Auto?«, fragte der Schmal.

Zorro nickte. »Der Hof ist ja nur einen Katzenwurf entfernt.«

Sie musterten einander.

Alle drei trugen sie noch ihre schwarzen Klamotten. Und alle drei hatten sie plötzlich die Hoffnung, dass ihnen an diesem Abend zu guter Letzt doch noch ein Erfolg gegönnt war.

»Also dann mal los«, sagte Herbie. Dann fiel ihm noch etwas ein. Er streckte fordernd die Hand aus, und der Schmal holte die Münze hervor und legte sie hinein.

Dann gingen sie los. Als sie auf dem Weg zum Kaltwasserhof durch die Nacht marschierten, waren es nur ihre Hände und Gesichter, die im Mondlicht leuchteten.

Der Schmal trug die Tasche, und Zorro ließ sich unterdessen von Herbie das Tresorschloss beschreiben.

»Hoffentlich nicht so ein Dioden-Elektro-Dreck. Damit kenn ich mich nämlich nicht aus. Das sind für mich Spanische Wände.«

Herbie konnte sich zwar nur noch ungenau erinnern, aber er bemühte sich, das, was er noch wusste, möglichst exakt wiederzugeben. Schließlich wollte er, dass Zorro das Ding auch wirklich aufbekam.

»Okay, klingt, als wäre es nicht schwer«, konstatierte Zorro. »Das mache ich mit einer Handumdrehung.«

Julius schritt langsam neben ihnen her. Er hatte die Hände in die Hosentasche gesteckt. *Was hoffst du denn eigentlich in dem Tresor zu finden?*

Natürlich konnte Herbie nicht auf diese Frage reagieren. Also gab Julius sich die Antwort selbst: *Du willst Ketchen Kaltwassers Geheimnis lüften, okay, aber was bitte schön wirst du Zorro erzählen, wenn überhaupt keine Münzen im Tresor sind? Ach, halt! Dann hat Hepp Kaltwasser einfach schon alles weggeschafft.*

Herbie warf ihm nur einen kurzen, bestätigenden Blick zu.

Du magst ja manchmal nicht die hellste Kerze auf der Buttercremetorte sein, aber ab und zu hast du tatsächlich deine lichten Momente.

Diesmal sah Julius ein Schmunzeln in Herbies Mundwinkeln.

Der Kaltwasserhof tauchte in der flachen Senke vor ihnen auf.

Zuerst sahen sie den Siloturm. Im Mondlicht sah er aus wie der Bergfried einer Trutzburg, das Efeu, das an ihm emporrankte, wie Pech, das man von oben auf die Angreifer hinabgeschüttet hatte. In Herbies Innerem kämpften die aufkeimende Furcht vor dem nächsten Gesetzesbruch mit dem fast heroischen Gefühl einer bevorstehenden Eroberung.

Hinter allen Fenstern des Hauptgebäudes war Schwärze. Auch hinter dem einen im Dachgeschoss, hinter dem vermutlich noch vor einer Stunde die Silhouette der alten Frau zu sehen gewesen war.

Auf dem Hof stand Fees weißer Hyundai. Neben dem Eingang der alten Scheune waren Jogis Mofa und Jennys blassgrüner Panda geparkt. In der Ferienwohnung war nur noch in einem der Zimmer im ersten Stock ein schwaches Licht zu erkennen. Dort schliefen offenbar noch nicht alle.

Unter dem Unterstand am Ende der Scheune glaubte Herbie die Rücklichter des Treckers erkennen zu können, und ein kalter Schauer lief ihm über den Rücken.

Sie drückten sich an der Hauswand entlang auf den Eingang zu. Der Mond stand günstig, und das Gebäude warf einen finsteren Schatten. Alles lief beinahe geräuschlos ab. Sie sprachen kein Wort. Sie zogen ihre Sturmhauben über.

Auf Zorros Wink hin öffnete der Schmal die Sporttasche. Zuerst verteilte er Handschuhe, und ohne langes Suchen fischte er danach ein kleines Ding aus Metall hervor, mit dem er sich im nächsten Moment an der Haustür zu schaffen machte.

Ein leises Klicken verriet schließlich, dass Zorro sein Handwerk immer noch beherrschte. Die Haustür schwang geräuschlos auf.

»Nach Ihnen, mein Herr«, flüsterte Zorro mit einem frostigen Lächeln.

25. Kapitel

Zorro war jetzt in seinem Element. Herbie deutete mit dem Finger der behandschuhten Rechten das Treppenhaus hinauf. Zorro streckte ihm den erhobenen Daumen entgegen.

Als Herbie mit dem Ärmel den Türrahmen streifte, gab es ein flüsterndes Geräusch. Er stieß mit der Fußspitze gegen eine Treppenstufe, und es klackte leise. Jedes Mal hatte er das Gefühl, es müsse sich wie ein Donnerschlag anhören. Zorro hingegen setzte sachte einen Fuß vor den anderen, wand sich trotz der Tasche, die er sich über die linke Schulter gehängt hatte, geschmeidig um die Kante des schmiedeeisernen Treppengeländers, und nicht das kleinste bisschen war dabei zu hören. Es sah vermutlich aus wie in einem Film, bei dem man den Ton abgedreht hat.

Selbst Julius war voller Hochachtung: *Potzblitz, der Kerl scheint nicht mal zu atmen.*

Stufe für Stufe stiegen sie hinauf, ohne unnötige Eile, achtsam lauschend, ob nicht womöglich doch irgendwo noch jemand wach war.

Herbie schoss plötzlich der absurde Gedanke durch den Kopf, dass es vielleicht einen Hund gab, den man ihm vorenthalten hatte, oder ein dementer Urgroßonkel, den die Familie tagsüber versteckte und der des Nachts durch die Gegend tappte.

Am oberen Ende der Treppe gelangten sie in den Flur, von dem aus mehrere Türen abgingen. Herbie hatte keine Ahnung, ob nicht möglicherweise eine der Türen zu Ketchen Kaltwassers Zimmer führte. Oder zu dem von Fee?

Nein, alte Leute pflegten bevorzugt im Erdgeschoss zu schlafen, vor allen Dingen bei einem Haus mit einer so großen Grundfläche. Ja, eher würde sich ein Jugendzimmer mit Dachschräge hier oben befinden. Oder zwei. Eins von der kleinen Fee und eins von dem kleinen Tom. Mit Abba-Postern, Kinderschreibtisch, Korkpinnwand und Lavalampe.

Julius legte sein Ohr an eine der Zimmertüren und lauschte. *Was hältst du davon: Planänderung. Du schickst Zorro einfach zurück in seinen Container, suchst das Zimmer der süßen Kleinen und machst es dir schon mal gemütlich, bis sie zurückkommt.*

Die erste Tür zur Rechten führte in Ketchens Büro, daran erinnerte sich Herbie genau. Er erklärte es Zorro nur mit einem Wink seiner Rechten.

Auch hier übernahm Zorro das Öffnen, obwohl sie nicht einmal verschlossen war. Lautlos drückte er den goldenen Griff hinunter. Bei Herbie hätte er gequietscht, das war so sicher wie das Amen in der Kirche.

Mit der flachen Hand schob Zorro die Tür auf.

Dahinter war es so dunkel wie im Rest des Hauses. Als einzige Lichtquelle erlaubten sie sich eine mit einem rötlichen Filter abgedunkelte, kleine Taschenlampe mit einem extrem schlanken Lichtkegel. Sie brauchten nicht zu suchen. Herbie wusste sofort, wohin er leuchten musste. Auf der linken Seite des Zimmers kletterte der blassrote Fleck vom Boden aus eine Kommode hinauf, tastete dann an der Wand darüber ein paar gerahmte Familienfotos ab und konzentrierte sich schließlich auf den Zeitungsartikel, den Herbie studiert hatte.

Die Spannung steigt. Selbst Julius hatte die Stimme gedämpft, dabei hörte ihn doch sowieso niemand außer Herbie. *Wir unterbrechen das Programm für eine kurze Werbepause.*

Zorro deutete fragend auf den Rahmen, und Herbie nickte. Er streifte die Sturmhaube übers Gesicht nach oben, sodass sie ihm wie ein schlampiger Turban auf dem Kopf saß. »Uns hört hier keiner«, flüsterte er. »Die Alte schläft tief und fest.«

Zorro tat es ihm gleich. »Okay, hast recht.«

Herbie nahm den gerahmten Zeitungsartikel von der Wand und legte ihn auf der Kommode ab. An der freien Stelle war jetzt die Vorderseite des Safes sichtbar.

Zorro gab einen leisen, durchaus zufrieden klingenden Laut von sich. »Fein, fein, wollen doch mal sehen …« Er setzte die Tasche auf dem Boden ab und suchte darin herum. Er holte mehrere Werkzeuge hervor. Manche sahen nach Zahnarztbesteck aus. Kleine, gebogene Drähte, Zangen und ein kleiner Akkubohrer. Sorgfältig legte er diese Dinge auf dem Boden nebeneinander.

»Das werde ich nicht alles brauchen. Leuchte doch mal aufs Schloss.«

Herbie tat wie ihm geheißen.

»Kleinigkeit«, wisperte Zorro mit einem amüsierten Unterton. »So ein Doppelbartschloss knacke ich dir normalerweise ohne Hände.«

So ein Angeber. Wahrscheinlich kommt er in die Landeszentralbank nur mithilfe seiner kleinen Zehen.

»Da bin ich ja beruhigt«, erwiderte Herbie.

»Hab sogar mal 'ne Wette gewonnen. Keine Hände, nur mit den Zähnen!«

»Echt?«

»Echt.« Zorro nahm eins der Werkzeuge und legte los. »Zähl langsam bis fünf.«

»Eins«, begann Herbie.

Zorro steckte etwas in das Schloss.

»Zwei.«

Es machte leise knirschende Geräusche.

»Drei.«

Herbie konnte undeutlich die Rücken der Aktenordner im Regal sehen. Einige waren mit Zahlen und Buchstabenkürzeln beschriftet.

»Vier.«

Andere trugen Namen wie *Herbert* oder *Fee* oder die Aufschrift *Ferienwohnung, Bank* und *Grundstücke.*

»Fünf.«

»Fertig.«

»Nee, ne?« Herbie starrte auf den Safe. Tatsächlich bewegte sich die Klappe bereits ein paar Millimeter nach vorne. Zorro grinste ihn an. »Sag ich doch. Eine Petritesse für mich. Da drin sind die Dinger?«

Herbie nickte auffordernd. Er schluckte schwer und starrte auf die Klappe. »Guck nach.«

Zorro öffnete langsam die kleine Tür, und Herbie sammelte sich, um so glaubhaft wie möglich zu klingen. Als der rötliche Schein den Inhalt des Safes erfasste, hauchte er mit theatralischer Fassungslosigkeit: »Oh, verdammt! Ich hätte es wissen müssen! Der Schuft hat die Münzen schon irgendwo anders in Sicherheit gebracht!«

Mann, Mann, Mann, einen Oscar kriegst du für dein Schmierentheater aber garantiert nicht!

»Scheiße!«, zischte Zorro. »Keine Münzen! Keine einzige! Und die waren ganz sicher hier drin?«

»Wenn ich es dir doch sage!« Herbie griff gierig ins Innere des Safes. Er musste unbedingt wissen, was sich hier verbarg!

Zorro schnaufte verärgert. »Vielleicht hat er sie ja schon mit nach Köln genommen.«

Herbie hatte einen Stapel Papiere hervorgeholt. Ein paar altmodische Pappordner, ein paar Formulare in Klarsichthüllen. Einen flachen, kleinen Pappkarton.

»Ja, hm, wird wohl so sein.« Ihm war ziemlich egal, ob Zorro mit dem Resultat ihrer Aktion zufrieden war oder nicht. Er hatte den Safe geöffnet und das reichte ihm. Er fingerte sich hektisch durch die Ordner, die er auf der Kommode abgelegt hatte.

Versicherungsverträge, Kontoauszüge, notarielle Schreiben, Spendenbescheinigungen ... Immer wieder tauchte der Ortsname Krefeld auf. Krefeld?

Bist du enttäuscht? Hattest du etwa gedacht, sie hätte hier den geheimen Börsen-Code hinterlegt, die ultimative Formel, mit der man jede Aktie durch die Decke gehen lassen kann?

Natürlich war er enttäuscht! Er wusste nicht, auf was er gehofft hatte, aber jedenfalls nicht auf das hier.

Ein Bankkonto bei einer Krefelder Sparkasse, ein Notarbüro in Krefeld … Hatte Fee nicht gesagt, dass Ketchen als junge Frau in einem Haushalt am Niederrhein gearbeitet habe?

»Die Schachtel!«, flüsterte Zorro. »Los, guck mal in der Schachtel nach! Vielleicht sind da doch noch ein paar drin. Los, mach schon!«

Herbie öffnete den kleinen Karton.

Darin waren Briefe. Nichts als Briefe. Einige in ungelenker Kinderschrift, andere mit der Schrift einer weiblichen Erwachsenen und einige irgendwo dazwischen. Alle begannen mit *Liebes Ketchen …* Briefe aus verschiedenen Jahren, Jahrzehnten, und alle unterschrieben mit: *Deine kleine Ilse.*

»Ilse?«, fragte er laut. »Wer ist Ilse?«

Hallo? Das ist privat! Julius' Empörung war aufgesetzt.

»Verdammt, nur Scheißbriefe!«, fluchte Zorro hinter ihm. »Zwei Riesenpleiten an einem Abend! Ich hätte in Spanien im Knast bleiben sollen! Alles geht hier den Bach runter, verflucht!«

Herbie hätte ihn zu gerne angefahren, er solle die Klappe halten. Verzweifelt versuchte er, sich auf die Zeilen zu konzentrieren, um Zusammenhänge zwischen den wenigen Fetzen herzustellen, die er in der Eile aufschnappen konnte.

Er sah undeutlich ein weibliches Gesicht vor sich. Heute eine Frau, früher ein kleines Mädchen.

… so gütig, sagt auch meine Mutter immer.

... würde ich doch für mein Leben gern deine Familie einmal kennenlernen ...

Und dann stieß Herbie auf einen Absatz, der sofort eine ganze Kette von Assoziationen auslöste: *... habe ich dir doch längst vergeben, denn ich weiß, du warst noch jung, und du hast nur einen winzig kleinen Moment nicht aufgepasst.*

Vergeben ... Er sah die weinende, alte Frau in der Kapelle. Sie selbst schien sich nicht vergeben zu können.

Der Name Ilse tauchte außerdem in allen Dokumenten auf. Arztrechnungen, Krankenhausformulare ...

Krankenhaus? Sein Blick wanderte zu dem Foto an der Wand, auf der die Frau im Krankenbett lag. Es war im Halbdunkel nur schemenhaft zu erkennen.

Ob das denn wohl diese ominöse Ilse ist? Julius beugte sich vor, um das Foto besser erkennen zu können.

Zu guter Letzt hielt er einen Briefumschlag in Händen, auf dem in winziger, zittriger Altfrauenschrift *An meine Familie* geschrieben stand. Die Schrift war eine andere. Es war ein Brief von Ketchen Kaltwasser.

Herbie brauchte keine fünf Sekunden, um zu überlegen, ob er ihn öffnen sollte.

> *Wenn ich nicht mehr bin, will ich, dass ihr das, was ich all die Jahre getan habe, respektiert. Euch hat es nie an etwas gemangelt, dazu habe auch ich nach Kräften meinen Teil beigetragen. Ich habe mir schon vor langer Zeit geschworen, einen Fehler wiedergutzumachen. Im Haushalt in Krefeld habe ich in meinen jungen Jahren das, was man heute »die Aufsichtspflicht« nennt, verletzt. Ich*

habe durch meine Unaufmerksamkeit einen Unfall nicht verhindert, und ein kleines Menschenleben wäre fast zu Ende gewesen. Dass es doch noch gerettet wurde, war nicht mein Verdienst. Aber ich habe damals gelobt, Zeit meines Lebens dafür Sorge zu tragen, dass das arme Kind die beste Versorgung bekommt und abgesichert ist. Ihr kennt sie nicht. Man kümmert sich schon ihr ganzes Leben lang gut um sie, dafür habe ich nach Kräften gesorgt. Das war ich ihr schuldig. Die Reue und das Wissen um das Geschehene konnte ich nie mit euch teilen. Das war nicht euer Fehler, das war die Scham, die so übergroß war. Aber jetzt sollt ihr es wissen. Für alles, was ab jetzt kommt, habe ich gesorgt. Für euch und für ein gerettetes Menschenleben.

Katharina Maria Kaltwasser

Herbie wendete das Papier in den Händen.

Das sollte es also gewesen sein? Das war Ketchen Kaltwassers wohlgehütetes Geheimnis? Die regelmäßigen Überweisungen, die sie vor ihrer Familie geheim hielt, gingen also gar nicht an den Neffen in Südamerika, wie alle vermuteten.

Herbie war ganz und gar nicht zufrieden. Und er beschloss, die alte Frau darauf anzusprechen. Und wenn es das Letzte war, was er hier auf dem Hof tat.

»Los, wir zischen ab!« Zorro wurde langsam ungeduldig und stieß ihn grob an.

»Jaja, ist ja schon gut.« Herbie verschloss die Pappschachtel und schob die Briefe zusammen, um sie zurück in den Safe zu legen, als er plötzlich hörte, wie Zorro hinter ihm einen seltsamen Laut ausstieß. Es war eine Art Röcheln, oder vielmehr so etwas wie ein Keuchen.

»Zorro?«

»Leuchte mal hierhin!«

Herbie drehte sich langsam um. Er sah zuerst das ratlose Gesicht von Julius. *Mich darfst du nicht fragen.*

Dann sah er Zorro, der ihm den Rücken zugewandt hatte und am ganzen Körper zu zittern schien.

»Hier! Leuchte hier hin, verdammt! Hier!«

Herbie trat an seine Seite und ließ den roten Schein in die Richtung wandern, in die Zorro mit einer fahrigen Handbewegung wies.

Dort stand Ketchen Kaltwassers Schreibtisch, direkt vor dem Fenster. Zwischen ihnen und dem Schreibtisch stand der Bürostuhl. Und auf diesem Bürostuhl saß jemand, der ihnen den Rücken zugekehrt hatte und sich nicht rührte. Herbie erkannte die silbergraue Frisur und den akkuraten Haarknoten auf dem Hinterkopf.

»Hallo?« Zorro streckte langsam die Hand nach der Frau aus. Er berührte sie nur leicht an der Schulter, und augenblicklich sackte der Körper wie in Zeitlupe einige wenige Zentimeter zur Seite. Durch die Bewegung geriet auch der Bürostuhl in Schwung, und mit einem quietschenden Geräusch drehte er sich langsam um, und sie blickten in das bewegungslose Gesicht von Ketchen Kaltwasser, die so aussah, als wäre sie nur eingeschlafen.

Ihre Augen waren geschlossen, und ihre Unterlippe sah seltsam bläulich verfärbt aus und hing ein wenig herab.

Herbie versuchte, nicht zu schreien. Er presste die Zähne zusammen und drückte sich beide behandschuhten Hände mit aller Kraft vor den Mund. Es war nur ein gepeinigtes Wimmern, das er sich erlaubte.

»Verdammt«, fluchte Zorro. »Die Alte ist tot.«

Wolltest du sie nicht noch was fragen? Julius verschränkte die Arme.

Es dauerte eine Weile, bis Herbie sich aus seiner Erstarrung löste und langsam zu der alten Frau ging. Er zwang sich, die Hand an ihren Hals zu legen. Irgendwo war die Stelle, an der man fühlen musste. Eigentlich war das, was er tat, überflüssig, aber er musste sich ganz sicher sein. Als er nichts fühlte außer kalter Haut, unter der sich nicht mehr das Mindeste regte, war er es.

Ihre Hand lag noch immer auf der Computer-Maus. Der Tod hatte sie offenbar mitten in der Arbeit erwischt. Die Tatsache, dass im Raum überhaupt kein Licht brannte, sprach dafür, dass es vor Einbruch der Dunkelheit passiert sein musste. Nirgends waren Tabletten zu sehen, kein Glas, aus dem sie hätte getrunken haben können. Da war keine Verletzung, keine Schramme, nichts, was darauf hindeutete, dass Ketchen Kaltwasser Gewalt angetan worden war. Offenbar hatte sie der sanfteste Tod ereilt, den man sich nur wünschen konnte. Ihr Herz hatte einfach aufgehört zu schlagen.

Herbie blickte aus dem Fenster. Das war ihr letzter Ausblick gewesen.

»Ich packe den Kram zusammen. Wir müssen weg!« Zorro ging in die Knie und klaubte seine Sachen vom Boden auf.

Ein schleifendes Geräusch ließ Herbie zusammenfahren. Plötzlich sackte der Körper der alten Frau vollends zur Seite. Geistesgegenwärtig packte Herbie zu und hinderte ihn daran, vom Stuhl zu kippen. Die Hand bewegte die Maus, und der Bildschirm erwachte aus seinem Ruhemodus. Ein hellblaues Leuchten drang durch den Raum.

Hm, das sind aber keine Börsennachrichten. Julius kniff die Augen, um besser erkennen zu können, was dort zu sehen war.

Nein, mit Aktien hatte das nichts zu tun. Herbie sah einen Chat. Viele Zeilen, mit zwei verschiedenen Farben markiert. Zwei Menschen, die sich über Tausende von Kilometern hinweg miteinander unterhielten.

Herbie versuchte leise fluchend, den toten Körper in eine halbwegs stabile Position zu bringen. Er setzte sie aufrecht und schob den Drehstuhl näher an den Schreibtisch heran.

Den Bildschirm ließ er dabei nicht aus den Augen. Es war dieselbe Art von Chat, wie er ihn auf Jogis Handy gesehen hatte. Und es war derselbe Gesprächspartner. Ketchen hatte sich in den letzten Minuten ihres Lebens mit ihrem Neffen in Südamerika unterhalten.

Seine Botschaft war eindeutig. *Ich trinke darauf, dass ich hoffentlich nie wieder zu euch in die Eifel zurückmuss!* Tom Kaltwasser hob auf dem Foto, das er zwischen den Zeilen eingefügt hatte, ein Glas mit einer goldfarbenen Flüssigkeit in die Höhe und grinste breit. Er saß in einem Lokal im Freien. Alles sah sehr bunt aus. Auf der Getränkekarte am rechten Bildrand las Herbie den Namen der Bar: *Canastillo de Flores.*

Ketchen hatte geschrieben: *Wie kannst du so was sagen?*

Und Toms hatte geantwortet: *Geht nicht gegen dich.*

Und dann: *Sorry, war ein bisschen pampig.* Eine Zeile weiter: *Warum antwortest du nicht?*

Und schließlich: *Sei doch nicht beleidigt. Du bist nicht gemeint.*

Zorro hatte die Tasche gepackt und den Safe wieder verschlossen. »Wir müssen hier raus!«, fauchte er unbeherrscht. »Nachher treten die uns noch wegen der toten Alten in den Arsch.«

»Okay«, sagte Herbie. »Wir hauen ab!«

Endlich mal eine kluge Entscheidung! Julius atmete auf.

Herbie hatte sich bereits zur Tür gewandt, fuhr aber im letzten Moment doch noch einmal herum. Es war ihm plötzlich, als würde ein greller Blitz durch sein Gehirn schießen. Alles wurde mit einem Mal hell, ganz hell. Wie erstarrt betrachtete Herbie die tote Frau, die an ihrem Computertisch saß, so wie sie es all die Jahre immer getan hatte. Wenn er jetzt das Licht einschalten würde, dann sähe es von draußen so aus wie immer.

Ganz langsam beugte er sich vor. Seine Hand legte sich auf die Tastatur. Es war ihm auf einmal gar nicht mehr so unheimlich wie vorhin. Er tippte *Ist das ein einheimisches Getränk?* und drückte die Enter-Taste.

Der Satz erschien augenblicklich auf dem Bildschirm.

Drei kleine Punkte tanzten plötzlich darunter auf und ab.

Tom Kaltwasser schrieb eine Antwort.

Ja, das Zeug heißt Singani. Tut gut.

Fassungslos starrte Herbie auf den Bildschirm. Er hatte soeben die Tote für einen Moment weiterleben lassen!

Er dachte an Fees Handy, mit dem ihn jemand in die Falle gelockt hatte. Und dann sah er mit einem Mal glasklar vor sich, um was es bei all dem ging!

»Scheiße!«, fluchte Zorro, dessen Handy vibrierte. Er setzte die Tasche ab, nahm das Gespräch an und schnauzte ein unbeherrschtes »Was denn?« hinein.

Er lauschte, beendete das Telefonat und warf Herbie einen panischen Blick zu. »Der Schmal sagt, wir müssen sofort raus!«

26. Kapitel

Sie achteten nicht mehr darauf, leise zu sein. Hier würden sie keine Menschenseele aufwecken können. Ihre Schritte polterten durchs Treppenhaus, Herbie nahm zwei Stufen auf einmal. Sie wussten nicht, was sie draußen erwarten würde. Wichtig war zuerst einmal, das Haus so schnell wie möglich zu verlassen.

Dann stolperte Zorro plötzlich. Er versuchte noch, sich an dem Treppengeländer festzuhalten, stürzte aber nach vorne und landete mit einem dumpfen Geräusch auf dem Treppenabsatz. Ein unterdrückter Schmerzensschrei kam aus dem schwarzen Bündel zu Herbies Füßen.

Im Film sagt so einer dann immer: Lauft weiter! Ohne mich könnt ihr es schaffen!

»Zorro, bist du okay?«, rief Herbie. Er rüttelte an Zorros linker Schulter.

Zorro bewegte sich, zwar langsam, aber er schaffte es, sich vom Boden hochzustemmen. Herbie hielt ihm die

Hand hin, und Zorro packte zu. Er kam schwer atmend wieder auf die Beine.

»Verdammt«, keuchte er. »Ich werde alt. Ich bin alt!« Sein Blick begegnete dem von Herbie. »Danke, Kumpel.« Dann setzte er humpelnd den Weg nach unten fort. Sie erreichten die Haustür, und Herbie öffnete sie einen Spaltbreit.

Er sah sofort Hepps SUV, der jetzt im Unterstand neben dem Traktor stand. Der Motor war ausgeschaltet, das Wageninnere war beleuchtet. Die rechte Tür öffnete sich gerade. Er hörte Fees Stimme.

»Können wir raus?«, flüsterte Zorro.

Herbie versuchte abzuschätzen, ob sie eine Chance hatten, ungesehen von der Haustür zum Ferienhaus zu kommen. Dort war es dunkel, es würde sie dann keiner mehr sehen können. Wenn ihnen das gelang, waren sie in Sicherheit.

»Wir müssen rennen. Kannst du rennen, Zorro?«

»Wird mir wohl nichts anderes übrigbleiben«, kam es dumpf von hinten. »Siehst du den Schmal irgendwo?«

»Nein, nirgends. Wir rennen! Auf drei?«

»Und die Haustür?«

»Ins Schloss ziehen. Leise.«

»Sonst noch was?«

»Auf drei?«

»Auf drei!«

»Eins ...« Herbie spannte die Muskeln an. Auch die Fahrertür hatte sich jetzt geöffnet. Hepp Kaltwasser lachte laut im Inneren des Autos. »Kaum zu glauben. Ist mir noch nie passiert!« Dann lachte er noch lauter. Es schien ein munterer Abend gewesen zu sein.

»Zwei …«

Fee stieg aus. Sie beugte sich mit dem Oberkörper noch einmal in den Wagen, um etwas herauszuholen.

»Drei!« Herbie riss die Haustür auf, die entgegen aller Befürchtungen nicht quietschte. Sofort war er draußen und im nächsten Moment schon die drei Stufen hinuntergesprungen. Er überquerte mit Riesenschritten den Platz. War Zorro hinter ihm? Er hörte nichts, das konnte alles bedeuten.

Jetzt lachte Fee. »Aber denk dran, gleich morgen früh. Hörst du, Papa? Denk dran!«

Hepp lachte wieder. »Oh, Mann, ganz bestimmt!«

Eine Autotür wurde zugeworfen. Dann die zweite.

Die gegenüberliegende Hausecke war nur noch etwa sieben, acht Schritte entfernt. Etwas berührte ihn am Rücken. Zorro war bei ihm.

Und ich natürlich auch. Auf die Stimme von Julius hätte er in diesem Moment gut verzichten können.

Das elektronische Piepen der Zentralverriegelung des SUV dagegen klang gut.

Noch drei Schritte. Sie schafften es!

Dann wurde es plötzlich grell um sie herum. Die Hoflampe an der Wand der ehemaligen Scheune flammte auf. Von einer Sekunde auf die nächste befanden sie sich auf dem am hellsten beleuchteten Platz der ganzen Hofanlage.

Im selben Augenblick wurde die Tür der Ferienwohnung geöffnet.

Sie traten auf der Stelle, in gebückter Haltung, unentschlossen, ob sie weiter vor- oder wieder zurückrennen sollten. Hilflos sahen sie sich nach allen Seiten um.

Alle entdeckten sie gleichzeitig. Hepp, seine Tochter und Jogi starrten die schwarz gekleideten Typen an.

»Herbie?«, sagte Fee ungläubig. »Bist du das? Wie siehst du denn aus?«

Was sollte er jetzt sagen?

Julius trat mit lässigem Schritt an seine Seite. *Sag doch, dass du auf Schornsteinfeger umgeschult hast.*

»Fee, ich muss dir was erklären.«

»Was ist denn mit der Haustür. Habt ihr etwa ... Seid ihr ...?«

Herbie blickte hinüber. Die Haustür stand einen Spaltbreit offen. Es war Zorro offenbar doch nicht gelungen, sie schnell genug ins Schloss zu ziehen, ohne Lärm zu machen.

Jogi schien langsam zu ahnen, was hier vor sich ging. Er machte ein paar Schritte auf sie zu. »Sag mal, wart ihr etwa im Haus?« Er trug eine graue Jogginghose und hatte Schlappen an den Füßen.

»Ich habe da drinnen etwas gesucht, Fee!« Herbie konnte den Blick nicht ertragen, mit dem sie ihn bedachte. Sie schwankte zwischen Verwunderung, Bedauern und Abscheu.

»Bei mir im Haus?«, polterte Hepp Kaltwasser los. Er kam jetzt auch näher.

»Ist ja alles schon weg!«, blaffte Zorro gallig. »Du hast Glück gehabt, Kaltwasser.«

»Ach, lass gut sein, Zorro«, seufzte Herbie matt. »Es ist eigentlich ganz anders, als du denkst.«

»Hä? Was meinst du? Kapier ich nicht.«

Kaltwasser hatte jetzt offenbar genug von dem Schauspiel. »Fee, geh du mal nach Ketchen gucken. Ich rufe die Polizei an.«

Fee warf Herbie einen letzten verzweifelten Blick zu und ging dann auf die Haustür zu.

»Brechen einfach bei mir ein, die Vögel. Ich glaube, es hakt!« Kaltwasser holte sein Handy aus der Jacketttasche und begann, eine Nummer zu tippen.

In diesem Moment kam eine kleine, gedrungene Gestalt aus dem Dunkel hinter dem Trecker hervorgeschossen. Mit einem lauten Schrei warf der Schmal sich und seine hundertdreißig Kilo gegen den Bauern, der sofort das Gleichgewicht verlor und zu Boden stürzte. Das Handy flog durch die Luft und zersprang beim Aufprall auf dem Pflaster in mehrere Teile.

Zorro reagierte blitzschnell und nutzte die allgemeine Überraschung. Er schoss nach vorne. Da war keine Spur von Humpeln mehr, als er sich auf Jogi stürzte. Der junge Mann war viel zu überrascht, um sich irgendwie wehren zu können. Und Zorro verfügte anscheinend von Berufs wegen über Kenntnisse im Nahkampf.

Ich setze fünfzig Euro auf den Mann in Schwarz! Julius riss begeistert die Arme hoch.

Zorro drehte Jogi mit einem heftigen Ruck den Arm auf den Rücken und stieß ihn grob gegen die Hauswand.

»Warte, Fee!«, rief Herbie. »Geh da nicht rein!«

»Wieso? Was ist hier los?«

»Noch nicht, Fee! Warte, bis ich dir alles erklärt habe!«

Kaltwasser und der Schmal rangen miteinander. Ihre massigen Körper wälzten sich auf dem Boden, und sie ächzten und schnauften.

In diesem Moment ließ ein schriller Schrei alle zusammenfahren. Jenny war im Türrahmen des Ferienhauses erschienen und sah, wie ihr Jogi sich in Zorros Umklammerung unter Schmerzen krümmte.

»Lass ihn los!«, kreischte sie und stürmte auf Zorro los. Sie trommelte mit den Fäusten auf seinen Rücken und zog ihn an den langen, grauen Haaren. »Lass ihn los, du Mistkerl!«

Herbie stand aufrecht inmitten des Tumults, hell angestrahlt von der Hoflampe. Wie im Auge des Sturms. Eine kaum zu erklärende Ruhe ergriff mit einem Mal Besitz von ihm. Er sah alles ganz klar vor sich. »Ich wär dann so weit, Julius«, sagte er sehr leise.

Fein, fein, ich bin schon sehr gespannt! Julius rieb sich die Hände vor Vergnügen.

»Lass ihn los, Zorro!«, rief Herbie so laut er konnte. »Lass ihren Bruder los!«

Es war, als wäre eine Bombe explodiert. Alle hielten inne und wandten ihm voller Unverständnis den Kopf zu. Dann wanderten ihre Blicke zu Jogi hinüber.

Zorro gab ihn nur zögernd frei und machte ein paar Schritte rückwärts. Jogi drehte sich um, und augenblicklich war Jenny da und schlang ihre Arme um ihn.

»Er hat dir wehgetan. Dieses Arschloch hat dir wehgetan.« Sie schluchzte und drückte sich mit zitternden Schultern an ihn.

»Bruder?«, kam es von Fee. »Wie meinst du das?« Sie kam die beiden Treppenstufen wieder herunter, die sie gerade erst hinaufgestiegen war.

Herbie breitete in einer unschuldigen Geste die Arme aus. »Ihr Bruder, ja, warum nicht? Es ist doch nichts dabei, wenn eine Schwester mit ihrem Bruder zusammenlebt, oder?« Er wandte sich zu Hepp Kaltwasser. »Du und Ketchen … das ist doch nichts Verbotenes. Ich meine, es ist doch wirklich überhaupt nichts dabei.«

Der Schmal hatte von Kaltwasser abgelassen und richtete sich mühsam auf. »Aber die zwei haben ein Kind!« Es klang aufrichtig empört.

Jogi und Jenny hielten einander umklammert und schwiegen. Sie sagten nichts, stritten es nicht ab. Allein das reichte aus, um die anderen davon zu überzeugen, dass Herbie recht hatte.

»Alle denken, es sei euer gemeinsames Kind. Klar, ist ja auch eine Selbstverständlichkeit, dass so eine junge Frau und so ein junger Mann ein wunderbares Elternpaar abgeben. Sie kommen in die Eifel, wo sie keiner kennt. Hier haben sie eine neue Heimat gefunden. Es gefällt euch doch hier, oder?«

Noch immer deutete kein Laut, keine Geste der beiden darauf hin, dass das, was Herbie da erzählte, irgendetwas mit ihnen zu tun hatte.

»Hm, das habe ich nicht gewusst«, sagte Hepp Kaltwasser. Es klang fast entschuldigend. »Ist mir aber auch egal. Ist eure Sache, hört ihr.«

Herbie lachte auf. »Das ist rührend. Wirklich rührend. Ihr habt hier einen richtigen Familienanschluss gefunden. Alle sind nett zu euch. Alle fanden es toll, dass ihr gleich ganz hiergeblieben seid, anstatt nur ein paar Wochen Ferien zu machen.«

»Ja, warum denn nicht?«, rief Fee aufgebracht. »Was soll das? Wir mögen die beiden. Und ja, sie gehören ein bisschen zur Familie.«

»Familie.« Herbie schnaubte und ließ sich langsam auf die untere Treppenstufe sinken. »Du hast doch schon einen Bruder, Fee.«

»Was hat der denn jetzt damit zu tun?«, brummte Hepp Kaltwasser. »Der lebt nicht mehr bei uns.«

Julius spitzte die Lippen. *Willst du uns jetzt etwa die Geschichte von Ketchens heimlichem Pflegekind erzählen?*

Herbie blickte zu ihm auf und winkte ab. »Nein, nein, das hat damit nichts zu tun.«

Alle starrten ihn an. Mit wem sprach der Typ da?

»Komm, wir gehen jetzt lieber rein«, sagte Jenny zu ihrem Bruder und fasste ihn am Arm. »Das möchte ich mir nicht länger anhören. Ich will lieber mal nach dem Kleinen sehen.«

»Bevor ihr euch wieder in euer trautes Heim verkriecht«, rief Herbie laut, »hätte ich gerne noch, dass du uns sagst, wessen Kind dein kleiner Jonte ist!«

Jenny erstarrte zu Stein.

»Hör mal, Herbie …«, setzte Fee an, aber er bedeutete ihr mit einer knappen Geste zu schweigen.

»Sag uns doch, von wo du das Kind mitgebracht hast! Vom freiwilligen Streetworking-Projekt in Südamerika? Das stimmt doch, oder? Vor etwa vier Jahren? Jogi hat es mir ezählt.«

Langsam drehte sich Jenny zu ihm um. Der Zorn war jetzt wie aus ihrem Gesicht weggewaschen. Ihr Blick war auf einmal leer und stumpf.

»Du kamst zurück nach Deutschland. Nach Hause, zu deinem Bruder. Zusammen mit einem noch ungeborenen Kind. Verzweifelt, verängstigt. Alle hier wissen, dass du schlimme Dinge mitgemacht hast. Dinge, die einen Menschen zerstören können. Darauf genehmigst du dir ab und zu einen. Du trinkst diesen Schnaps, den du mitgebracht hast.« Er stieß ein kleines, freudloses Lachen aus. »Nicht um die Erinnerungen an das schöne Bolivien wachzuhalten, trinkst du das Zeug, sondern um sie zu vergessen!«

Es dauerte eine Weile, bevor Jenny etwas erwiderte. »Manchmal klappt es«, sagte sie leise. »Manchmal glaube ich, ich bin glücklich.«

Zorro hatte inzwischen seinen Tabak hervorgeholt und drehte sich eine Zigarette. Für ihn schien sich das Ganze gerade in eine sehr unterhaltsame Inszenierung zu verwandeln. Seine Haltung glich der von Julius, der gleich neben ihm stand und ebenfalls gespannt lauschte.

»Du bist übrigens ein schlechter Lügner, Jogi«, sagte Herbie. »Ich habe gleich geahnt, dass es nicht Tom Kaltwasser war, der dir vom Hof seiner Eltern erzählt hat. Du erinnerst dich, die Geschichte mit dem Zeitungsausschnitt? Frag mich nicht warum, aber das habe ich dir irgendwie nicht abgenommen. «

»Tom?«, fragte Hepp Kaltwasser. »Was redet der Heini da? Ist das wahr? Du kennst meinen Sohn?«

»Nein«, sagte Herbie und überlegte, wie er es so erklären konnte, dass es allen Beteiligten möglichst wenig Schmerzen bereitete. »Es ist nicht er, der Tom kennt.«

Plötzlich spürte er Fees Hand an seinem Arm. Er drehte sich zu ihr um. Ihre Augen glänzten. Tränen sammelten sich darin, weil sich eine fürchterliche Gewissheit Bahn brach. Auch für sie offenbarte sich in diesem Moment der wirkliche Hintergrund zu Jennys Unglück. Ihr Blick bat darum, er möge an dieser Stelle aufhören und stattdessen schweigen, singen, lachen … irgendetwas anderes tun als das zu erzählen, was jetzt kam.

»Nein«, sagte Herbie. »Nicht Jogi kannte deinen Sohn, Hepp. Alles, was Jogi über Tom weiß, hat er von seiner Schwester Jenny erfahren. Oh ja, Jenny kannte ihn! Sie hat ihn kennengelernt. In all seiner Gemeinheit und Brutalität. Ich kann nur vermuten, was das bedeuten mag, aber das reicht mir völlig. Er ist der Vater ihres Kindes.«

Jenny presste ihr Gesicht gegen Jogis Schulter und begann kaum hörbar zu schluchzen.

Ihr Bruder legte in einer schützenden Geste, die Hand auf ihren Hinterkopf. »Zuerst wollte sie es wegmachen lassen. Er hat es ihr … sie wollte nicht, aber …« Er flüsterte die Worte fast, bis sie ganz erstarben. Er konnte das Geschehene nicht aussprechen, vielleicht, um seiner Schwester den erneuten Schmerz bei der Erinnerung zu ersparen.

»Stimmt das?«, fragte Hepp Kaltwasser. Seine Stimme klang mit einem Mal hohl und alt. »Hat er das gemacht?«

Jenny nickte kaum merklich.

»Dieses Schwein.« Kaltwasser starrte auf die Pflastersteine. »Dieses dreckige Schwein.«

Einen Moment lang war es ganz still. Ein frischer Windhauch wehte vom Waldrand herüber. Der Sommer würde nicht mehr lange bei ihnen bleiben.

Julius räusperte sich affektiert. *Ich will ja nicht ungeduldig sein, aber du hast noch nichts von den beiden Leichen erzählt. Kommt da noch was?*

»Als ich gestern das Foto auf deinem Handy gesehen habe, Jogi, da dachte ich wirklich zuerst, es wäre Tom, mit dem du chattest.«

»Tu ich ja auch.« Es waren die ersten Worte, die Jogi von sich gab, seit Herbie begonnen hatte, Stück für Stück die Wahrheit zu entblättern.

»Genau wie Ketchen«, sagte Fee. »Sie chattet auch mit ihm. Er schreibt Gemeinheiten über uns. Ich habe es gelesen.«

Herbie schüttelte bedauernd den Kopf. »Du täuschst dich, Fee. Ja, man meint immer, man hätte gleich den Durchblick. Aber oft ist dann doch alles ganz anders. Nur mal ganz hypothetisch: Wenn es nun nicht Tom wäre, mit dem die beiden chatten, wer könnte es denn sonst wohl sein?«

Fee sah ihn ratlos an.

»Ich habe erst so richtig begriffen, was sich all die Jahre da abspielte, als du mir sagtest, jemand habe dein Handy benutzt. Jemand, der sich als du ausgegeben hat.«

Sie schien immer noch nicht zu begreifen.

»Na ja, es wäre doch auch möglich – wie gesagt, rein hypothetisch –, dass die zwei in Wirklichkeit miteinander gechattet haben, oder?«

»Miteinander? Wie denn das? Verdammt, ich hab die Schnauze voll von diesen Andeutungen!«, polterte Hepp Kaltwasser. »Jetzt sag endlich, was Sache ist, Mann!«

Julius sah ihn verärgert an. *Er macht dir dein schönes Konzept kaputt.*

Herbie hob den Zeigefinger. »Ja, sie haben all die Jahre miteinander Nachrichten ausgetauscht. Ketchen mit Jogi, Jogi mit Ketchen! Das ist ja der Witz! Aber das geht natürlich nur, wenn einer von den beiden sich als Tom ausgibt.«

»Red doch keinen Scheiß!« Kaltwasser kam jetzt mit großen Schritten auf ihn zu und packte ihn am Kragen des schwarzen Pullovers.

»Und das wiederum geht nur, wenn einer Toms Handy hat.«

Kaltwasser schüttelte ihn. »Jetzt wird's mir aber zu bunt! Du redest blödes Zeug!«

Herbie schnappte nach Luft. »Das Handy mit all den vielen Fotos aus Bolivien«, presste er hervor. »Selfies, Schnappschüsse von Landschaften, Cafés, Einheimischen …«

Kaltwasser schüttelte ihn wie einen Sack schmutziger Wäsche. »Genug jetzt! Halt den Mund!«

»Du hast vorhin auf Ketchens Frage geantwortet, Jogi!«, röchelte Herbie. »Es war nicht Ketchen! Ich habe den Spieß rumgedreht! Ich habe dich gefragt, wie der Schnaps heißt …« Er streckte den Zeigefinger aus und deutete auf Jogi. »Singani!«

Jogis Gesicht war kalkweiß geworden.

Herbie ging langsam die Luft aus. »Fees Handy hast du auch benutzt! Gib es zu! Verdammt noch mal, gib es doch endlich zu!«

»Meins?« Fee schrak auf. »Er war das?«

»Ja, hast du es wiedergefunden?«

»Es lag auf der Terrasse. Aber wieso? Was wollte er …?«

Kaltwasser schnaubte vor Wut. »Mich interessieren diese Scheißhandys nicht!«

»Jogi hat Fees Handy benutzt, um mich zum Maisfeld zu locken. Mein Rendezvous mit dem Trecker! Jogi hatte Angst, dass ich seinen Trick mit dem Chat durchschaut haben könnte! Ich hatte den Chatverlauf gesehen! Toms Foto! Für Jogi und seine Schwester stand plötzlich alles auf dem Spiel! Er wollte mich unbedingt zum Schweigen bringen! «

Kaltwasser warf Jogi einen wilden Blick zu. Er erwartete, dass Jogi die Beschuldigungen zurückwies. »Blödsinn!«, rief er. »Das ist doch der größte Quatsch, den ich … Wie soll denn Jogi verdammt noch mal an das Handy von Tom …« Seine Stimme erstarb.

Jogi erkannte, dass es zu Ende war.

»Tom hatte es bei sich«, sagte er ruhig. »Vor drei Jahren.«

Fee schrie laut auf.

Langsam löste sich Hepp Kaltwassers eiserner Griff. Herbie taumelte zurück und atmete ein paar Mal tief durch.

Der Bauer machte ein paar schwerfällige Schritte auf Jogi zu. »Vor drei Jahren?«

Herbie rieb sich den Hals. Seine Stimme klang krächzend, und er musste sich ein paar Mal räuspern. »Zum achtzigsten Geburtstag von Ketchen, richtig?«

Jogi nickte. »Es sollte wohl eine Überraschung werden. Er kam zu Besuch. Ganz unerwartet. Keiner von euch war hier. Er kam hier mit einem Taxi an und sah als Erstes ausgerechnet Jenny. Ich war dahinten mit dem Anschließen der Zapfanlage beschäftigt.«

Keiner traute sich, eine Frage zu stellen. Alle warteten gespannt auf das, was Jogi zu erzählen hatte.

Der breitete schwach die Arme aus. Eine hilflose Geste, die verdeutlichen sollte, dass es einfach nichts gab, um das, was damals passiert war, ungeschehen zu machen. »Als Tom den Kinderwagen sah, ahnte er gleich, was los war. Jenny bestätigte seine Vermutung. Dann wollte er wissen, warum wir hier waren. Was konnte ich ihm sagen? Dass uns eigentlich nur die Neugier hergetrieben hatte? Er dachte, es sei nur die Aussicht auf das Erbe gewesen. Und er hat Jenny lauter dreckige Gemeinheiten an den Kopf geschmissen. Er wollte noch nicht mal das Kind sehen!« Jogi blickte fast entschuldigend zu Hepp Kaltwasser hinüber. »Das Erbe. Das schien das Einzige zu sein, das ihn wirklich interessierte. Er hat getobt wie ein Irrer. Jenny flüchtete mit dem Kleinen ins Haus, und dann … dann lief alles aus dem Ruder.«

»Lief aus dem Ruder?«, hauchte Kaltwasser. »Was lief aus dem Ruder?«

Fee sank schluchzend auf die Knie und verbarg ihr Gesicht in den Händen.

»Die Grabungen waren beendet«, erklärte Jogi und blickte sich zu seiner Schwester um. »Ich habe das alles allein getan. Jenny hat nichts damit zu tun.«

»Der Schädel …«, hauchte Kaltwasser. »Die Knochen …«

Der große, stämmige Mann stand da wie ein Baum, bei dem man die Axt angesetzt hat und der gleich unweigerlich fallen würde. Herbie wandte sich zur Seite. Dort kauerte Fee. Es brach ihm das Herz, sie so zu sehen. Er streckte die Hand nach ihr aus, aber er wusste nicht, wie er sie trösten sollte. Er erkannte in diesem Moment, dass er sie überhaupt nicht würde trösten können.

Dann holte er sein Handy hervor, mehr um irgendetwas zu tun, als um die notwendigen Schritte einzuleiten. »Das mit der Polizei werde ich wohl am besten erledigen.«

Er wollte die 110 tippen, aber Zorro legte die Hand auf seinen Arm. »Das war also nicht der Archäologe in dem Grab?«

»Nein.« Herbie schüttelte den Kopf.

»Und die Münzen?«

»Ach, Zorro. Was willst du dich denn jetzt noch wegen ein paar Münzen aufregen?«

»Aber Dumbo? Was hat Dumbo mit diesem ganzen Drama zu tun?«

Julius gesellte sich zu ihnen. *Oh, das würde mich aber auch brennend interessieren.*

Herbie blickte auf. »Dumbo? Dumbo hatte gar nichts mit all dem hier zu tun. Genauso wie die Unterlagen im Safe.«

»Aber irgendwer hat Dumbo umgenietet!«

Herbie atmete tief durch. »Sagen wir mal, man könnte es als eine Art Mord aus Loyalität bezeichnen. Ich denke, es ging unter anderem um den tollen Bruch in Zülpich. Es wird dich nicht wundern, zu hören, dass es in Wirklichkeit Dumbo war, der das Ding ausgetüftelt hatte. Er war als Elektriker im Pelzladen. Aber er wollte es auf jeden Fall ohne dich durchziehen, Zorro. Und zwar schon letzten Donnerstag. Das war sein Ding.«

»Ohne mich?«

»Ja, ohne dich. Es gibt nur einen, der wirklich noch zu dir hält. Einen Einzigen, der sich für dich die rechte Hand abhacken ließe. Mit dieser Ergebenheit hat Dumbo nicht gerechnet.«

»Du meinst …« Sie wandten sich beide langsam um. Der Schmal stand beim Unterstand. Ihre Blicke begegneten sich. Er merkte offenbar, dass die Rede von ihm war.

»Der Schmal wusste genau, wo die Grube war, ist dir das nicht aufgefallen? Und warum? Weil er nämlich vorher schon mal versucht hatte, Dumbo darin zu verscharren. Denk an den Schlamm auf der Folie. Aber da war schon besetzt. Er hat Pech gehabt, der arme Schmal, richtig Pech.«

»Er wusste, dass immer montags die Schrottautos abgeholt werden«, murmelte Zorro nachdenklich.

Herbie nickte. »Da hat er schon wieder Pech gehabt.«

Der Schmal hatte sich inzwischen ein wenig von ihnen entfernt. Nur ein paar Schritte. Aber als Zorro sich jetzt auf ihn zubewegte, wich er noch weiter zurück. Und dann bewegte er sich plötzlich viel schneller, als man das einem Mann seiner Konfektionsgröße zugetraut hätte. Er verschwand mit einem Satz im Dunkel des Unterstands, und fast im selben Augenblick ertönte das Piepen der Zentralverriegelung.

Der SUV schoss rückwärts unter der Überdachung hervor, und Zorro konnte gerade noch zur Seite springen. Der Motor heulte auf, und alle sprangen auseinander. Das große Gefährt donnerte mitten zwischen ihnen hindurch. Sie blickten hinterher und sahen, wie es sich auf der schmalen Straße nach und nach entfernte.

Träge tastete Hepp Kaltwasser sein Jackett nach dem Schlüssel ab.

Das Auto brauste davon.

Dann stotterte der Motor.

Der Wagen ruckelte.

Blieb stehen.

Und gab keinen Laut mehr von sich.

»Und schon wieder hat er Pech.« Zorro setzte sich in Bewegung, um seinen Kumpel einzufangen.

»Der Tank ist leer«, schniefte Fee und zwang sich zu einem schiefen Lächeln. »Papa wollte morgen früh als Erstes bei dir tanken.« Sie blickte zu ihrem Vater hinüber. »Vielleicht tröstet es ihn ein bisschen, wenn er sich vergegenwärtigt, dass er jetzt einen Enkel hat.«

»Kann schon sein«, sagte Herbie. Er konnte sich kein unbefangenes Gespräch mehr mit ihr vorstellen.

»Ich versuche es mal.« Sie ging zu ihrem Vater hinüber.

Julius rieb sich ausgiebig den Nacken. *Ich muss schon sagen, das war ein ziemlich starker Auftritt, mein alter Freund. Was willst du jetzt tun?*

»Zuerst mal werde ich die Polizei anrufen. Ich fürchte, es wird eine Ewigkeit dauern, bis die auch nur halbwegs kapiert haben, was hier abgelaufen ist.« Er blickte sich zu den anderen um. »Und dann werde ich versuchen, Fee schonend auf das vorzubereiten, was sie im Haus vorfinden wird.«

Ich beneide dich nicht.

Herbie seufzte und zuckte mit den Schultern.

Lass es mich so sagen: Wenn ich du wäre, wäre ich lieber ich.

27. Kapitel

Die freundliche Sommersonne ließ die Rostflecken verschiedenfarbig aufblühen. Ein zarter Duft von Altöl hing in der Luft, und ein paar Düsenjäger vom Taktischen Luftwaffengeschwader in Nörvenich donnerten über den Eifelhimmel.

Auf Herbies Kaffeetasse hatte sich die junge Frau schon wieder ihrer Kleider entledigt. Der Kaffee, den Cedric-Maurice kochte, schmeckte mittlerweile ganz ordentlich. Nur der feine, regenbogenfarbene Film auf der Oberfläche irritierte Herbie immer noch.

Zorro zupfte sich mit spitzen Fingern einen Tabakkrümel von der Unterlippe und blickte auf die Glut seiner krummen Zigarette. Julius saß neben ihnen auf der Bank und spielte gelangweilt mit den Knöpfen seiner karierten Weste.

»Letztenendlich ist der Schmal ja doch nur eine arme, dumme Sau«, sagte Zorro nachdenklich.

»Letztenendlich hast du recht«, stimmte ihm Herbie zu.

Das ist ja nicht mit anzuhören. Julius steckte sich die Finger in die Ohren.

»Ich glaube, er hat neuneinhalb Jahre einzig und allein auf deine Rückkehr hingearbeitet. Und dann bricht, kurz bevor es so weit ist, plötzlich alles auseinander. Ein Drama! Und Dumbo hat nicht einkalkuliert, dass der Schmal dich nun mal so vergöttert.«

»He, komm mir nicht mit so einer schwulen Scheiße.«

»Er liebt dich wie einen großen Bruder!«

Das ließ Zorro gelten. Er zog ein letztes Mal an dem anderthalb Zentimeter kurzen Stummel und schnippte ihn weg. »Aber hast du schon mal gehört, dass einer mit einem Schwarzbrot erschlagen worden ist?«

»Mit einem drei Wochen alten Schwarzbrot!«, ergänzte Herbie. »Er muss es am Donnerstag getan haben. Da fährt er den Bäckerwagen. Er hat es einfach nicht ausgehalten, dass Dumbo sich gegen dich entschieden hat.«

»Niegelungentreue nennt man das.« Zorro seufzte. Julius auch, allerdings vor Verzweiflung. »Na ja, jetzt geht er erst mal für fünf, sechs Jahre in den Bau.«

»Wirst du auf ihn warten?«

Zorro wackelte mit dem Kopf. »Ich denke, schon.«

»Und was machst du bis dahin? Wovon willst du leben?«

»Tja, genau da beißt sich ja die Katze in den Sack!«, sinnierte Zorro. »Ich brauche Kohle und klaue. Wenn ich klaue, komme ich in den Knast. Wenn ich aus dem Knast komme, brauche ich aber wieder Kohle, und so weiter …«

Julius stutzte. *Irre ich mich, oder könnte man an jeder beliebigen Stelle dieses angeblichen Teufelskreises auch einfach mal rechts in Richtung ehrliche Arbeit abbiegen?*

Ein stinkender Laster kam angerollt, randvoll beladen mit Schrott. Tanken wollte er natürlich nicht. Ein schwitzender Osteuropäer beugte sich aus dem Führerhaus und rief: »Haben du was für uns, eh? Öldosen? Felgen, so Zeug?«

»Nee, aber du hast da was für mich!« Zorro erhob sich und ging lässig zu dem Fahrzeug hinüber. Er deutete auf etwas ziemlich Verbogenes auf der Ladefläche.

Der Typ bequemte sich mit quälend langsamer Geschwindigkeit aus dem Führerhaus und ließ sich von Zorro in ein geschäftliches Gespräch verwickeln.

Es ging ein paar Mal hin und her, es wurde ein bisschen gestikuliert, und am Ende wurde der Deal per Handschlag besiegelt.

Die zwei ölverschmierten Männer erklommen in einer halsbrecherischen Aktion den Schrottberg und schafften es schließlich mit einiger Mühe, das Teil, das Zorro sich aus dem Sortiment ausgesucht hatte, freizulegen.

Ein paar Minuten stand es auf dem Schotterplatz und fügte sich sofort harmonisch in das Gesamtbild der Anlage ein. Die Reifen waren platt wie eine römische Münze, die Speichen waren verbogen, und der Lack blätterte überall ab. Dafür war der Rost von einem ganz besonders warmen, haselnussfarbenen Ton.

»Glaubst du, er wird dem Rost-Horst gefallen?«, fragte Zorro. Herbie betrachtete den Rollstuhl wohlwollend und sagte: »Ich denke, es ist genau sein Stil.«

»He, was jetzt?«, rief der Schrotthändler.

Zorro hob beruhigend die Hand, ging gemächlich zum Shop und kehrte wenige Momente später mit der

Bezahlung zurück. Es war das Modell Natasha, 100 % Langhaar-Nerz mit Sablepelz-Spitze in Braun. »Stimmt so«, sagte Zorro.

Sie winkten den Männern hinterher.

»Ich werde erst mal beim Rost-Horst bleiben«, sagte Zorro. »Der kann jetzt wahrscheinlich ein bisschen Hilfe gebrauchen. Und einer muss sich ja auch um die Sittiche kümmern. Hast du gesehen? Zwei von denen brüten jetzt auch auf dem Keilriemen-Ständer an der Rückwand vom Shop.«

»Echt?«

»Echt.«

Julius rümpfe die Nase. *Ich hoffe, er gibt dem Nachwuchs nicht wieder so behämmerte Namen. Warum nicht mal Hans-Jürgen oder so was?*

Zorro stellte den rechten Fuß auf die Bank und beugte sich zu Herbie hinunter. »Die Kleine vom Kaltwasser, die ist vorhin hier vorbeigefahren.«

Herbie spürte sofort einen schmerzhaften Stich. »Ach, ja?«

»Seht ihr euch noch mal? Ich meine, da war doch was zwischen euch.«

Herbie seufzte. »Sie hat mir heute Morgen eine SMS geschrieben. Zuerst fährt sie zur Polizei nach Euskirchen und dann weiter nach Frankfurt.«

»Scheiße, was?«

»Sie schreibt, wir könnten uns ja irgendwann mal wieder auf einen Kaffee treffen.«

Zorro kniff die Augen zusammen und blickte in die Ferne. »Kannst du dir ein Ei drauf kloppen.«

»Ich weiß.«

Für Fee würde er immer derjenige sein, der alles ins Rollen gebracht hat. Manche Dinge hätten sie bei der Testamentseröffnung von Ketchen erfahren, manche erst nach dem Tod des Vaters, manche womöglich nie …

Hätte er nicht seiner Neugier nachgegeben, wären da noch tausend Möglichkeiten für das Schicksal gewesen, ein paar wilde Wendungen auszuprobieren. So aber war alles besiegelt. Diese Schuld würde er in Fees Augen immer tragen.

Apropos Schicksal. Julius deutete auf die Straße.

»Guck mal, schicker Benz«, sagte Zorro.

»Meine Tante.«

Zorro sah ihn überrascht an.

Der Mercedes fuhr über den Schotterplatz. Es sah aus, als rollte er auf Zehenspitzen – vor Angst, sich dreckig zu machen. Der alte Schlösser stieg aus, umrundete ächzend das Fahrzeug und öffnete in demutsvoll gebeugter Haltung die rechte hintere Tür.

Herbie beeilte sich, zum Auto zu kommen, um seiner Tante die gebührende Ehre zu erweisen.

Zuerst erschien der Pudel, der sofort mit einem hysterischen Kläffen auf Herbie, Zorro und Julius zuflitzte, dann tauchte die orientalische Krücke in der Türöffnung auf, und schließlich kroch seine Tante höchstselbst aus dem Wagen.

»Hallo Tante Hettie!« Herbie ließ im letzten Moment die Hand mit der nackten Kaffeetasse hinter seinem Rücken verschwinden.

»Ich habe versucht, dich anzurufen«, schnarrte sie statt einer Begrüßung. »Gestern Abend.«

»Ich war arbeiten.«

»Am Abend?«

»Sonderschicht.«

Sie dirigierte ihren Chauffeur mit dem Krückstock. »Los, Schlösser, tanken!«

Herbie warf Julius einen kurzen, nervösen Blick zu. »Hm, das ist jetzt leider so, Tantchen ...«

»Schwafel nicht rum!«

»Der Diesel ist alle.«

Sie machte ein Gesicht, als hätte sie einen kompletten Idioten vor sich. »Ist das wieder einer deiner dämlichen Späße?«

»Leider nein.«

Sie schnaubte verächtlich. »Es ist doch nicht zu fassen. Sobald du irgendwo die Finger im Spiel hast, hagelt es Pleiten und Katastrophen.«

Julius kicherte. *Nun ja, wer könnte einer weisen, alten Frau da widersprechen?*

»Dann gehe ich zumindest noch auf die Toilette, bevor wir weiterfahren. Hoffentlich ist wenigstens Klopapier da.«

Herbie musste heftig husten. Bärbelchen betrachtete das als eine Art Bellen und geiferte gleich wieder los. Henriette Hellbrecht riss den Hund im letzten Moment mit der Leine zurück.

Selbst Zorro spürte die atmosphärischen Störungen, die zwischen Herbie und seiner Tante durch die Sommerluft zuckten, und er beschloss, ihm ein wenig Schützenhilfe zu leisten. »Ihr Neffe ist ein fleißiger, junger Bursche. Ich bin froh, ihn kennengelernt zu haben. Lassen Sie sich nicht davon ingorieren, dass hier gerade nicht alles so rundläuft, wie es sollte.«

Henriette Hellbrecht, die sich bereits halb umgewandt hatte, blickte noch einmal skeptisch zurück. »Ach ja?«

»Er hat ganz zweifelhaft zahlreiche Talente.«

»Sie meinen ihn da?« Ihre Krücke zielte auf Herbies Nase.

»Immerhin ist er der, der damals das Ding mit dem Räumfahrzeug vom Straßenverkehrsamt gedreht hat! Völlig nackt. Nur mit einem Patronengurt und Schienbeinschonern. Ich meine, wer traut sich denn so was schon?

Oh ja, wer traut sich denn so was schon? Julius brach in schallendes Gelächter aus.

ENDE

KBV KRIMINALROMAN

Nicole Peters

NACHT ÜBER DEM CAMPUS

Taschenbuch, 360 Seiten
ISBN 978-3-95441-559-5
13,00 EURO

Wenn es dunkel wird in Hennef …
Helen Freitag ermittelt in ihrem zweiten Fall

Rechtsanwältin Helen Freitag ist als Dozentin der Hochschule der Gesetzlichen Unfallversicherung in Hennef tätig. Oliver Schönbom, einer der Studenten, wird am Morgen nach einer Party in seinem Zimmer auf dem WohnCampus tot aufgefunden. Zunächst deutet alles auf einen Suizid mit Tabletten und Alkohol hin, doch Yuna Bäcker, die Freundin des Toten, kann das nicht glauben. Oliver hatte vor Jahren einen schweren Autounfall, bei dem seine Eltern ums Leben kamen und er selbst lebensgefährlich verletzt wurde. Seitdem lehnt er, der jahrelang von Schmerzmitteln abhängig war, Drogen ab.

Helen beginnt sich für diesen Fall zu interessieren, denn nur wenige Tage vor seinem Tod hatte Schönbom versucht, sie zu kontaktieren. Sie fängt an, Fragen zu stellen, erhält darauf aber keine Antworten. Ihr Freund, der Journalist Rabe, gräbt unterdessen alte Zeitungsberichte über Olivers Familie aus. Es gab Gerüchte, dass der Unfall mit einem Bankenskandal zusammenhängen könnte.

Je mehr sich Helen bei den Studenten und den Universitätsangehörigen umhört, desto mehr bekommt sie den Eindruck, dass sich in der Nacht und am Wochenende, wenn die Studenten unter sich sind, der Campus in eine andere Welt verwandelt.

KBV KRIMINALROMAN

Ingrid Davis

AACHENER ABRECHNUNG

Taschenbuch, 384 Seiten

ISBN 978-3-95441-554-0

13,00 EURO

Die Leiche liegt im Luxushotel

Bei ihrem letzten Auftrag ist Britta Sander zwar nur knapp dem Tod entronnen, und doch hat sie schon wieder alle Hände voll zu tun: Bei einem vermeintlich harmlosen Lockvogel-Auftrag stolpert sie in einem Aachener Luxushotel über die Leiche eines brutal ermordeten Geschäftsmanns mit schlechtem Ruf und zahlreichen Feinden. Gemeinsam mit dem IT-Experten Tahar Karim, ihrem Kollegen Eric Lautenschläger sowie Kriminaloberkommissar Körber stürzt sie sich mit Feuereifer in die Arbeit. Als der zweite Manager nicht minder brutal ins Jenseits befördert wird, werden die Befürchtungen der Ermittler traurige Gewissheit – der Mörder ist noch lange nicht am Ende.

Unterdessen weht in der Detektei Schniedewitz & Schniedewitz unter der neuen Geschäftsführung ein eiskalter Wind. Statt Teamgeist und Ermittlungsarbeit bestimmen Kasernenhofton und Return-on-Investment den Alltag. Britta und Eric müssen sich entscheiden – zwischen ihren Jobs und der Jagd auf einen rücksichtslosen Killer.

»Ein unterhaltsamer und spannender fiktiver Einblick in die Stadt Karls des Großen.«
(Aachener Nachrichten zu »Aachener Gangster«)

Ralf Kramp

WIE WÄR'S DENN MAL MIT MORD?

MP3-CD, ca. 3 Std.
ISBN 978-3-95441-484-0
12,00 EURO

Alle mal herhören!

Da sind schon wieder ein paar Morde passiert!

Er ist unbestritten der Deutsche Meister des Schwarzen Humors. Bei seinen unterhaltsamen Leseabenden begeistert er das Publikum und sorgt für eine ausgewogene Mischung aus Gänsehaut und Zwerchfellerschütterung.

Aber man kann ihm auch zuhause lauschen:
Ein Potpourri seiner vergnüglichsten Mordgeschichten auf einer MP3-CD garantiert drei Stunden turbulenten Krimispaß.

»Ralf Kramp bewies während der Lesung einiger seiner Kurzgeschichten und Gedichte, dass ›Mord und Totschlag‹ mitunter auch Spaß machen können, was nicht bloß aus Story an sich, sondern auch aus der ausgezeichneten Vortragskunst resultiert.« (Luxemburger Wort)